孟正民　房日晰　主编

中华经典中的寓言

唐宋卷

房日晰　王昭　编选注译

陕西新华出版传媒集团
三秦出版社

图书在版编目（CIP）数据

中华经典中的寓言·唐宋卷／孟正民，房日晰主编；房日晰，王昭编选注译. —西安：三秦出版社，2016.12（2018.10 重印）

ISBN 978－7－5518－1445－4

Ⅰ.①中… Ⅱ.①孟… ②房… ③王… Ⅲ.①寓言—作品集—中国—唐宋时期 Ⅳ.①I276.4

中国版本图书馆 CIP 数据核字（2016）第 313634 号

中华经典中的寓言·唐宋卷

孟正民　房日晰　主编
房日晰　王昭　编选注译

出版发行　陕西新华出版传媒集团　三秦出版社
社　　址　西安市曲江新区登高路 1388 号
电　　话　（029）87205121
邮政编码　710003
印　　刷　陕西群艺印务有限责任公司
开　　本　787mm×1092mm　1/16
印　　张　23.5
字　　数　344 千字
版　　次　2016 年 12 月第 1 版
2018 年 10 月第 3 次印刷
标准书号　ISBN 978－7－5518－1445－4
定　　价　56.00 元

网　　址　http://www.sqcbs.cn

序

寓言是一种很精妙的文学样式，形式短小，内容精彩。它有故事、有情节、有人物、有形象，是五脏俱全的叙事性文学。它反映的思想能切情入理，贴近社会生活，具有较强的现实性；它以譬喻见长，具有深刻的哲理性；它以特别的魔力，撬开读者心灵的门窗，有很强的感染力。因此，受到读者的欢迎和喜爱。

中国寓言，已有三千年的历史。

早在春秋时代，寓言就开始萌生了。迨至战国，出现了寓言的辉煌。《战国策》《孟子》《庄子》《韩非子》中都有很多各具特色的寓言，它以不同的艺术风貌，展现着各自的特色。然它却是零散地存在于历史散文与诸子散文之中，充当说理的一种手段或叙事的一部分。虽有相当的独立品性，却没有从这些散文中独立出来。即使如此，它在社会上也产生了广泛而深刻的地影响，许多寓言都流传后世，且形成内涵丰富的成语，如揠苗助长、讳疾忌医、自相矛盾、庄周梦蝶、庖丁解牛等，都成为人们喜用的词语。汉魏时期，寓言仍寓于诸子之中，汉代的《说苑》《新序》中，都有许多精彩的寓言，汉末魏初的邯郸淳，其《笑林》中有许多诙谐的寓言。这时期的寓言如《塞翁失马》《叶公好龙》《胶柱鼓瑟》《截竿入城》等都广泛流传。唐宋时期，我国寓言有了长足的发展，它开始以独立的姿态面世。著名的文学家柳宗元、韩愈、苏轼，都是写寓言的高手，他们都写了许多单篇寓言，使寓言摆脱典籍附庸的困境而走上独立的岗位。柳宗元的“三戒”《蝜蝂传》、韩愈的《毛颖传》，都是独立成篇的。苏轼除写单篇寓言外，还有寓言专集《艾子杂说》传世，白居易、刘禹锡，则写了许多精警的寓言诗。明清时期的寓言，也有了新的发展。明初的宋濂、刘基都写了许多寓言。刘基有著名的《郁离子》寓言集传世。明中叶马中锡的《中山狼传》轰动一时，晚明的赵南星、江盈科等，都写了较多颇有影响的诙谐寓言。清朝的唐甄、彭端淑都写过寓言，近代著名的谴责小说家吴趼人的《俏皮话》也曾风行一时。

综上所述，寓言如一条红线贯串于中国文学史的始终，并且相当繁荣。然相对于诗歌、小说、戏剧的研究与整理，寓言则是很滞后的。至今还没有一部经典的寓言总集，也无贯通古今的大型寓言选集。历代丰富的寓言创作，仍如一盘散沙。中国寓言研究整理的这种落后状态，亟待改变。《中华经典中的寓言》的编写，就是试图改变这种现状的一次尝试。它收录了我国历代经典中优秀的寓言，旨在提供一部分量较重的寓言选集。所选寓言以散文体寓言为主，也适当选录了其他体裁的一些寓言。读者诸君，既可随便翻翻，开卷有益，犹如在饭桌上捡个巧克力，含在口中提提神；也可从头到尾地仔细阅读，享受阅读的乐趣，使阅读真正成为悦读，得到丰厚的回报。本书的编者诸君任事以来，兢兢业业，黾勉从事，不敢有丝毫懈怠。然限于水平，全书通盘考虑或有不足，搜讨与选取或有不当，诚望批评指正，也希望有更好更优秀的寓言选集早日面世。

是为序。

房日晰

2016年12月8日于西北大学桃园寓所

目　　录

侯白

《唐书·经籍志》载《启颜录》十卷,侯白撰。侯白,隋初人。所撰《启颜录》,是我国一部较早的笑话专书,全书主要是杂记一些诙谐调笑的故事。原书早佚,现在见于明人类书中的,也多为后人增补。敦煌卷子本是现存的最古的一个本子。

瓮　帽[①]

梁时有人,合家俱痴。遣其子向市买帽,谓曰:“吾闻帽拟盛头[②],汝为吾买帽,必须容得头者。”其子致市觅帽,市人以皂绝帽[③]与之,见其迭着未开,谓无容头之理,不顾而去。历诸行铺[④],竟日求之不获。最后,至瓦器行见大口瓮子[⑤],以其腹中宛宛,正好是容头处,便言是帽,取而归。其父得以盛头,没面至项,不复见物,每着之而行,亦觉研[⑥]其鼻梁,兼拥[⑦]其气闷;然谓帽只合如此,常忍痛戴之,乃至鼻上生疮,项上成胝[⑧],亦不肯脱。后每着帽,常坐而不敢行。

注释

① 本篇选自敦煌本《启颜录》,题目为编者所加。

② 拟:准备,打算。盛头:装头。

③ 皂:黑色。絁(shī)帽:一种粗绸制做的帽子。

④ 历:经历,这里是“走遍”的意思。行(háng)铺:商店。

⑤ 瓮子:一种盛水、物的陶瓦器。

⑥ 研:磨。

⑦ 拥:围裹,此处是“堵塞”之意。

⑧ 胝:因长期磨擦而成的厚皮。

译文

梁朝有个人，全家都呆痴。他派儿子上街买帽子，对儿子说："我听说帽子是打算装头的，你为我买帽子，必须能把头装上。"他的儿子到街上找帽子买，商人拿出一种粗绸制做的黑色帽子让他挑，他看见这帽子是折叠着的，以为不能在头上戴，看也不看就走了。走遍商店，整整一天也没寻到帽子。最后，到了瓦器行见有大口瓮子，因为它里边空空洞洞，正好能装下人头，便以为是帽子，买了一个带回家来。他父亲把瓮子戴上，不仅能把头装上，而且遮住面目直到脖项，再也看不到外边的东西了。戴着它走路，也觉得磨得鼻子痛，并且堵着不能出气，使他气闷。但他以为帽子应该是这样的，经常忍受疼痛戴着它，以至鼻子上生疮，脖子上磨了茧子，也不愿意去掉。以后戴帽子，常常坐着不敢走路了。

车翻豆复[①]

隋时有一痴人，车载乌豆入京粜之。至灞头[②]，车翻，复豆于水，便弃而归，欲唤家人入水取。去后，灞店上人竞取将去[③]，无复遗余。比回[④]，唯有科斗[⑤]虫数千，相随游泳。其人谓仍是本豆，欲入水取之。科斗知人欲至，一时惊散。怪叹良久，曰："乌豆，从你不识我，而背我走去；可畏我不识你，而一时着尾子！"

注释

① 本篇选自敦煌本《启颜录》，题目为编者所加。

② 灞头：灞水边的地名。

③ 竞：争着。将：语助词。

④ 比回：等到反回。

⑤ 科斗：即蝌蚪，青蛙、蟾蜍等两栖类动物的幼虫。

译文

隋朝时有一个痴呆的人，在车里装了黑豆到京城里去卖。走到灞头，车翻了，黑豆被翻倒入水中，便丢在那里回家，想唤家里人到水中捞黑豆。当他走后，灞店上的人争着把黑豆全部弄走了。等到他返回来，只有几千只蝌蚪虫，在水中游来游去。这个人以为仍然是原来自己倒入水中的黑豆，打算下水将它们取上来。蝌蚪知人要来，一下子惊散了。这人觉得奇怪，叹息了好长时间，并说："黑豆呀，任凭你装作不认识我，背弃我逃跑了；难道我就不认识你，即使你忽然长了尾巴，哪能骗过我呀。"

刺猬与橡斗①

有一大虫，欲向野中觅食。见一刺猬仰卧，谓是肉脔②。欲衔之，忽被猬卷着鼻，惊走，不知休息。直至山中，困乏，不觉昏睡。刺猬乃放鼻而走。大虫忽起，欢喜，走至橡树下。低头见橡斗③，乃侧身语云："旦来④遭见贤尊⑤，愿郎君且避道。"

注释

① 本篇选自《广滑稽》卷二十二载《启颜录》，题目为编者所加。

② 脔(luán)：肉块。

③ 橡斗：带壳的橡实，圆球形，表皮缘边有锯齿，与仰卧的刺猬有点像。

④ 旦来：早上。

⑤ 贤尊：令尊，尊称对方的父亲。

译文

有一只老虎，跑到野外找东西吃。它看见一只刺猬仰面朝天躺在那里，以为是一块肥肉，便张嘴去叼，一下被刺猬卷住了鼻子。老虎吓得快跑，不敢休息。一直跑到山里，疲惫不堪，不觉便昏昏沉沉地睡着了。刺猬这才放开它的鼻子走了。老虎醒来，发现刺猬走了，很高兴，就跑到橡树下去玩。低头看见一个橡实，提防地侧着身子说：“早上我偶然碰见你的父亲，已经领教过了，你还是走开吧。”

并我五也[1]

唐逸士殷安，冀州信都人，谓薛黄门[2]曰：“自古圣贤，数不过五人：伏羲[3]八卦，穷天地之旨[4]，一也。”乃屈一指。“神农[5]植百谷，济万人之命，二也。”乃屈二指。“周公[6]制礼作乐，百代常行，三也。”乃屈三指。“孔子前知无穷，后知无极[7]，拔乎其萃，出乎其类，四也。”乃屈四指。“自此之后，无屈得指者。”良久，乃曰：“并我五也。”遂屈五指。

注释

① 本篇选自《太平广记》卷二六〇引《启颜录》，题目为编者所加。

② 黄门：官名，黄门侍郎、给事黄门侍郎等官的简称。

③ 伏羲：伏羲氏，传说八卦是他画制的。

④ 旨：道理、意义。

⑤ 神农：神农氏，传说百谷首先是他种植的。

⑥ 周公：姬旦，是周武王的弟弟，曾辅佐周成王，制礼作乐。

⑦ 极：极尽。

译文

唐朝有一位隐士名叫殷安，是冀州信都地方的人。他曾对苏黄门说：“自古圣贤，超不过五人：伏羲氏画八卦，穷尽天地间道理，这是第一位圣贤。”说着，屈了一个手指。“神农氏种植百谷，救了千千万万人的生命，这是第二位圣贤。”就屈了第二个手指。“周公制礼作乐，世世代代流传，这是第三位圣贤。”就屈了第三个手指。“孔子前知无穷，后知无尽，是出类拔萃的人物，这是第四位圣贤。"就屈了第四个手指。"从此以后，再无屈指可称道的人了。"停了好久，才说："连我算起来共五个人。"于是屈了第五个手指。

刘道真[①]

晋刘道真遭乱，于河侧为人牵船，见一老妪操橹[②]。道真嘲之曰："女子何不调机弄杼[③]？因甚傍河操橹？"女答曰："丈夫何不跨马挥鞭[④]？因甚傍河牵船？"……道真无语以对。

注释

① 本文选自《太平广记》卷二五三引《启颜录》。

② 老妪：老太婆。橹：一种用人力推进船的工具。

③ 调机弄杼：指调弄织布机。杼：织布的梭子。

④ 跨马挥鞭：指骑马打仗。

译文

晋朝人刘道真因遭战乱，在大河旁边给人家拉船为生，他看见一个老太婆正在船上操橹。刘道真便嘲笑那老太婆说："女人家怎么不去纺织？为什么却在河中摇橹？"老太婆回答说："大丈夫怎么不骑马打仗？为什么却在河中替人拉船？"……刘道真听了无话可说。

祖士言[①]

晋祖士言与钟雅[②]相嘲。

钟云："我，汝、颍[③]之士利如锥，卿[④]，燕、代[⑤]之士钝如槌。"

祖曰："以我钝槌，打尔[⑥]利锥。"

钟曰:“自有神锥,不可得打。”

祖曰:“既有神锥,亦有神槌。”

钟遂屈[7]。

注释

① 本文选自《太平广记》卷二五三引《启颜录》。祖士言:晋代名士。

② 钟雅:晋代名士。

③ 汝、颍:地名,泛指今河南省汝南县及许昌一带。

④ 卿:你。

⑤ 燕、代:地名,泛指今河北省及山西省代县一带。

⑥ 尔:你。

⑦ 屈:屈服。

译文

晋朝名士祖士言和钟雅互相嘲讽戏弄。

钟雅说:“我钟雅,是汝、颍之士,锋利得像把锥子;你祖士言,是燕、代之士,愚钝得像把槌子。”

祖士言说:“用我这愚钝的槌子,去打你那锋利的锥子。”

钟雅说:“我从来是把神锥,你根本就打不得。”

祖士言说:“既然你有神锥,那么我有神槌。”

钟雅听后就屈服了。

子在,回何敢死[1]

隋侯白机辩敏捷[2],尝与杨素[3]并马。路旁有槐树,憔悴欲死。

素曰:“侯秀才理道[4]过人,能令此树活否?”

曰:“取槐子悬树枝即活。”

素问其说。

答曰:“《论语》云:‘子在,回何敢死。’”

注释

① 本文选自《类说》卷十四引《启颜录》。“子在,回何敢死。”语出《论语·先进篇》,意谓:“老师您还活着,我颜回怎么敢死呢?”“子在”,是指“孔子在”;侯白故意把“子”解释成“种子”的“子”,而“回”,正是“槐”的谐音。

② 隋侯白:隋代的侯白。机辩:机智巧辩。

③ 杨素:字处道,弘农华阴(今陕西省华阴县)人。初在北周,后曾协助杨坚平定天下,又曾参与宫廷阴谋,拥立炀帝。

④ 理道:说理论道。

译文

隋朝侯白机智巧辩,才思敏捷。曾和杨素并马而行。路旁有一棵槐树,枯萎快死了。

杨素说:“侯秀才论理说道,才智过人,你能让这棵槐树活过来吗?”

侯白说:“拿一个槐树种子悬挂在枯槐枝上,它就会活了。”

杨素问他原因何在。

侯白回答说:“《论语》上有句话说:‘子在,回何敢死!’”

王绩

王绩(585— 644),字无功,自号东皋子,绛州龙门(今山西河津县)人。隋炀帝时,举孝悌廉洁,授秘书省正字,不乐在朝,求为六合县丞,因嗜酒被劾,乃还故里。唐武德初,以原官待诏门下省,后弃官还乡。有《王无功文集》五卷。

醉乡记[①]

醉之乡,去中国不知其几千里也。其土旷然无涯[②],无丘陵陂险[③]。其气和平一揆[④],无晦明寒暑。其俗大同,无邑居聚落。其人甚精[⑤],无爱憎喜怒。吸风饮露,不饮五谷。其寝于于[⑥],其行徐徐[⑦],与鸟兽鱼鳖杂处,不知有舟车械器之用。

昔者,黄帝[⑧]氏曾获游其都,归而杳然丧其天下[⑨],以为结绳[⑩]之政已薄矣。降及尧舜[⑪],作为千钟百壶之献,因姑射神人[⑫]以假道,盖指其边邻,终身太平。禹汤[⑬]立法,礼繁乐杂,数十代与醉乡隔。其臣羲和[⑭],弃甲子而逃[⑮],冀臻[⑯]其乡,失路而夭[⑰]。天下遂不宁。至乎末孙,桀纣怒而升糟丘[⑱],阶级千仞[⑲],南向而望,卒[⑳]不见醉乡。武王[㉑]得志于世,乃命公旦立酒人氏之职[㉒],典司五齐[㉓],拓地七千里,仅与醉乡达焉,故四十年刑措不用。下逮幽厉[㉔],迄[㉕]乎秦汉,中国丧乱,遂与醉乡绝,而臣下之受道者往往窃至焉。阮嗣宗[㉖]、陶渊明[㉗]等数十人并游于醉乡,没身不返,死葬其壤,中国以为酒仙云。

嗟呼,醉乡氏之俗,岂古华胥氏之国[㉘]乎?何其淳寂也如是!予得游焉,故为之记。

注释

① 本文选自《王无功文集》。

② 无涯:无边无际。涯,天边。

③ 陂:山坡。险:险阻。

④ 揆:尺度。

⑤ 精:精纯。

⑥ 于于:舒适自得的样子。

⑦ 徐徐:缓慢的样子。

⑧ 黄帝:轩辕氏,传说中中原各族的祖先,各部落联盟领袖。

⑨ 杳然:幽远的样子。丧其天下:像失掉了天下。

⑩ 结绳:传说在文字产生前,结绳记事。

⑪ 尧:即唐尧,传说中部落联盟首领。舜:即虞舜,传说中部落联盟首领,继尧而立。

⑫ 姑射神人:传说中居住在藐姑射山的神人。

⑬ 禹:夏代的第一个王。汤:殷代的第一个王。

⑭ 羲和:传说中掌天文历法的官吏,夏朝仲康时代的羲和,沉缅于酒,未能预报日食,被治罪。

⑮ 弃甲子而逃:即沉缅于酒,放弃了他掌天文历法的职责。

⑯ 冀:希望。臻:到。

⑰ 夭:短命、早死。

⑱ 桀:夏代的最后一个王。纣:殷代的最后一个王。他们都很昏暴。糟丘:传说桀好喝酒,酒渣堆成山丘,叫“糟丘”。

⑲ 千仞:形容很高。仞:古代八尺为仞。

⑳ 卒:终于、最终。

㉑ 武王:指周武王,姓姬名发,率领诸侯推翻了殷纣王的统治,建立了周朝。

㉒ 公旦:指周公姬旦。酒人氏:官名,主管酿酒等事。

㉓ 典司:主管。五齐(jì):古代按酒的清浊,分为五等,叫“五齐”。

㉔ 逮:到。幽厉:指西周的幽王和厉王,都以昏暴著称。

㉕ 迄:到。

㉖ 阮籍(210— 263):三国时魏人,他生活在魏晋易代之际,统治阶级内部斗争复杂尖锐,因此纵酒谈玄,不问世事以避祸。

㉗ 陶渊明(365— 427):东晋时诗人,早年曾任江州祭酒、镇军参军、彭泽令等职,后因厌恶官场污浊,遂退隐乡村。性嗜酒,有《饮酒二十首》,其序云:"偶有名酒,无夕不饮,顾影独尽。忽焉复醉。"

㉘ 华胥氏之国:传说中的国名。黄帝昼寝,梦游华胥之国。

译文

醉乡,远离中国不知有几千里路。那里土地宽阔,无边无际,没有丘陵山坡险阻。那里气候平和得像一个样子,没有昏暗明亮寒冷暑热的区别。风俗相同,不分城市乡村。那里的人很纯正,没有喜怒爱憎的感情。呼吸的是风,喝的是露水,不吃五谷。他们睡起觉来舒适自得,走起路来慢慢悠悠,和鸟兽鱼鳖一起杂居,不会用舟车械器。

古时候,黄帝有机会到了醉乡的都城,那幽远的境界使他神往,回来后觉得天子不足尊贤,那种淳朴的结绳之政也似乎淡而寡味了。后来到了尧舜时代,用千钟百壶的酒献祭,因了姑射神人的假道,大概到了醉乡的边邻,终身太平。夏禹商汤定了种种法规,礼仪繁琐,乐制复杂,使几十代人与醉乡远隔。他的臣子羲和,因沉缅于酒而失职,希望到达醉乡,因迷失道路,致使短命而亡。遂使天下不宁。到了夏商末代,夏桀殷纣喜欢喝酒,酒糟堆成了高大的糟丘,一层层台阶竟有千仞之高,向南而望,到底看不见醉乡。周武王在世得志,就命令周公设置酒人氏这样的官职,主管酿酒等事,把酒分为五等,拓地七千里,仅与醉乡相通,因此四十年不用刑罚。以后到了周幽王、周厉王,以至发展到秦汉,中国丧乱,遂与醉乡隔绝,而臣子中有些受了道的人往往私下到达醉乡。阮籍、陶渊明等数十人一起在醉乡游历,他们没身不返,死后就埋葬在那里,中国人以为他们是酒中的神仙。

唉,醉乡的习俗,难道与古代华胥氏之国的习俗一样吗?这是何等淳朴寂寥呀!我有幸游历醉乡,因此写了这篇《醉乡记》。

李延寿

李延寿，唐初史学家。字遐龄，相州（治今河南安阳）人。任崇贤馆学士、符玺郎兼修国史，参加编撰《五代史志》《晋书》，著有《太宗政典》。继承其父李太史遗志，以一人之力，整理南北八朝史事，经十六年编成《南史》《北史》两书。

嗜痂成癖[①]

穆之孙邕，性嗜食疮痂[②]，以为味似鳆鱼[③]。尝诣孟灵休，灵休先患灸疮[④]，痂落在床，邕取食之。

注释

① 本篇选自李延寿《南史·刘穆之传》，题目为编者所加。

② 痂（jiā）：一种皮肤损害，由水疱、脓疱或渗出物干燥后结成，常含有脓、细菌、血、上皮细胞和灰尘等。

③ 鳆（fù）鱼：即鲍鱼，又称石决明，海味珍品。

④ 灸疮：艾灸烧灼后皮肤化脓溃烂后结的痂。

译文

刘穆之的孙子刘邕，生性特别喜爱吃疮痂，以为它的味道可以和鳆鱼媲美。他曾去看孟灵休，孟灵休原先患了灸疮，疮痂掉在床上。刘邕一见，就连忙捡起吃了。

千万买邻[①]

宋季雅罢南康[②]郡，市宅居僧珍[③]宅侧。僧珍问宅价，曰："一千一百万。"怪其贵，季雅曰："一百万买宅，千万买邻。"

注释

① 本文选自《南史·吕僧珍传》，题目为编者所加。

② 南康：晋置郡名，在今江西赣县。

③ 僧珍：吕僧珍，梁东平范人，字元瑜，梁武帝时任辅国将军、步兵校尉，史称他"性甚恭慎"。

译文

南康郡守宋季雅被罢官后，买了吕僧珍隔壁的一所宅院。僧珍询问价格，他回答说："花一千一百万钱。"宅价如此昂贵，僧珍感到吃惊。季雅解释说："我是用一百万钱买房屋，用一千万钱买邻居啊！"

越凫楚乙[①]

昔有鸿飞天首，积远难亮[②]，越人以为凫，楚人以为乙，人自楚、越，鸿常一耳。

注释

① 本文选自《南史·顾欢传》，题目为编者所加。凫，野鸭子。乙：同"鳦"，燕子。

② 亮：作动词用，看清楚。

译文

有一只鸿雁在天际飞翔，又高又远，人们难以辨认，有个越人说是野鸭子，有个楚人说是小燕子。尽管他们在楚、越乱说一气，但是鸿雁仍然是鸿雁。

一箭双雕[①]

尝有二雕飞而争肉，(摄图)因以箭两只与晟请射取之[②]，晟驰往，遇雕相攫，遂一发双贯焉。

注释

① 本文选自《北史·长孙晟传》，题目为编者所加。雕，一种猛禽。

② 摄图：突厥国王。晟：长孙晟，字季晟，北周时洛阳人。

译文

有两只大雕在高空飞逐争肉，突厥国王摄图拿出两枝箭交给长孙晟，让他射下大雕。长孙晟手持弓箭大步向前，等到两只大雕扑到一起争斗时，一箭射去，贯穿了两只大雕。

王皓失马[①]

皓，字季高。……儒缓[②]亦同诸兄。尝从文宣[③]北征，乘赤马，旦蒙霜气，遂不复识。自言失马，虞候[④]为求觅不得。须臾日出，马体霜尽，系在幕前，方云："我马尚在。"

注释

① 本文选自《北史·王皓传》，题目为编者所加。

② 儒缓:懦弱迟钝。儒,懦弱。

③ 文宣:指北齐皇帝高洋。

④ 虞候:掌管侦察等事务的武官。

译文

王皓,字季高,为人懦弱迟钝,与他的兄长一样。他曾经跟随高洋北征,骑了一匹枣红马。有一天早晨起来,马身上蒙了一层霜,他就认不出自己的马了。他扬言丢了马,虞候到处给他寻找也未找到。一会儿,太阳出来了,马身上的霜全部化光了,他发现他的枣红马仍然拴在帐幕前,才说:“我的马还在。”

寒山子

寒山子，初唐著名的诗僧。居天台始半县寒岩（在今浙江天台县西南）。常往来于天台国清寺，与寺僧半干、拾得友善。其诗多讥评世俗，宣扬佛教厌世思想和山林幽隐之趣，偏于说理，近乎禅偈。他的诗采用口语，通俗明快，不讲声律。有《寒山子集》，存诗三百多首。今传有《寒山拾得诗》一卷，为其与拾得的合集。

狗争骨[1]

我见百十狗，个个毛鬡鬇[2]。
卧者渠[3]自卧，行者渠自行。
投之一块骨，相与啀喍[4]争。
良由为骨少，狗多分不平。

注释

① 本文选自《全唐诗·寒山子集》，题目为编者所加。
② 鬡鬇：毛发散乱的样子。
③ 渠：它。
④ 啀喍：狗相咬的样子。

译文

我看见百十条狗，
狗毛散乱像猪鬃。
卧着的舒坦地卧，

走着的慢慢儿行。
扔了一块儿骨头,
就咬起来相争。
这是因为骨头少,
狗多了分不均平。

三五痴后生[①]

三五痴后生,
作事不真实。
未读十卷书,
信把雌黄笔[②],
将他儒行篇[③],
唤作“贼盗律”。
脱体以蟫虫[④],
咬破他书帙[⑤]。

注释

① 选自《寒山拾得诗》。

② 信把雌黄笔:意思是拿笔写文章评论,随意胡说八道。信,任意。把,持,拿。雌黄,矿物名,晶体,橙黄色,可制颜料。古人用黄纸写字,如有错误,就用雌黄涂抹,因称改易文字为“雌黄”。引申为评论。后来才把不顾事实、随便议论叫“信口雌黄”。

③ 儒行篇:统指前人著作。

④ 蟫(yín)鱼:即蠹鱼,蛀食衣物、书籍的一种银白色小昆虫。

⑤ 书帙(zhì):书卷的外套。这里泛指书。

译文

有些年轻人,做事不靠谱,读了几本书,就口无遮拦,目中无人,目空一切,对前人的血汗结晶,对他人的研究成果,横挑鼻子竖挑眼,说得一无是处。整个就像个书蛀虫,做着破坏经典的事。

聪明士

余昔曾睹聪明士,博达英灵无比伦①。
一选②嘉名喧宇宙,五言诗句越诸人。
为官治化③超先辈,直为④无能继后尘。
忽然富贵贪财色,瓦解冰消不可陈⑤。

注释

① 博达英灵无比伦:博通群书,才能杰出,没有人能够与之相提并论。英灵,杰出的人才。无比伦,即无与伦比之意。

② 选:量才授官。

③ 治化:治理政务,教化百姓。

④ 直为:处事待人,廉洁正直。

⑤ 陈:陈述,说。

译文

我曾见过聪明人,博通群书才能杰出,无人能与之相提并论。一旦当官,名震天下,诗文超过很多人,治理政务教化百姓超过前任,处事待人廉洁正直为后世榜样,但是富贵之后如果贪恋财色,就会土崩瓦解,变得为人所不齿。

僧道世

《法苑珠林》是一部宣传佛教教义的书。唐高宗时僧人道世所编。全书共100篇，其中既有佛经故事，也有民间故事。

打　蚊[1]

过去有秃头染衣人，共儿持衣诣[2]水边。浣衣[3]已，绞晒持归。尔时大热，眼暗。道中见一树，便以衣囊枕头下睡。有蚊子来饮其头血。儿见已父疲极睡卧，便发恶骂云："是弊恶婢儿[4]蚊子，何以来饮我父血？"即持大棒欲打蚊子，蚊子飞去，棒着父头，即死。时，此树神便说偈[5]言：

宁与智者仇[6]，不与无智亲。

愚为父害蚊，蚊去破父头。

注释

① 本文选自《法苑珠林·愚赣篇·杂痴部》。

② 诣：到。

③ 浣衣：洗衣。

④ 恶婢儿：骂人的话，可能是"坏丫头"的意思。

⑤ 偈(jì)：梵语"偈陀"的简称。意译为颂，是佛经中的唱词。

⑥ 仇(qiú)：匹配。此处是"结伴"的意思。

译文

过去有一个染衣服的光头匠人，他跟儿子一起，拿着染了的衣服到水边去漂洗。衣服漂洗完毕，绞了水，晒干，拿着回家。当时天气炎热，有些疲倦，眼睛发暗。路上有一棵树，他便把盛衣的袋子做了枕头，在树下睡了。忽然，飞来一只蚊子在他头上吸血。儿子见自己的父亲疲倦睡卧，便恶狠狠地骂蚊子说："这个坏东西蚊子，为什么来吸我父亲的血？"就手持大棒打蚊子，蚊子慌忙飞走了，大棒打在父亲的头上，当即死去。这时，这棵树上的神便作了一首偈道：

宁可跟聪明人结伴，

决不可和愚人亲近。

这愚人为父亲打蚊，

却一棒打死了父亲。

猴子救月[①]

过去世[②]时，有城名波罗奈，国名伽尸。于空闲处有五百猕猴[③]，游行林中。到一尼俱律树下，树下有井。井中有月影现时，猕猴主见是月影，语诸伴言："月今日死落井中，当共出之，莫令世间长夜暗冥。"共作计议言云："何能出？"猕猴主言："我知出法：我捉树枝，汝捉我尾，展转相连，乃可出之。"时诸猕猴即如主言，展转相捉。小未至水，连猕猴重，树弱枝折，一切[④]猕猴堕井水中。尔时树神便说偈言：

是等骇榛[⑤]兽，疾众共相随。

坐自生苦恼，何能救出月。

注释

① 本文选自《法苑珠林·愚戆篇·杂痴部》。

② 过去世：佛教以过去、现在、未来为三世。

③ 猕猴：亦称"恒河猴"，群居山林中，喧哗好闹。

④ 一切：所有。

⑤ 骇榛：谓脑袋愚笨。骇，同"呆"。

译文

在过去世，有一个伽尸国，国内有座波罗奈城。在人烟稀少的树林中，有五百只猕猴。一天，众猕猴到了一尼俱律树下，看到树下有口井。井水中的月影一晃，猕猴的头儿见了，就对同伴们说："月亮今天掉到井中了，大家应当齐心合力把它捞出来，不要叫世间的夜晚长期黑暗。"猕猴们共同商量说："怎样才能救出月亮呢？"猕猴头儿说："我想出救出月亮的方法了：我捉住树枝，你们捉住我尾巴，一个连一个，就可以到井底捞出月亮了。"当时，那群猕猴便按照头儿说的办法干，一个捉住一个尾，挂成一长串。快到水面时，因连在一起的猕猴太重，树枝弱小，一下便折断了。于是，所有的猕猴都掉到井水中了。这时树神便说偈道：

如此蠢笨的野兽，
痴呆呆地相追随。
如此自己找烦恼，
怎能把月救出水？

分　鲤[①]

一河曲中有二狙[②]。河中得大鲤鱼，不能分。二狙守之。有野干[③]来饮水，见狙语，言："外甥是中作何等？"狙答言："阿舅，是河曲中得此鲤鱼，不能分，汝能分不？"野干言："能。是中说偈，分作三分。"即问狙言："汝谁喜入浅？"答言："是某狙。""谁喜入深？"答言："是某狙。"野干言："汝听我说偈：

入浅应与尾，入深应与头；
中间身肉分，应与知晓者。"

注释

① 本文选自《法苑珠林·愚戆篇·复痴部》。

② 狙：猕猴。

③ 野干:即野犴(àn),古代北方的一种野狗,形如狐狸,黑嘴。

译文

一个河湾中有两只猕猴。有一天,它们从河里抓到一条大鲤鱼,不知道该怎么分,便守在那儿。有只野犴来喝水,听了它们的话,便问:"外甥呆在这里干什么?"猕猴回答说:"舅舅,我们在河湾中抓了这条大鲤鱼,不会分,你能分吗?"野犴说:"能分。我这里说个偈子,分作三分。"就问猕猴说:"你们谁喜欢到浅水里去?"猕猴中有一个说:"是我。""谁喜欢到深水里去?"猕猴中另一个说:"是我。"野犴说:"你们听我说偈:

入浅水的应该分鱼尾,

入深水的应该分鱼头。

鱼身中间的那段肥肉,

应给懂得分法的舅舅。"

妒　影①

夫妇二人向葡萄酒瓮内欲取酒。夫妻两人互见人影。二人相妒,谓瓮内藏人。二人相打,至死不休。有道人为打破瓮,酒尽了无。二人意解,知影怀愧。

注释

① 本文选自《法苑珠林·愚戆篇·杂痴部》。

译文

有一对夫妇向葡萄酒缸里去取酒,两人都看见了坛中对方的影子。于是怀疑、妒忌,以为对方在酒坛里藏了情人,为此打起架来,没个休止。一个深明道理的人,打破了酒坛,酒流完后,没有人影。这时,夫妻二人才解开了心里的疙瘩。他们知道自己妒忌的是影子,心里十分惭愧。

狐笑痴[①]

昔有妇人,富有金、银。与男子交通[②],尽取金、银、衣,相追俱去。到急水边,男子言:“汝持财物来,我先渡之,当还迎汝。”男子便走去不还。妇女独住在水边,见狐捕取鹰,舍[③]取鱼,不得鱼,复失鹰。妇谓狐:“汝何痴甚,捕两不得一?”狐言:“我痴尚可,汝痴剧[④]我也!”

注释

① 选自《法苑珠林》卷六十七引《旧杂譬喻经》卷上。痴,傻。

② 交通:勾结。这里即私通。

③ 舍:舍弃,放弃。

④ 剧:极,甚,厉害。

译文

以前有个妇人很富有,有很多金银财宝。她与一个男子私下交好,将金银财宝和好衣服卷成一包,就跟他私奔了。他们来到一处湍急的河流,男子说:“你把财物包裹给我,我先渡过河,再回来接你。”但他拿了包裹过了河,就头也不回地 跑了。这妇人独自在河边等男人回来接她时,看见狐狸为捕捉鹰,放弃了抓河边的鱼,结果鱼游走,而鹰也飞走了。妇人于是对狐狸说:“你为什么这样愚笨呀,抓鱼、抓鹰,两样一样也没得到?”狐狸说:“我愚笨还行,可你比我还愚笨得多呢!”

裴炎

裴炎(?—684),字子隆,唐代绛州闻喜(今山西省闻喜县)人。高宗时官至侍中、中书令,受遗诏辅佐中宗。但后来他与武则天密谋策划,废掉中宗,扶立了睿宗。武后时,曾请武后归政,系狱死。

好酒爱屐[①]

猩猩在山谷行,常有数百为群。里人以酒并糟设于路侧;又爱着著屐,里人织草为屐,更相连接。猩猩见酒及屐,知里人设张[②],则知张者祖先姓字[③],乃呼名骂云:"奴欲张我,舍尔[④]而去!"复自[⑤]再三,相谓曰:"试共尝酒。"及饮其味,逮乎醉,因取屐而著之,乃为人之所擒,皆获,辄无遗者[⑥]。

注释

① 本文选自唐裴炎《猩猩铭·序》,题目为编者所加。屐:木底有齿的鞋,此文指草鞋。

② 张:捕取鸟兽的机关、罗网。

③ 传说猩猩知道人家往事及祖先名位。

④ 尔:指里人所设屐、酒。

⑤ 自:当为"至"。

⑥ 辄:往往。遗:遗漏。

译文

猩猩往往几百只在一起,成群结队地走在山谷中。它们爱喝酒,乡下人把酒和酒糟摆在道路两边;它们爱穿鞋,乡下人就编了很多草鞋并用绳子勾连起来,也放在路旁。猩猩一见酒和鞋,就知道是乡下人设置的机关,还知道他们祖宗姓名,便指名道姓地骂道:“你们这些奴仆想诱捕我们吗?我们马上离开这里,决不上当!”说完就走了,但又舍不得美酒、草鞋,一会儿又返了回来。如此三番五次,实在忍耐不住,便一个对一个说:“咱们试着尝尝。”一旦喝起来,越喝越有味,以至酩酊大醉,于是拿了草鞋穿上。就这样,一下被人们统统捉住,没有一个逃脱的。

张鷟

张鷟(660？—740?)，字文成，又号浮休子，深州陆泽(今河北深县北)人，生活在唐代武后、中宗、睿宗三朝和玄宗前期，以词章知名。著有传奇小说《游仙窟》一卷及《朝野佥载》《龙筋凤髓判》。《朝野佥载》主要记述隋唐两代的遗闻轶事，书中对于当时政治的黑暗腐败，酷吏的阴狠残暴，整个官僚集团的儒怯无知，都有所揭露。

执《马经》以求马①

伯乐令其子执《马经》画样以求马，经年无有似者。归以告父，乃更令求之。出见大虾蟇②，谓父曰："得一马，略与相同，而不能具③。"伯乐曰："何也?"对曰："其隆颅跌目脊郁缩④，但蹄不如累趋尔⑤。"伯乐曰："此马好跳掷，不堪⑥也。"子知乃至。

注释

① 本文选自《朝野佥载》。《马经》：关于相马的书。

② 虾蟇：即蟾蜍。

③ 具：完备。

④ 隆颅：隆起的头盖骨。跌目：沉陷的眼眶。脊郁缩：背脊收缩。

⑤ 累趋：《艺林伐山》作"累麹"，堆起的酒曲。

⑥ 不堪：受不了，谓不能骑。

译文

伯乐叫儿子拿了《马经》的图样去求马，经过了很多年没有找到一匹相似的。他回到家里将找马的情况告诉父亲，他父亲再让他去求。他在外见到一只大蛤蟆，对父亲说："得到匹马，跟《马经》上的图样大致相同，但还不完备。"伯乐问："为什么呢？"他回答说："这匹马有着高起的头盖骨，沉陷的眼睛，背脊收缩，但它的蹄子不像堆起的酒曲。"伯乐说："这匹马喜欢腾跃，却不能骑。"儿子笑笑，再也不去找马了。

狮王与豺狼①

昔有师子②王，于深山获一豺，将食之。豺曰："请为王送二鹿以自赎。"师子王喜。周年之后，无可送。王曰："汝杀众生亦已多，今次③到汝，汝其图之。"豺默然无应④，遂齰⑤杀之。

注释

① 本篇选自《朝野佥载》，题目为编者所加。

② 师子：即狮子。

③ 次：轮到。

④ 应：回答。

⑤ 齰：咬啮。

译文

过去有一个狮子王，在深山抓住一只豺狼，就要将它吃掉。豺狼说："请让我给你送两只鹿来赎自己。"狮子王很高兴。过了一年以后，实在再没有什么可送了。狮子王就说："你杀众生也够多了，今轮到你，你还有何法可想。"豺狼沉默了一会儿无法回答，于是就被狮子吃掉了。

愚人失袋[1]

昔有愚入京选[2]，皮袋被贼偷去。其人曰："贼偷我袋，终将不得我物用。"或问其故，答曰："钥匙尚在我衣袋上，彼将何物开之。"

注释

① 本文选自《朝野佥载》，题目为编者所加。

② 入京选：到京都去参加考选。

译文

从前，有一个愚人到京都去参加考选，他的皮口袋被贼偷去了。这个愚人说："贼偷了我的皮口袋，他将永远得不到我皮口袋里的东西。"有人问他为什么，他回答说："钥匙还拴在我的衣服带子上，他拿什么打开皮口袋呢？"

啮镞法[1]

隋末有昝君谟善射。闭目而射，应口而中。云志其目则中目，志中口则中口。有王灵智学射于谟，以为曲中其妙，欲射杀谟，独擅其美。谟执一短刀，箭来辄截之。唯有一矢，谟张口承之，遂啮其镝[2]，笑曰："学射三年，未教汝啮镞法。"

注释

①《朝野佥载》今本无此篇，本文是从《酉阳杂俎·贬误》中摘录的，题目为编者所加。啮（niè）：咬。镞（zú）：箭头。

② 镝（dí）：箭头。

译文

隋代末年，有个叫咎君谟的人最擅长射箭。他闭上眼睛射箭，说射哪里就能射中哪里。说射眼睛就射中眼睛，说射嘴巴就射中嘴巴。有个叫王灵智的人跟咎君谟学射，自以为已经完全把射箭的本领学到手了。便想射死咎君谟，自己独霸这门高超的技艺。那天，咎君谟拿着一把短刀，王灵智的箭射过来就给截住了。唯有一枝箭射来，咎君谟张口接住，并咬住箭头，笑着说："你学射箭三年了，我还没有教你这种啮镞法呢！"

王士元

王士元（生卒年不详），“元”或作“源”，唐文学家，襄阳宜城（今湖北宜城县）人。幼好名山，不乐仕进。天宝元年，玄宗下诏，以《庄子》为《南华真经》、《列子》为《冲虚真经》、《文子》为《通玄真经》、《康桑子》为《洞灵真经》，然《庚桑子》求之不获，士元谓庚桑子即亢仓子，取诸子文义相类者，编成《亢仓子》9篇，以补其隅。天宝四载，应诏入京，编校《孟浩然诗集》，并为之作序，为研究孟浩然提供了重要资料。

翟西说谎①

翟西氏之子甚孝谨。翟西怜其子，而好妄与之言。翟西辰出夕返，则曰甲死矣。其子信之，既而甲在焉。他夕则曰乙且害予，其子伺将行仇②，既而不见恶端。他夕则曰丁病矣，其子觇③之，丁诚无恙。

乡国之人，疾其咎口④，谋将杀之。翟西闻而惧，归以告子，子未甚信。既而翟西见杀！

注释

① 本文选自《亢仓子·训道》，题目为编者所加。

② 行仇：报仇。

③ 觇：看，窥看。

④ 咎口：这里是造谣、说人坏话的意思。咎，灾祸、灾殃。

译文

翟西的儿子对翟西一向很尊重，翟西爱儿子，却喜欢说谎骗儿子。翟西早出晚归,就说甲死了。儿子听信了他的话,可是甲仍然活着。有天晚上他告诉儿子说:“乙将谋害我!”他的儿子准备伺机报仇,可是不见乙作恶的迹象。有天晚上他说丁病了,他的儿子去看,丁根本没有病。

村里人痛恨他到处造谣,说人坏话,商量着要杀掉他。翟西听了很害怕,回家后告诉儿子,儿子不甚相信。不久,翟西果真遭到暗害。

杜甫

杜甫(712—770),字子美,原籍襄阳(今湖北省襄阳市),寄居巩县(今河南省巩义市)。出生于“奉儒守官”的封建士大夫家庭,处在唐朝由兴盛走向衰落的时代,怀抱着忠君爱国、积极用世的心情,但因仕途失意,又历经患乱,因而能体念和同情人民的疾苦。其诗抒写个人情怀,往往紧密结合时事,有强烈的社会现实意义。他是我国古代伟大的现实主义诗人,在诗歌艺术上,他能够吸取和总结前人的成就,融合众长,兼备诸体,并形成特有的沉郁顿挫的艺术风格。有《杜少陵集》25卷,收诗1400余首。

义鹘行①

阴崖②有苍鹰,养子黑柏巅。
白蛇登其巢,吞噬恣③朝餐。
雄飞远求食,雌者鸣辛酸。
力强不可制,黄口④无半存。
其父从西归,翻身入长烟⑤。
斯须领健鹘,痛愤寄所宣⑥。
斗⑦上捩⑧孤影,嗷哮⑨来九天。
修鳞⑩脱远枝,巨颡⑪坼老拳。
高空得蹭蹬⑫,短草辞蜿蜒⑬。
折尾能一掉⑭,饱肠皆已穿。
生虽灭众雏,死亦垂千年⑮。
物情有抱负,快意贵目前。
兹实鸷鸟最,急难⑯心炯然。

功成失所在，用舍[17]何其贤。
近经潏水湄[18]，此事樵夫传。
飘萧觉素发，凛欲冲儒冠[19]。
人生许与分，亦在顾盼间。
聊为《义鹘行》，用激壮士肝。

注释

① 本文选自《杜少陵集》。鹘(hú)：鹰类猛禽，又名隼。

② 阴崖：背对着太阳的山崖。

③ 吞噬：吞食。恣：放纵，毫无顾忌。

④ 黄口：指雏鸟。

⑤ 长烟：指飘在空中的浮云。

⑥ 痛愤句：雄鹰向鹘鸟宣诉了自己的悲痛，并希望鹘鸟替自己复仇。

⑦ 斗：同“陡”，突然。

⑧ 捩：扭转。

⑨ 嗷哮：厉声长鸣。

⑩ 修鳞：指白蛇。修，长。

⑪ 巨颡：指大的蛇头。

⑫ 蹭蹬：挫跌。

⑬ 蜿蜒：蛇爬行的样子。

⑭ 掉：摇动。

⑮ 垂千年：谓白蛇之死可以垂鉴千年。

⑯ 急难：急人之难。

⑰ 用舍：指进退、出处等行为。

⑱ 潏(jué)水湄：潏水边上。潏水在长安杜陵附近，流入渭水。

⑲ 上十字应作一句读。句谓闻知鹘的侠义行为后，不禁肃然起敬，以致稀疏的白发冲冠而起。

译文

背阳的山崖有对苍鹰，
养了雏鹰在柏树顶巅。
一条白蛇爬上了鹰巢，
将小鹰吞食作了美餐。
这时雄鹰去远方求食，
雌鹰的惨叫令人心酸。
白蛇的力强不能制止，
被咬的雏鹰已经过半。
雄鹰飞回时见此惨景，
遂又飞向高高的云端。
很快领来雄健的鹘鸟，
将悲愤寄于对鹘诉宣。
鹘鸟突然间健翮凌空，
又一声长鸣飞下九天。
白蛇从高高树顶摔下，
巨大的头颅被鹘撕烂。
它从高空中受到挫跌，
落在短草中再不动弹。
摔断的尾巴动了一下，
吃饱的肚肠全部破穿。
活着虽然吞食了雏鹰，
死后也足以垂鉴千年。
要求复仇本人之常情，
可贵的是当即快意如愿。
这只鹘鸟是杰出的猛禽，
急人之难而心地坦然。

事情成功后不知去向，
进退出处又是何等明贤。
最近经过滴水河边，
这个故事在樵夫中流传。
听了义鹘事我肃然起敬，
稀疏的白发起而冲冠。
人与人之间有无情分，
在危急中表现得最为明显。
聊且写了这首《义鹘行》，
用以激励烈士的肝胆。

李华

李华(715—766),字遐叔,赞皇(今属河北)人。开元二十三年(735)进士。曾弹劾过杨国忠党羽。官至吏部员外郎。因在安禄山陷长安时受伪职,被贬为杭州司户参军。与萧颖同为唐代著名古文家。主张“尊经”“载道”,以改变当时沿袭六朝以来衰靡的文风,是韩愈提倡的古文运动的先驱人物之一。有《李遐叔文集》。

鹗执狐记[①]

某尝目异鸟击丰狐[②]于中野,双睛耀宿[③],六翮垂云[④],迅犹电驰,厉若霜杀[⑤],吻决肝脑[⑥],瓜刳肾肠[⑦],昂藏[⑧]自雄,倏歘[⑨]而逝。问名于耕者,对曰:“此黄金鹗也,其何快哉!”因让[⑩]之曰:“仁人秉[⑪]心,哀矜不暇[⑫],何乐之有?”曰:“是狐也,为患大矣!震惊我姻族,挠乱我闾里[⑬],喜逃徐子之庐[⑭],不畏申孙[⑮]之矢。皇祇或者其恶贯盈[⑯],而以鹗诛之。予非斯禽之快[⑰]也而谁为?”

悲夫!高位疾偾[⑱],厚味腊[⑲]毒,遵道致盛,或罹诸殃[⑳],况假威为孽[㉑],能不速祸?在位者当洒濯[㉒]其心,拔除凶意,恶是务去,福其大来。不然则有甚于狐之害人,庸忸[㉓]于鹗之能尔。

注释

① 本文选自《文苑英华》卷八三三。鹗(è):鸟名,鹰类。执:捉。

② 丰狐:即封狐,大狐。

③ 耀:照射。宿:星宿。

④ 翮(hé):羽根。六翮:鸟儿翅膀的代称。垂云:像挂在天边的云,极言其大。

⑤ 厉：猛烈。霜杀：如严霜杀草一般。

⑥ 吻：嘴唇，此代指嘴。决：啮断，咬开。

⑦ 刳(kù)：剖挖。肾：肾脏。

⑧ 昂藏：气宇不凡。

⑨ 倏：疾迅。欻：欻忽，如火光一现。

⑩ 让：责备。

⑪ 秉：秉持。

⑫ 矜：怜悯。不暇：来不及。

⑬ 挠：扰乱。闾里：乡里。

⑭ 徐子之庐：徐子，周朝时徐国封为子爵，故称其国君为徐子。庐，戈、戟、箭等木柄的加工作坊。徐国以弓箭著称，这里是用“徐子之庐”指代兵器。

⑮ 申孙：箭名。

⑯ 皇：皇天。祇(qí)：地神。皇祇：皇天后土，即天地之神。盈：满。者：疑是“因”字之误。

⑰ 快：称快。

⑱ 疾：快。偾(fèn)：倒下。

⑲ 腊(xī)：极。

⑳ 罹(lí)：遭遇。殃：灾难。

㉑ 孽：坏事，罪恶。

㉒ 洒(xǐ)：通“洗”。濯：洗涤。

㉓ 庸：经常。忸(niǔ)：惭愧。

译文

我曾亲自看到有一只不凡的鸟儿在原野袭击大狐狸的情景，它两只眼睛能照射到星宿，翅膀一展，像挂在天边的云，动作迅速得像闪电，猛烈如严霜杀草一般，它用嘴咬开狐狸的肝脑，用爪剖开肾脏胃肠。它仪表雄伟，气宇不凡，很快地又凌空远逝。我向农夫打问这鸟儿的名字，他回答说：“这是黄金鹗，它干得何等痛快!”我责备他说:“仁厚的人有着慈悲的心肠,对它怜悯都来不及了,有什么可乐呢?”他说:“这个狐狸,为害可大了!震惊了我的亲戚朋友,挠乱了我的乡里,善于躲开兵器,不怕申孙箭的伤害。老天爷或因其罪大恶极,而让鹗诛杀它。我不为这只鹗为民除害而称快还能为谁称快呢?”

可悲啊!居高位的往往很快就跌倒,美味往往十分有毒,遵循道义才能昌盛,但也不能完全排除遭受灾难的可能,何况借权威干坏事,能不很快遭祸吗?在位的人应当洗涤自己的心脏,铲除凶狠的意念,务必去掉丑恶的东西,福就会降到头上。若不如此,那就比狐狸的为害于人还厉害,势必常在鹗的本领面前感到惭愧,终当被鹗击毙!

元结

元结(719—772),字次山,洛阳(今河南省洛阳市)人。天宝十二载举进士。安史之乱起参谋军事,平乱有功。晚拜道州(今湖南省道县)刺史,进授容管经略史。其诗能反映民间疾苦,散文健康朴素,为唐代古文运动先驱者之一。有《元次山集》行世。

恶　圆[①]

元子家有乳母,为圆转之器[②]以悦婴儿,婴儿喜之。母使为之聚孩孺[③]助婴儿之乐。

友人公植者,闻有戏儿之器,请见之;及见之,趋[④]焚之。责元子曰:"吾闻古之恶圆之士歌曰:'宁方为皂[⑤],不圆为卿;宁方为污辱,不圆为显荣。'其甚者,则终身不仰视,曰:'吾恶天圆。'或有喻之以天大无穷,人不能极,远视四垂,因谓之圆无不圆也。对曰:'天纵不圆,为人称之,我亦恶焉!'次山奈何造圆转之器,恣[⑥]令悦媚?婴儿小喜之,长必好之。教儿学圆,且陷不义;躬自戏圆,又失方正[⑦]。嗟嗟[⑧]次山,入门爱婴儿之乐圆,出门当爱小人之趋圆[⑨],吾安知次山异日不言圆、动圆、静圆以终身乎?吾岂次山之友也!"

元子召季川谓曰:"吾自婴儿戏圆,公植辱我言绝;忽乎吾与汝圆以应物,圆以趋时,非圆不预[⑩],非圆不为,公植其操矛戟刑我乎?"

注释

① 本文选自《元次山集》。恶:讨厌、憎恶。

② 圆转之器:指旋转绕圆的玩具。

③ 孺:婴儿。

④ 趋:急速。

⑤ 皂(zào):古时对奴隶或差役的称谓。

⑥ 恣:放纵。

⑦ 方正:正直。

⑧ 嗟嗟:悲叹声。

⑨ 趋圆:趋奉圆滑。

⑩ 预:参与。

译文

元结家里有一位乳母,做了一个旋转的玩具逗婴儿玩,婴儿很喜欢它。婴儿的母亲让她招一些幼儿孩童来玩,给婴儿助兴。

有一位叫公植的朋友,听说次山家里有一个逗儿娱乐的旋转玩具,就请求观看;等到他一看,就赶紧把它烧毁了。接着就责备元结说:“我听说古代有一个讨厌圆形的士人唱了一首歌:‘我宁愿方正去给人家当奴隶,也不愿圆通去充当卿相;我宁愿方正被人污辱,也不愿圆滑获得显贵荣耀。’那些极端讨厌圆形的人,甚至终生不向天仰视,还说:‘我讨厌天是圆的!’有人告诉他:由于天大无边,人不能穷尽它,远看似乎四面垂落下来,所以说它是圆形,其实不是圆的呀。此人回答说:‘天纵然不是圆的,但由于人们如此称呼它,我也非常讨厌!’而您怎么竟制造旋转圆圈的玩具,放纵孩子去取乐?婴儿小的时候喜欢圆,长大了必然会成为嗜好。教育小儿学习圆通,已经陷于不义;又亲自和小儿玩耍圆物,再使他失去了正直的品格。唉唉,次山哪!你在家里喜爱婴儿圆形玩具,在社会上必然会喜欢小人的趋奉圆滑。我怎么知道你将来就会不说圆、不行圆、不动圆、不静圆一直到终生呢?我哪里能够和你再做朋友呀!”

元结便把季川找来说道:“我由于让婴儿玩耍圆形玩具,公植尚且严厉地责备我并与我断交;假若我不经心和你用圆通应付事态,用圆滑趋奉时俗,凡不圆通的就不参与,不圆滑的就不干预,那么,公植还不拿锐矛利戟来杀死我吗?”

沈既济

沈既济(750？—800?),苏州吴(今江苏苏州市)人,一说吴兴武康(今浙江德清县)人。博通群书,尤工史笔,为吏部侍郎杨炎所称赏。建中初(780),炎为宰相,荐其有良史之材,召拜左拾遗、史馆修撰。建中二年,炎得罪,既济受牵累,贬为处州司户。后入朝,官终礼部员外郎。著有传奇《枕中记》与《任氏传》。另著有《建中实录》十卷,《全唐文》录存其《词科论》《选举论》等文六篇。

枕中记[①]

开元七年,道士有吕翁者,得神仙术,行邯郸道中,息邸[②]舍,摄帽弛带隐囊[③]而坐。俄见旅中少年,乃卢生也,衣短褐[④],乘青驹,将适[⑤]于田,亦止于邸中。与翁共席而坐,言笑殊畅。

久之,卢生顾其衣装敝亵[⑥],乃长叹息曰:"大丈夫生世不谐[⑦],困如是也!"翁曰:"观子形体,无苦无恙[⑧],谈谐方适[⑨],而叹其困者,何也?"生曰:"吾此苟生[⑩]耳,何适之谓?"翁曰:"此不谓适,而何谓适?"答曰:"士之生也,当建功树[⑪]名,出将入相,列鼎[⑫]而食,选声而听,使族益昌而家益肥,然后可以言适乎。吾尝志于学,富于游艺[⑬],自惟当年青紫可拾[⑭]。今已适壮,犹勤畎亩[⑮],非困而何?"言讫,而目昏思寐。时主人方蒸黍[⑯]。翁乃探囊中枕以授之,曰:"子枕吾枕,当令子荣适如志。"

其枕青甆[⑰],而窍[⑱]其两端。生俯首就之,见其窍渐大,明朗。乃举身而入,遂至其家。数月,娶清河崔氏女,女容甚丽,生资[⑲]愈厚。生大悦,由是衣装服驭[⑳],日益鲜盛。明年,举进士,登第[㉑]释褐,秘校[㉒]应制[㉓],转渭南尉,俄迁监察御史[㉔],转起居舍人[㉕]知制诰[㉖],三载,出典[㉗]同州,迁陕牧[㉘]。生性好土功[㉙],自陕西凿河八十里,以济不通,邦人利之,刻石纪德。移节汴州[㉚],领河南道采访使[31]，征为京兆尹[32]。是岁，神武皇帝方事戎狄[33]，恢宏土宇[34]，会吐蕃悉抹逻及烛龙莽布支攻陷瓜沙[35]，而节度使[36]王君㚟新被杀，河湟震动。帝思将帅之才，遂除生御史中丞，河西节度使[37]。大破戎虏[38]，斩首七千级，开地九百里，筑三大城以遮要害[39]，边人立石于居延山[40]以颂之。归朝册勋[41]，恩礼极盛，转吏部侍郎，迁户部尚书兼御史大夫[42]，时望清重[43]，群情翕习[44]。大为时宰[45]所忌，以飞语中之[46]，贬为端州刺史[47]。三年，征为常侍[48]，未几，同中书门下平章事[49]。与肖中令嵩、裴侍中光庭[50]同执大政十余年，嘉谟密令[51]，一日三接，献替启沃[52]，号为贤相。同列害之，复诬与边将交结，所图不轨[53]。制[54]下狱，府吏引从至其门而急收之[55]。生惶骇不测[56]，谓妻子曰："吾家山东，有良田五顷，足以御寒馁[57]，何苦求禄？而今及此，思衣短褐、乘青驹，行邯郸道中，不可得也。"引刃自刎[58]。其妻救之，获免。其罹[59]者皆死，独生为中官[60]保之，减罪死，投驩州[61]。数年，帝知冤，复追为中书令，封燕国公，恩旨殊异[62]。生子曰俭、曰传、曰位、曰倜、曰倚，皆有才器[63]。俭进士登第，为考功员外[64]，传为侍御史[65]，位为太常丞[66]，倜为万年尉，倚最贤，年二十八，为左襄[67]，其姻媾皆天下望族。有孙十余人。

两窜荒徼[68]，再登台铉[69]，出入中外，徊翔台阁[70]，五十余年，崇盛赫奕。性颇奢荡，甚好佚乐[71]，后庭声色[72]，皆第一绮[73]丽，前后赐良田、甲第[74]、佳人、名马，不可胜数。

后年渐衰迈，屡乞骸骨[75]，不许。病，中人[76]候问，相踵于道[77]，名医上药，无不至焉。将殁[78]，上疏曰："臣本山东诸生[79]，以田圃为娱。偶逢圣运[80]，得列官叙[81]。过[82]蒙殊奖，特秩鸿私[83]，出拥节旌[84]，入升台辅[85]，周旋[86]内外，绵历岁时[87]。有忝天恩[88]，无裨圣化[89]。负乘贻寇[90]，履薄[91]增忧，日惧一日，不知老至。今年逾八十，位极三事[92]，钟漏并歇[93]，筋骸俱耄[94]，弥留沉顿[95]，待时益尽[96]，顾无成效，上答休明[97]，空负深恩，永辞圣代。无任[98]感恋之至。谨奉表陈谢[99]。"诏[100]曰："卿以俊德[101]，作朕元辅[102]，出拥藩翰[103]，入赞雍熙[104]。升平二纪[105]，实卿所赖[106]，比婴疾疹[107]，日谓痊平。岂斯沉痼[108]，良用悯恻[109]。今令骠骑大将军高力士就第候省[110]，其勉加针石，为予自爱，犹冀[111]无妄，期于有瘳。"是夕，薨[112]。

卢生欠伸而悟，见其身方偃[113]于邸舍，吕翁坐其傍，主人蒸黍未熟，触类如故[114]。生蹶然[115]而兴，曰："岂其梦寐也？"翁谓生曰："人生之适，亦如是矣。"生怃然[116]良久，谢曰："夫宠辱之道，穷达[117]之运，得丧之理，死生之情，尽知之矣。此先生所以窒[118]吾欲也。敢不受教！"稽首[119]再拜而去。

注释

① 本文选自《文苑英华》卷八三三。

② 邸：旅舍。

③ 摄：收敛。隐囊：靠着袋子。隐，凭依。

④ 褐：粗麻制成的短衣。

⑤ 适：往，到。

⑥ 敝亵：破旧肮脏。

⑦ 生世不谐：不得意的意思。谐，和谐。

⑧ 恙：病。

⑨ 谈谐方适：说说笑笑，正是适意之时。

⑩ 苟生：苟且偷生。

⑪ 树：立。

⑫ 列鼎：陈列许多鼎，言其吃饭讲究。鼎，古代炊器，用金属制成。

⑬富于游艺：娴熟六艺。艺，六艺，即礼、乐、射、御、书、数，也泛指技艺和艺术。

⑭ 青紫可拾：高官厚禄，像拾取那么容易。青紫，本为古时官宦服饰的颜色，此代指高官厚禄。

⑮ 畎（quǎn）亩：泛指田间。畎，田间小沟。

⑯ 主人方蒸黍：《太平广记》作"主人蒸黄粱为馔"。

⑰ 甆：同"瓷"。

⑱ 窍：孔穴，此处作动词用，即"开孔"的意思。

⑲ 资：财物。

⑳ 驭:驾驭,此指车马。

㉑ 登第:科举考试得中。

㉒ 秘校:指任秘书郎、校书郎。

㉓ 应制:奉皇帝之命。

㉔ 监察御史:官名,主管纠察。

㉕ 起居舍人:官名,是侍奉在天子身边的史官,其任务是记录天子的言行。

㉖ 知制诰:官名,专奉敕命,司官吏之委任书。

㉗ 典:掌管。

㉘ 牧:一州的军政长官。

㉙ 土功:此指水利建设。

㉚ 节:指当官的符节。移节汴州:改任汴州地方官。

㉛ 道:唐代的行政单位,全国有十个道。采访使:采访处置使的简称,唐代各道设采访使,掌管举劾所属州县官吏。

㉜ 京兆尹:京兆的地方长官。京兆,唐代称长安府为京兆府。

㉝ 神武皇帝:指唐玄宗。戎狄:指当时边境少数民族。事:用武之事。

㉞ 恢宏土宇:开拓疆土。

㉟ 吐蕃:国名,公元七至九世纪我国藏族在青藏高原所建立。瓜沙:地名。唐代的瓜州(有时易名沙州),在今甘肃敦煌县。

㊱ 节度使:官名,总揽数州军、政大权的高级官员。

㊲ 御史中丞:官名,御史台的长官。河西:地名。

㊳ 戎虏:当时对少数民族的一种蔑称。

㊴ 遮:掩蔽。要害:形势险要之地。

㊵ 居延山:山名,在今甘肃一带。

㊶ 册勋:按功勋给予封爵,须发诏书。

㊷ 吏部侍郎:官名,吏部尚书的副职。礼部尚书:官名,礼部的长官。御史大夫:官名,御史台的长官,唐代多虚设,实际长官为御史中丞。

㊸ 时望清重:当时的名望清高尊重。

㊹ 翕:统一、调协。习:习习,和煦的样子。

㊺ 时宰:当时的宰相。

㊻ 飞语:流言,指没有根据的话或恶意的诽谤。中之:中伤他。

㊼ 端州:州名,治所在高要(今肇庆市)。刺史:一州的长官。

㊽ 常侍:官名,为经常在君主左右的官。

㊾ 同中书门下平章事:唐代为宰相之称。

㊿ 肖嵩:人名。中令:即中书令,官名。中书省长官,唐代为宰相之称。裴光庭:人名。侍中:官名,门下省长官,唐代为宰相之称。

51 谟:谋略。密:精致、细致。

52 献替:献可替否,谓献善止不善,辅佐君王之义。启沃:谓开陈善道以告君也。

53 不轨:越出常规,不遵守法度。

54 制:皇帝诏令。

55 从:随从。收:逮捕、拘押。

56 不测:意外的灾祸。

57 馁:饥饿。

58 刎:割颈。

59 罹:遭遇不幸之事。此处是“牵连在此案中”的意思。

60 中官:宦官。

61 驩州:州名,治所在安人(今越南安城)。

62 殊异:极不同于一般。

63 才器:才能器识。

64 考功员外:官名,为尚书省要员。

65 侍御史:官名,监察官员。

66 太常:官名,掌祭祀礼仪。丞:多作为副职之称。

67 左襄:官名。

68 窜:流放。徼:边塞。

⑥⑨ 台铉:台鼎,古代称三公或宰相为台鼎。铉:举鼎之器。
⑦⓪ 台阁:泛指宰相等高级官员。
⑦① 佚:放荡。
⑦② 后庭:后房,指姬妾住处。声色:指音乐和女色。
⑦③ 绮:美丽。
⑦④ 甲第:豪华的宅第。
⑦⑤ 乞骸骨:求致仕的谦词。
⑦⑥ 中人:宦官。
⑦⑦ 相踵于道:在路上一个接一个。
⑦⑧ 殁:死。
⑦⑨ 诸生:儒生。
⑧⓪ 圣运:圣人当朝时运。
⑧① 官叙:按规定的等级次第授予官职。
⑧② 过:超过。
⑧③ 秩:官吏的俸禄。鸿:大。
⑧④ 节旌:皇帝赐给节度使的仪仗。
⑧⑤ 台辅:宰相。
⑧⑥ 周旋:应付。
⑧⑦ 绵历岁时:经历许多年。
⑧⑧ 忝:辱,谦词。天恩:指皇帝的恩德。
⑧⑨ 裨:裨益。圣化:谓皇帝的教化。
⑨⓪ 负乘:小人居君子之位。寇:此为“祸害”之义。
⑨① 履薄:“如履薄冰”的省称,恐惧小心的样子。
⑨② 三事:三公。三公古称“三事大夫”,故也叫“三事”。
⑨③ 钟漏:钟与漏均为古时计时工具。钟漏并歇,喻生命将完结。
⑨④ 耄(mào):老,有七十、八十、九十等说法。这里谓衰老。
⑨⑤ 弥留:病重将死。沉顿:疾病沉绵困顿。

⑯ 益尽:越来越快完蛋了。
⑰ 休明:美好清明。
⑱ 无任:犹“不胜”。
⑲ 陈谢:表达谢罪之情。
⑳ 诏:皇帝下达的书面命令。
⑪ 俊德:美德。
⑫ 元辅:宰相。
⑬ 藩:屏藩。翰:辅翼。
⑭ 赞:佐助。雍熙:和谐光明。
⑮ 纪:十二年为一纪。
⑯ 赖:依靠。
⑰ 婴:得。疹:病。
⑱ 痼:病经久不治。
⑲ 悯恻:悯恤伤痛。
⑩ 省:探望、问候。
⑪ 冀:希望。
⑫ 薨:唐代二品以上官员去世了曰薨。
⑬ 偃:偃卧。
⑭ 触类如故:接触事物与过去一样。
⑮ 蹶(jué)然:急遽貌。
⑯ 怃然:怅然若失。
⑰ 穷:穷困。达:显贵。
⑱ 窒:遏止。
⑲ 稽首:叩头到地的跪拜礼。

译文

开元七年,有个道士吕翁,得仙术,路过邯郸,住在旅舍,取下帽子,放松腰带,靠着布袋坐了。一会儿,有个旅行的年轻人卢生,穿着粗布短衣,骑着黑马,将往田中去,也歇在旅舍。他和吕翁坐在一起,两人谈得十分投机。

过了好大一会儿,卢生看着自己又破又脏的衣装,就长长地叹了口气说:“大丈夫在世不得志,竟然如此穷困。”吕翁说:“看你身体,没有疾病的苦痛,说说笑笑,正是适意的时候,你却悲叹自己穷困,这是什么原因呢?”卢生回答说:“我在苟且偷生罢了,哪里谈得上适意。”吕翁说:“这不叫适意,那什么才算适意呢?”卢生回答说:“读书人活在世上,应当建功立名,出则为将,入则为相。能拿出好多名贵食品来吃;能选择优美的音乐来听,使家族更为昌盛,家庭更为富裕,只有这样,才能谈到适意。我曾经有志于学习,娴熟六艺,自以为当年高官厚禄,像拾物那么容易。现在已到了壮年,仍然在田间辛苦,这不是穷困是什么呢?”说罢,昏昏欲睡。当时,旅舍主人正在蒸黍。吕翁从布袋中取出枕头给他,并说:“你枕了我的枕头,能叫你像你理想的那么适意。”

这个枕是青瓷制品,两端均有孔穴,卢生就低头枕上。头刚挨枕,他就看见枕的孔穴逐渐增大,明朗。就走进孔穴,于是到了自己家里。过了几个月,与清河崔氏女结婚,妻子十分漂亮,他的资产也更加丰厚。卢生非常高兴,由此以后,他的衣饰车马,一天比一天鲜盛。第二年,参加进士科考试得中,脱去短褐,穿上官服,任秘书郎、校书郎一类的清要职务。后来皇帝命令,转任渭南县尉,不久就升任监察御史,转调起居舍人,知制诰,过了三载,出典同州,迁转陕州牧。卢生喜欢兴修水利,从陕州以西开凿运河八十余里,使过去不通的能够通航,使州内人受益,人们刻了石碑记载他的治绩。又改任汴州刺史,后来又任河南道采访使,很快又升调京兆尹。这年,唐玄宗在边疆用武力开拓疆土,适逢吐蕃国悉抹逻与烛龙莽布支攻陷瓜州,而节度使王君㚟新败被杀,河湟地区震动。皇帝想到卢生有将帅之才,就委任他为御史中丞、河西节度使。他一举大败戎虏,死敌七千人,开拓疆土九百里,建筑了三个大城,用以屏障后方,边疆人在居延山立了碑石来赞颂他。归朝后受册勋,皇帝对他的恩德礼遇极为隆盛,任吏部侍郎,迁升户部尚书兼御史大夫,当时的名望清高尊重,与同僚协调和煦。这就遭到宰相的忌恨,用流言飞语中伤他,遂被贬为端州刺史。

三年任满，征调为常侍，不久，做了宰相，与宰相肖嵩、裴光庭同掌国家大权十多年。在任相期间，好的谋略法令，接二连三，事有可者进之，否者废之，不断用治国之道开导君王，号称贤相。但却遭到同僚的陷害，诬陷他与边将勾结、图谋反叛。皇帝下了诏书要将他逮捕入狱，府吏引随从到他家将他逮捕拘押。他十分惶恐，怕有意外的灾祸，对妻子说："我家在山东，有良田五顷，足以防御饥寒，何苦要求俸禄？现在到了这步田地，想穿着粗布短衣，骑着黑马，在邯郸路上行走，不可能了！"说罢，准备自杀。他的妻子急忙抢救，得免一死。牵连在这一案中的均遭杀害，只有卢生被宦官保释，免了死罪，流放驩州。过了几年，皇帝知道他是冤枉的，又让他做宰相，封燕国公，恩遇十分隆盛。他有五个儿子——卢俭、卢传、卢位、卢倜、卢倚，都很有才能器识。卢俭进士登第，任考功员外郎，卢传任侍御史，卢位为太常承，卢倜为万年尉，卢倚最贤，二十八岁时任左襄，他们都与天下望族联姻。有十多个孙子。

他两次被流放边疆，两次登上宰相之位，出入中外，历任国家要职达五十余年之久，崇盛显赫。他的性情奢侈放荡，爱好佚乐，后房名姬美妾，天下称绝，前后所赐良田、甲第、美女、名马，数也数不清。

后来，年事已高，屡次申请退居林下，都未应许。以后病了，皇帝派宦官问候，一个接一个，名医好药，没有不到的。快死的时候，他上奏章说："我本来是山东的儒生，以种田为生。适逢圣主当朝的时运，得以在朝做官。蒙陛下过分地奖拔，给予极优厚的俸禄，外任则有恩赐的仪仗，入朝则任宰相，周旋朝内朝外，长达几十年之久。有辱皇帝的浩天厚恩，未能增益皇帝的教化。自己是小人居君子之位，不免留下祸害，如履薄冰，屡增忧患，一天天诚惶诚恐地过日子，不觉已老。现在臣年龄已超过八十，地位达到三公，生命即将完结，筋骨都已老化，久病将死，疾病沉绵困顿，现在越来越接近死期了，但无成效上答圣明，空负深厚的恩德，永远辞别圣代，不胜感恋之至，谨奉表表达谢恩之情。"皇帝下诏书说："你以美德，做我的宰相，外任则屏藩辅翼，入朝则辅佐朝政。天下升平二十余年，实在是依赖你的力量。待你患病，以为很快就会痊愈，谁料沉重的疾病经久不愈，真值得怜恤伤痛。今让骠骑大将军高力士来府探望，希望用心治疗,为我自爱,仍然希望不要胡思乱想,但愿早日康复。”当晚病逝。

卢生醒来打了一个呵欠,见自己正睡在旅舍,吕翁坐在旁边,主人蒸的黄粱还没有熟,接触到的事物跟过去一样。卢生急忙起来说:“这难道是梦吗?”吕翁对卢生说:“人的适意,也像这样。”卢生怅然若失,谢吕翁说:“那荣宠受辱之道,穷困显达的命运,得到与丧失的事理,生死之情,我全知道了。这是先生用来阻塞我的欲望呀。我怎敢不接受教训呢!”行了跪拜礼离开旅舍。

韩愈

韩愈(768—824),字退之,河南河阳(今河南孟县)人。贞元八年(792)进士。曾官监察御史、国子博士、刑部侍郎。因谏阻宪宗迎佛骨,贬潮州刺史。后官至国子祭酒、吏部侍郎。卒谥文,人称韩文公。他与柳宗元同为古文运动的倡导者,团结了一批著名古文家,共同努力,对当时和后世都产生了深刻的影响。其散文在继承秦汉古文的基础上颇多创新,是继司马迁后最大的散文作家之一。其诗奇崛险怪,对宋诗发展有很大的影响。有《韩昌黎集》。

杂　说[①]

世有伯乐[②],然后有千里马[③]。千里马常有,而伯乐不常有。故虽有名马,只辱于奴隶人[④]之手,骈死于槽枥[⑤]之间,不以千里称也。

马之千里者,一食或尽粟一石[⑥],食马者不知其能千里而食也[⑦]。是马也,虽有千里之能,食不饱,力不足,才美不外见,且[⑧]欲与常马等不可得,安求其能千里也。

策[⑨]之不以其道,食之不能尽其材[⑩],鸣之而不能通其意[⑪],执策而临之曰[⑫]:“天下无马。”呜呼！其真无马邪？其真不知马也！

注释

① 本文选自《韩昌黎文集·杂说(四)》。

② 伯乐:相传为天上的掌马星。秦穆公时孙阳善相马,因此以伯乐称之。

③ 千里马:指日行千里的马。

④ 奴隶人:地位低贱的佣人,此指马夫。

⑤ 骈死:指千里马和普通的马混在一起,一同死在马棚里。枥(lì):马棚。

⑥ 粟：谷子，此处泛指喂马的饲料。石：容量单位，十斗为一石。

⑦ 食（sì）马者：喂马的人。其能千里而食也：意为它需要日行千里所要求的食量。

⑧ 且：副词，表示“将要”。

⑨ 策：鞭，这里作动词用，泛指役使、驾驭。

⑩ 材：才能。

⑪ 通其意：不知道它的意图。

⑫ 执策：拿着马鞭子。临之：面对着千里马。

译文

世间有善于相马的伯乐，然后才有千里马生活的条件。千里马是经常有的，而伯乐则很少见。因此虽然有有名的骏马，只能屈辱于平庸的马夫之手，和普通的马混在一起，一同死在马棚里，而不能以日行千里著称于世。

日行千里的马，一顿有时要吃完一石饲料，喂马的人不知道要根据它日行千里的能力来喂养它，吃不饱，力气不足，它的才能就表现不出来，想要和普通马发挥一样的作用都不可能办到，哪能要求它日行千里呢？

赶它奔驰时很不得法；喂它时又不让它彻底吃饱；千里马嘶叫了，人们又不懂它的意思，养马的人拿着马鞭子面对着千里马说：“世界上没有千里马。”唉呀，真的是没有千里马吗？这真是不识千里马呀！

毛颖传[①]

毛颖者，中山[②]人也。其先明眎[③]，佐禹治东方土[④]，养万物有功，因封于卯地，死为十二神[⑤]。尝曰：“吾子孙神明之后，不可与物同，当吐而生[⑥]。”已而果然。明眎八世孙𩢽[⑦]，世传当殷时居中山，得神仙之术，能匿光使物[⑧]，窃恒娥[⑨]，骑蟾蜍入月[⑩]，其后代遂隐不仕云。居东郭者曰㕙[⑪]，狡而善走，与韩卢争能[⑫]，卢不及。卢怒，与宋鹊[⑬]谋而杀之，醢其家[⑭]。

秦始皇时，蒙将军恬[15]南伐楚，次中山，将大猎以惧楚，召左右庶长与军尉[16]，以连山筮之[17]，得天与人文之兆[18]。筮者贺曰："今日之获，不角不牙，衣褐之徒[19]，缺口[20]而长须。八窍而趺居[21]，独取其髦[22]，简牍是资[23]，天下其同书[24]，秦岂遂兼诸侯乎？"遂猎，围毛氏之族，拔其豪[25]，载颖而归[26]，献俘于章台宫[27]，聚其族而束缚焉[28]。秦始使恬赐之汤沐[29]，而封诸管城[30]，号曰："管城子"。日见亲宠任事。

颖为人强记而便敏[31]，自结绳之代以及秦事，无不纂录[32]；阴阳、卜筮、占相、医方、族氏、山经、地志、字书、图画、九流百家天人之书[33]，及至浮图[34]、老子、外国之说，皆所详悉；又通于当代之务，官府簿书；市井货钱注记，惟上所使[35]。自秦皇帝及太子扶苏、胡亥、丞相斯、中车府令高[36]，下及国人，无不爱重。又善随人意，正直邪曲巧拙，一随其人。虽见废弃，终默不泄。惟不喜武士，然见请亦时往。

累拜中书令[37]，与上益狎[38]，上尝呼为中书令君。上亲决事，以衡石自程[39]，虽宫人不得立左右，独颖与执烛者常侍，上休方罢。颖与绛人陈玄、弘农陶泓及会稽褚先生友善[40]，相推致[41]，其出处必偕[42]。上召颖，三人者不待诏[43]，辄俱往，上未尝怪焉。

后因进见，上将有任使，拂拭之，因免冠谢。上见其发秃，又所摹画不能称上意。上嘻笑曰："中书君老而秃，不任吾用。吾尝谓君中书[44]，君今不中书邪？"对曰："臣所谓尽心者[45]。"因不复召，归封邑，终于管城。

其子孙甚多，散处中国夷狄，皆冒管城，惟居中山者能继父祖业。

太史公曰[46]："毛氏有两族，其一姬姓，文王之子，封于毛，所谓鲁、卫、毛、聃者也。战国时有毛公、毛遂[47]。独中山之族，不知其本所出，子孙最为蕃昌。《春秋》之成，见绝于孔子，而非其罪。及蒙将军拔中山之豪，始皇封诸管城，世遂有名，而姬姓之毛无闻。颖始以俘见，卒见任使。秦之灭诸侯，颖与[48]有功，赏不酬劳，以老见疏，秦真少恩哉！"

注释

① 本文选自《昌黎先生集》。毛颖：毛笔。毛，指兔毛。颖，笔尖。

② 中山:周朝时诸侯国名,在今河北定县。战国时被赵所灭。汉时,赵地兔毫最有名,故说毛颖是中山人。

③ 明眎:兔的别名。眎,同“视”。

④ 禹:夏朝的开国帝王。东方:古代以十二地支划分方位,东方是卯位。

⑤ 十二神:即十二生肖,与十二地支配合的动物,如子为鼠,丑为牛,寅为虎,卯为兔等。

⑥ 吐而生:古代传说,兔从口中生下。

⑦ 䨲(nōu):刚生下的小兔,此处借作专名用。

⑧ 匿光:隐匿在阳光下,使人看不见。使物:用法术驱使各种鬼物。

⑨ 窃恒娥:意为像恒娥一样窃不死之药。恒娥,即姮娥,传说中的月中女神。

⑩ 蟾蜍:虾蟆,古代神话,月中有蟾蜍和兔。兔骑蟾蜍入月,系作者虚构。

⑪ 㕙(jùn):狡兔名,善跑。

⑫ 韩卢:古代韩国的良犬名。

⑬ 宋鹊:古代宋国的良犬名。

⑭ 醢:肉酱,这里用作动词,剁成肉酱的意思。

⑮ 蒙将军恬:蒙恬,秦国名将,传说毛笔是他发明的。

⑯ 左右庶长:秦国的爵位二十级,左庶长是第十级,右庶长是第十一级。军尉:下级军官。

⑰ 连山:三《易》之一,古代讲占卜的书。筮:古代用蓍草占卜。

⑱ 天:自然现象。人文:人类文化。兆:预兆。

⑲ 衣褐之徒:褐是粗麻织成的衣服,古时普通人所穿,统治阶级以为是“贱者之服”。兔有毛,所以说是衣褐之徒。徒,众,等,辈。

⑳ 缺口:兔缺上唇。

㉑ 八窍:古人认为兔身上只有八窍。趺足:即趺坐,双足交迭而坐。趺,同“跗”。

㉒ 髦:毛中的长毫。

㉓ 简牍:作动词用,指书写简牍。资:凭借、依赖。

㉔ 同书:指秦始皇统一文字。

㉕ 豪:豪杰。豪,同“毫”,这里是双关语,实际指拔其毫(毛)。

㉖ 颖:杰出者。这里是双关语。因颖有杰出者和尖端两重含义,所以用作寓言中的人名。

㉗ 章台宫:秦宫名。

㉘ 束缚:捆绑。这是指将兔毛束在一起,制成笔。

㉙ 汤沐:指汤沐邑,即天子赐与的供朝见时住宿和斋戒沐浴的封邑。这里是双关语,指制笔之前,把毫毛洗干净。

㉚ 封诸管城:管城本为地名,这里实际指毛笔笔头制好后,再安上毛管。

㉛ 便敏:口才辩给而行动敏捷。

㉜ 纂录:编纂、辑录。

㉝ 阴阳:指阴阳家之书。占相:占卜相面术之书。医方:医术方技之书。字书:解释文字、声韵、训诂之书。九流:指儒、道、阴阳、法、名、墨、纵横、杂、农九家。天人之书:关于天人关系的书。

㉞ 浮图:“佛陀”的音译,这里指佛家的教义。

㉟ 上:皇帝。

㊱ 扶苏:秦始皇长子。胡亥:秦始皇的少子,即秦二世。丞相斯:秦丞相李斯。中车府令:秦代官名。高:赵高。

㊲ 中书令:官名,中书省的长官,主传宣诏命。这里喻指奏疏、机密文件、诏书等都要用毛笔写。

㊳ 狎:亲近。

㊴ 以衡石自程:给自己定出每天阅读公文的分量指标。衡,称。石,一百二十斤。程,计量。此指定量。

㊵ 绛:地名,在今山西省新绛县,当时出墨。玄:黑色。墨存放的时间越陈越好,所以称“陈玄”。弘农:郡名,唐时的弘农在今河南省灵宝县南,产砚。陶泓:指砚。砚有陶制的,又砚池需水,所以叫陶泓。会稽:地名,在今浙江省绍

兴县，当时产纸。褚先生：指纸。“褚”与“楮”谐音，楮树皮是造纸的原料，所以叫“褚先生”。

㊶ 推致：推许、称道。

㊷ 偕：同，一同。

㊸ 不待诏：不需等待皇帝下诏召见。

㊹ 中书：这里是双关语，一是官名，一是适宜于书写。

㊺ 尽心者：这是双关语，既说工作鞠躬尽瘁，又说笔心秃了。

㊻ 太史公曰：这篇文章是仿《史记》写的，因此在篇末也仿司马迁的口吻加以论赞。司马谈、司马迁相继担任史官太史令，故称太史公。

㊼ 毛遂：战国时赵国人，他曾向平原君荐举自己说服楚王出兵帮助赵国攻打秦国，立了大功。

㊽ 与：参与。

译文

毛颖，是中山人。他的祖先明眎，辅佐夏禹治理东方的土地，养育万物，立下功劳，因而被封在东方。死后成为十二生肖神之一。他曾说：“我的子孙是神明的后代，不能跟凡人一样，应当从口中诞生。”后来果然是这样。明眎的第八代孙㲃，相传在殷代居住在中山，得到了神仙的法术，能隐藏在光亮的地方，能用法术驱使各种鬼物，像姮娥一样偷了不死之药，骑着虾蟆进入月宫。他的后代也就隐居下来不再做官了。其中有一个住在东郭的，名叫㕙，健壮善跑。它跟著名的猎犬韩卢比赛谁跑得快，韩卢追不上它。韩卢发怒，跟一只名叫宋鹊的良犬一道谋杀了㕙，并把它的全家一齐杀死，剁成了肉酱。

秦始皇执政时，将军蒙恬，向南攻打楚国，部队驻扎在中山，准备开展大规模的打猎活动，借以威吓楚国。他召集左右的庶长和军尉，用蓍草占了一个连山卦，得了一个天与人文的兆头。占卦的人祝贺说：“今天将要猎获的，既不长角，也不生牙，是个穿粗布短衣的家伙，嘴唇上有缺口，还有着长长的胡须，身上有八个孔，经常盘腿坐着，特地取出它那毛里的长毫，靠它在竹简或木片上书写。今天得了它,天下将会采用同一种文字,秦国大概就要兼并所有的诸侯国了!”于是就开始打猎,围住了整个毛姓的种族,拔掉他身上的长毛,把毛颖用车子拉回来,在章台宫向皇帝进献俘虏,把毛姓的种族聚集起来,并束缚在一起。秦始皇使蒙恬赐他沐浴,把他封在管城地方,号称“管城子”。他一天比一天获得信任和宠爱,担任了重要职务。

毛颖记忆力很强,做事机敏灵活。从结绳记事的古代到秦王朝的历史事实,他没有一件不予记载;诸如阴阳、卜筮、相术、医药、姓族、山河地理、字书图画、九流百家、天道人事,以及佛教道教、国外传闻,他都是十分熟悉的。他还通晓当代的世务、官府的簿记,而文书、市井货物钱财的记载等,又都听从秦始皇的命令。从秦始皇到太子扶苏、胡亥,丞相李斯、中车府令赵高,一直到全国的人,没有不喜欢和看重他的。他还善于随附他人的意愿,不管正直、奸邪、圆滑、笨拙的人,一概听凭使唤。有时虽然被废弃,也默不作声。他唯独不喜欢武士,但如果受到邀请,也肯前往。

毛颖最后升为中书令,跟秦始皇更加亲近,皇上称他为中书君。帮皇帝亲自批阅文件,处理国家大事,往往用石为单位来衡量每天上报的竹简、木牍。这时,即使宫人都不准站立左右,唯独毛颖跟执掌蜡烛的人经常在旁边侍候,直到皇帝休息为止。毛颖跟绛县人陈玄、弘农郡人陶泓以及会稽的褚先生友谊很深,互相推崇,外出或留在家里,总是行动一致。始皇帝每次召见毛颖,三人不须等待皇帝的命令,就一同前往,皇上也决不怪罪他们。

后来,毛颖有一次朝见始皇帝,始皇帝准备交给他一项任务,轻轻一拂,毛颖脱帽谢恩。皇帝发现他头发秃了;并且,他所摹写的书画也不能完全符合皇上的意愿了,便取笑他说:“中书君老了,头也秃了,不能胜任我的工作了。我曾经称你中书,而你现在却不中书了!”毛颖辩解说:“我算得上是竭心竭力的臣子啊!”但皇帝从此就不再召见他了。于是毛颖就回到自己的封地,老死在管城地方了。

毛颖的子孙很多,分散居住在全国各地,都冒着“管城”的称号。只有住在中山的这一支系,能够继承他父亲和祖父的基业。

太史公说道:“毛氏有两族,其中的另一族为姬姓,是文王的儿子,封在毛的地方,所谓鲁、卫、毛、聃的毛伯郑就是。战国时候还有毛公和毛遂。唯独中山这一族不知是从哪儿发源的,最为兴旺和昌盛。《春秋》写成以后,被孔子抛弃,也并非他的罪过。等到蒙恬围捕毛氏一族,拔下他们的长毫,秦始皇封他们在管城,他们就在世上出了名,而出于姬姓的毛氏那一族却默默无闻。毛颖开始以俘虏的身份见到秦始皇,终于受到了任用。秦国并吞诸侯时,毛颖参与并立了功。但秦国对他的赏赐却抵不了他所做出的贡献,最后,他又因为年老而被疏远,秦国对于他,真可说是少恩啊!”

张籍

张籍(768?—830),字文昌,和州乌江(今安徽和县乌江镇)人。唐代著名诗人,与王建齐名。出身寒微,曾任国子司业、水部员外郎等职。有《张司业集》8卷,其中有寓言诗10余首,皆通俗晓畅。

乌夜啼引[①]

秦乌啼哑哑[②],
夜啼长安吏人家。
吏人得罪囚在狱,
倾家卖产将自赎。
少妇起听夜啼乌,
知是官家有赦书[③]。
下床心喜不重寐[④],
未明上堂贺舅姑[⑤]。
少妇语啼乌:
"汝啼慎无虚[⑥]。
借汝庭树作高巢,
年年不令伤尔雏[⑦]。"

注释

① 乌夜啼引:乌,乌鸦,古人将它视作祥鸟。《乌夜啼》,曲名。相传南朝宋临川王刘义庆(即《世说新语》的作者)被废,侍妾夜闻乌鸦叫声,便知第二天刘义庆会得到赦免,于是就作了这首曲子。又为琴曲名,传说三国魏何晏在

狱,有两只乌鸦落在他家房上,何晏之女知父将遇赦,心喜,作此曲。引,乐曲体裁之一,有序曲之意。

② 哑哑(yā yā):象声词,乌鸦鸣声。

③ 赦书:赦免罪过的诏书。

④ 不重寐:不再睡觉。

⑤ 贺舅姑:向舅姑贺喜。舅姑,古时指公公和婆婆。

⑥ 慎无虚:千万不要谎报。慎,千万,表示禁戒。无,通“毋”,不要,表禁止。虚,假,不真实,这里用作动词,意思是作假,说假话。

⑦ 雏:初生的小鸟。

译文

秦地的乌鸦在长安的官吏家屋顶上哑哑啼叫着,吏人因为犯罪被关在牢里,家中妻子晚上听见乌鸦叫,便知道第二天吏人会被赦免。吏人的妻子高兴地睡不着,天还没亮就向公婆贺喜。少妇对乌鸦说:“千万不要谎报喜讯,你可以用院中的高树做巢,我保证以后不伤害你的幼鸟。”

柳宗元

柳宗元(773—819),字子厚,河东(今山西永济西)人,世称柳河东。贞元进士,授校书郎,升监察御史里行。与刘禹锡等参加主张革新的王叔文集团,任礼部员外郎,失败后被贬为永州司马,迁柳州刺史,故又称柳柳州。与韩愈一起倡导古文运动,同被列入“唐宋八大家”,并称“韩柳”。他是有成就的寓言作家,他继承了先秦以来寓言的创作成就,吸收了民间寓言故事的营养,并使寓言发展成了一种独立的、完整的文学样式,由以说理为主转变为以讽刺世态为主,比较广泛地揭露了当时社会的各种流弊与病态,有较强的现实主义色彩。

设渔者对智伯[1]

智氏既灭范、中行[2],志益大,合韩魏围赵,水晋阳[3]。智伯瑶乘舟以临赵,且又往来观水之所自,务速取焉。群渔者有一人坐渔,智伯怪之,问焉,曰:“若渔几何?”曰:“臣始渔于河,中渔于海,今主大兹水[4],臣是以来。”曰:“若之渔何如?”曰:“臣幼而好渔,始臣之渔于河,有鲂鱮鳣鰋者,不能自食,以好臣之饵,日收者百焉。臣以为小,去而之龙门之下,伺大鲔焉。夫鲔之来也,从鲂鲤数万,垂涎流沫,后者得食焉。然其饥也,亦返吞其后。愈肆其力,逆流而上,慕为螭[5]龙。及夫抵大石,乱[6]飞涛,折鳍[7]秃翼,颠倒顿踣[8],顺流而下,宛委冒懵[9],环坻溆而不能出。向之从鱼之大者,幸而啄食之,臣亦徒手得焉。犹以为小,闻古之渔有任公子[10]者,其得益大。于是去而之海上,北浮于碣石[11],求大鲸焉。臣之具未及施,见大鲸驱鲛逐肥鱼于渤澥之尾,震动大海,簸掉巨岛,一啜而食若舟者数十,勇而未已,贪而不能止,北蹙于碣石,槁[12]焉。向之以为食者,反相与食之,臣亦徒手得焉。犹以为小,闻古之渔有太公[13]者,钓而得文王[14],于是舍而来。”

智伯曰:“今若遇我也如何?”渔者曰:“向者臣已言其端矣。始晋之侈家,若栾氏、祁氏、羊舌氏以十数,不能自保,以贪晋国之利,而不见其害。主之家与五卿,尝裂而食之矣[15],是无异鲈鱮鳣鳐也。脑流骨腐于主之故鼎[16],可以惩矣,然而又不肯寤。又有大者焉,若范氏、中行氏,贪人之土田,侵人之势力,慕为诸侯,而不见其害,主与三卿[17]又裂而食之矣,脱其鳞,鲙其肉,刳[18]其肠,断其首而弃之,鲲鲕遗胤[19],莫不备俎豆[20],是无异夫大鲔也。可以惩矣,然而犹不肯寤。又有大者焉,吞范、中行以益其肥,犹以为不足。力愈大而求食愈无厌,驱韩魏以为群鲛,以逐赵之肥鱼,而不见其害。贪肥之势,将不止于赵。臣见韩魏惧其将及也,亦幸[21]主之蹷于晋阳。其目动[22]矣,而主乃傲然[23],以为咸在机俎之上[24],方磨其舌[25]。抑臣有恐焉,今辅果舍族而退[26],不肯同祸;段规深怨而造谋[27]。主之不寤,臣恐主为大鲸,首解于邯郸,鬣摧于安邑[28],胸披于上党[29],尾断于中山之外,而肠流于大陆[30],为鱻薨[31],以充三家子孙之腹。臣所以大惧。不然,主之勇力强大,于[32]文王何有?”

智伯不悦,然终以不寤。于是韩魏与赵合灭智氏,其地三分[33]。

注释

① 本文选自《柳宗元集》。设:假设。智伯:名瑶,春秋末期晋国六家世卿之一,是六家之中最强的一家。

② 智氏:即智伯瑶。灭范、中行:公元前 458 年,晋国六卿中,智氏与韩、赵、魏三家联合,灭了范氏、中行氏两家。

③ 水:此处作动词用,用水淹。晋阳:地名,在今太原一带。

④ 主:主人,此为渔者对智伯的尊称。大:作动词用,即扩大。兹水:这水。

⑤ 螭(chī):古代传说中一种没有角的龙。

⑥ 乱:横渡,这里是横冲直撞的意思。

⑦ 鳍(qí):鱼脊上的硬刺。

⑧ 踣(bó):跌倒。

⑨ 冒懵(měng):冒冒失失,神志昏迷。

⑩ 任公子:《庄子》寓言中的人名,能钓大鱼。

⑪ 浮:乘船。碣石:山名,古时在渤海边。

⑫ 槁:干枯。

⑬ 太公:即姜太公,名尚,字子牙。

⑭ 钓而得文王:姜太公在渭水边钓鱼,周文王打猎遇见了他,请他上车同归。后姜太公辅佐周武王,推翻了商朝,建立周朝。

⑮ 五卿:指范、中行、韩、赵、魏五家。裂:分裂。公元前514年,六卿灭栾氏、祁氏、羊舌氏,分其领邑。

⑯ 鼎:古代的一种炊具。

⑰ 三卿:指韩、赵、魏三家。

⑱ 刳(kū):剖挖。

⑲ 胤:后嗣。

⑳ 备俎豆:装在俎豆里供人吃的意思。俎豆,古代盛祭品的器具,此指盛菜器具。

㉑ 幸:希望。

㉒ 目动:谓眼珠转动着打主意。

㉓ 慠:同"傲"。

㉔ 机俎之上:表示随时可以擒拿宰割。机,捕兽用的机关。俎,切菜用的砧板。

㉕ 磨其舌:舔着舌头。

㉖ 辅果:原名智果,与智伯同族,智果认为智伯瑶立为智氏后嗣,智氏必然灭亡,遂脱离智氏,改姓为辅。退,离开。

㉗ 段规:韩康子的大臣,曾受智伯瑶侮辱,深怀怨恨。后来智伯久攻晋阳不下,段规首先发难,杀了智伯。造谋:打主意。

㉘ 鬣(liè):本指马颈上的长毛,这里指鱼翅。安邑:地名,在今山西夏县西北。

㉙ 披:分裂。上党:地名,在今山西省东南部。

㉚ 大陆:湖泊名,在今河北省任县东北,现已变成洼地。

㉛ 鱻(xiān)薧:肉和鱼。鱻,古"鲜"字,生肉。薧,干鱼。

㉜ 于:对。

㉝ 其地三分:公元前 453 年,韩、魏、赵三家联合灭掉智氏,将他的领地一分为三,三家各得一份。

译文

智氏在灭掉范氏和中行氏两家后,野心更大,联合韩、魏围赵,水淹晋阳。智伯瑶乘舟巡视赵地,并且往来观察水的源头,务必很快灭赵。一群打鱼的人中有一位坐着钓鱼,智伯觉得有些奇怪,就询问他,说:"你打鱼多长时间了?"他回答说:"我开始在河边钓鱼,以后在海中打鱼,今您扩大了这条河水,我因此来这里。"智氏又问:"你打鱼的本领如何?"他回答说:"我年轻时就喜欢打鱼,开始我在河边钓鱼,有鲂鱼、鲢鱼、鳝鱼和鲇鱼,这里小鱼不能自己寻找食物,因此喜欢我的诱饵,我一天可以打百十条鱼。我嫌这些鱼太小,离开河边到龙门以下,等候大的鲟鱼和鲤鱼。那鲟鱼和蝗鱼来的时候,跟着而来的有鲂鱼和鲤鱼几万条,它口中流出的涎沫,可供鲂鱼和鲤鱼吃。但当它饿了时,也返过头来吞掉鲂鱼与鲤鱼。它更施展自己的力量,逆流而上,想变为螭龙。等到触大石,横渡飞涛,折了背上的鱼鳍和两边的鱼翅,因劳累颠簸跌倒,被迫顺流而下,这时它神志昏迷,冒冒失失,环绕着水中的高地与浅滩不能脱险,先前跟随它的大鱼,高兴地啄食它,我也有幸空手抓住了它。我仍嫌它太小,听说古代有位打鱼的人叫任公子,他得到的鱼更大。于是离开龙门去大海,乘船向北到了碣石,求大鲸鱼。我的渔具还没有施展,巨大的鲸鱼驱使着成群的鲨鱼在那渤海岸边给它追捕肥美的鱼儿。它们掀波鼓浪,使大海震荡,巨岛摇晃。大鲸鱼张口一吞,就要吃掉小船那样大的肥鱼几十条。它自恃勇猛,向前冲去,贪吃而不能停止,终于搁浅到北面的碣石山前,干渴而死。这时,先前被它当作食物的鱼儿,便反过来相互争着去吞食它,我也因此空手将它捉到了手。我仍认为太小,听说古代有个打鱼的人叫姜太公,因钓鱼而得遇文王,于是舍弃捕鱼生活去到朝廷做了大官。”

智伯问道：“现在你遇到我怎么样？”渔者回答说：“前面我已说了事情的由来。当初晋国的大贵族，像栾氏、祁氏、羊舌氏数以十计，都不能自保，因为贪图晋国的利益，而看不到危害。你家和五卿联合，已经分裂吞并了它们，这无异于鲹鱼、鲢鱼、鳝鱼、鲇鱼的下场。脑髓骨骼都煮烂在你的鼎里，你应该警惕了，但仍然不肯醒悟。又有大的家族，像范氏和中行氏，贪人的土地，侵占别人的势力，想做诸侯，而看不到危害，你家和三卿联合，又分裂并吞食了它们，去掉鱼鳞，剖挖肠子，切成细肉，割掉头抛弃了，以至小鱼鲲鲕的后嗣，全部都装在俎豆里供人吃，这与大鲔的下场是一样的。这件事理应引起警惕了，但你仍不肯醒悟。又有更大的野心，并吞范氏、中行氏以扩大地盘，增强势力，仍然不能满足。力量越大而求食越没有满足的时候，把韩魏作为群鲛驱赶着给你追捕赵氏这条肥鱼，而看不到危害。贪图肥美食物的情势，将不停止于赵。我看韩魏恐祸及自己，也希望你在晋国受困。他们眼珠子已经转着打主意，而你竟很骄傲，以为他们随时可以被你擒拿宰割，正舔着舌头准备吃他们呢！而我则觉得有危险，今辅果离开智氏，不肯同祸；段规深怨而另有打算。你不醒悟，我怕你将来像大鲸那样，头被割掉扔在邯郸，翅在安邑折断，胸被分裂在上党，尾被割断于中山，而肠子流在大陆，做成鲜食和干食，供三家子孙们吞食。我因此大为恐惧。不然，你的勇力强大，同周文王相比，有什么逊色呢？”

智伯听了很不高兴，但最终仍不醒悟。于是韩魏与赵联合起来灭掉智氏，将他的领地一分为三，三家各得一份。

愚溪对[①]

柳子名愚溪而居。五日，溪之神夜见梦[②]曰：“子何辱予，使予为愚耶？有其实者，名固[③]从之，今予固若是耶？予闻闽[④]有水，生毒雾厉气[⑤]，中之者，温屯沤泄[⑥]，藏石走濑[⑦]，连舻糜解[⑧]；有鱼焉，锯齿锋尾而兽蹄[⑨]。是食人，必断而跃之，乃仰噬焉，故其名曰恶溪。西海[⑩]有水，散涣而无力，不能负芥，投之则委靡垫没，及底而后止，故其名曰弱水。秦[11]有水，掎汩泥淖[12]，挠混沙砾[13]，视之分寸，眙若睨壁[14]，浅深险易，昧昧不觌[15]，乃合泾渭，以自彰秽迹[16]，故其名曰浊泾。雍[17]之西有水，幽险若漆，不知其所出，故其名曰黑水。夫恶弱，六极[18]也。浊、黑，贱名也。彼得之而不辞，穷万世而不变者，有其实也。今予甚清且美，为子所喜，而又功可以及圃畦，力可以载方舟，朝夕者济焉。子幸择而居予，而辱以无实之名以为愚，卒不见德而肆其诬[19]，岂终不可革耶?"

柳子对曰："汝诚无其实，然以吾之愚而独好汝，汝恶得避是名耶！且汝不见贪泉[20]乎？有饮而南者，见交趾[21]宝货之多，光溢于目，愚以两手攫而怀之，岂泉之实耶？过而往贪焉，犹以为名，今汝独招愚者居焉，久留而不去，虽欲革其名，不可得矣。夫明王之时，智者用，愚者伏。用者宜迩[22]，伏者宜远。今汝之托也远王都三千余里，侧僻回隐，蒸郁之与曹[23]，螺蚌之与居，唯触罪摈辱、愚陋黜伏者[24]，日侵侵[25]以游汝，闯闯[26]以守汝。汝欲为智乎？胡不呼今之聪明皎厉、握天子有司之柄以生育天下者[27]，使一经于汝，而唯我独处？汝既不能得彼而见获于我，是则汝之实也。当汝为愚而犹以为诬，宁有说耶?"

曰："是则然矣，敢问子之愚何如而可以及我?"

柳子曰："汝欲穷我之愚说耶？虽极汝之所往[28]，不足以申吾喙；涸汝之所流，不足以濡吾翰。姑示子其略：吾茫洋[29]乎无知。冰雪之交，众裘我絺[30]；溽暑之铄[31]，众从之风，而我从之火。吾荡而趋[32]，不知太行之异于九衢[33]，以败吾车；吾放而游，不知吕梁之异乎安流[34]，以没吾舟。吾足蹈坎井[35]，头抵木石，冲冒榛棘[36]，僵仆虺蜴[37]，而不知怵惕。何丧何得？进不为盈，退不为抑[38]，荒凉昏默[39]，卒不自克[40]，此其大凡者也，愿以是污汝可乎?"

于是溪神沉思而叹曰："嘻[41]，有余矣，是及我也[42]。"因俯而羞，仰而吁，涕泣交流，举手而辞。一晦一明，觉而莫知所之，遂书其对。

注释

① 本文选自《柳宗元集》。愚溪，原名冉溪，是永州(今湖南陵零县)城西的一条小河，柳宗元贬到永州后，改名为愚溪。

② 见(xiàn)梦:托梦。见,显现。

③ 固:当然。

④ 闽:指今福建省与浙江部分地区。

⑤ 厉气:指瘴气。

⑥ 温屯:积热不散,指发热。沤泄:上吐下泻。

⑦ 藏石:暗礁。走濑:奔腾不息的急流。

⑧ 连舻:相继而来的船只。糜解:谓船被撞坏而粉碎。

⑨ 锯齿:牙齿像锯。锋尾:尾巴像刀。兽蹄:脚像兽蹄。

⑩ 西海:古代传说中西方的水名,相传其地有弱水。《十洲记》:“凤麟洲在西海之中央,地方一千五百里,洲四面有弱水绕之,鸿毛不浮,不可越也。”

⑪ 秦:在今陕西、甘肃省一带。

⑫ 掎:拉、拖。汩:乱。淖:烂泥。

⑬ 挠混:搅和混杂。砾:小石子。

⑭ 眙:正看。睨:斜视。

⑮ 觌(dí):见。

⑯ 自彰秽迹:显出自己污秽的痕迹。

⑰ 雍:古时九州之一,包括今陕西、甘肃、宁夏、青海一带。

⑱ 六极:古代所谓六种极端不幸的事。《书·洪范》:“六极:一曰凶短折,二曰疾,三曰忧,四曰贫,五曰恶,六曰弱。”

⑲ 卒:终于。德:恩惠,感恩。肆:放肆、任意。

⑳ 贪泉:泉水名,位于广州郊区石门地方。古代相传凡饮此泉水的人,都变得非常贪婪,故名。

㉑ 交趾:古代把五岭以南一带的地方统称为交趾。

㉒ 迩(ěr):近。

㉓ 蒸郁:闷热之气。曹:群,伴。

㉔ 触罪:犯罪。摈辱:受到排斥污辱。黜伏:贬谪。

㉕ 日:每日。侵侵:渐进。此处是连续不断的意思。

㉖ 闯闯:毫无拘束的样子。

㉗ 皎厉:严明。有司:指官吏。柄:权力。生育天下:谓主宰天下。

㉘ 极:尽。所往:这里指溪水流经的地方。

㉙ 茫洋:渺茫的样子。

㉚ 絺:细葛布,指用絺做的单衣。

㉛ 溽暑:潮湿闷热。铄:熔化金属。这里指天气炎热。

㉜ 荡:纵情,任意。趋:快走。

㉝ 太行:太行山,位于今山西省河北省一带。九衢:四通八达的道路。

㉞ 吕梁:吕梁洪,在今江苏省徐州市东南,古时水流险急,有大瀑布。安流:平稳的河流。

㉟ 蹈:踩踏。坎井:陷阱。

㊱ 榛棘:丛生的荆棘。

㊲ 虺(huǐ):毒蛇。蜴:蜥蜴。

㊳ 退:指贬退。抑:压抑,委屈。

㊴ 荒凉:冷漠。昏默:昏愦沉默。

㊵ 卒:终究。克:克制、控制。

㊶ 嘻:惊叹词。

㊷ 是及我也:这是能影响到我的。

译文

柳宗元将冉溪改名愚溪,定居在它旁边。第五天夜里,梦见溪神对他说:“你为什么污辱我,叫我‘愚溪’呢?如果我真的愚蠢,名字当然可以这样叫,但现在我真的是这样的吗?我听说闽地有条溪水,生毒雾瘴气,凡是中了这种毒气的人,就发烧并且上吐下泻;水中有暗礁,水流湍急,使很多船只相继碰毁;又有鳄鱼,生着锯齿一般的牙齿和刀锋一般的尾巴,还长着四个兽蹄,它吃人时,一定要把人咬断,抛向空中,然后仰起头来咬着吃,所以这条水的名字叫‘恶溪’。西海有一条水,散涣无力,连小草都飘浮不起来,把草投到水中就会萎靡沉没，一直沉降到底，所以它的名字叫‘弱水’。秦地有条河水，它搅混烂泥，搅混沙石，只能看到很浅的地方，看河水就如同看土墙一样，是深是浅，或险或易，昏昏然看不清楚，它与清澄的渭水合流时，就显出了本身的污浊，所以它的名字就叫‘浊泾’。雍州西部有一条河水，昏暗凶险，颜色黑得像漆一样，不知道它发源于什么地方，所以它的名字叫‘黑水’。恶、弱，属于极端不好的‘六极’中的两种；浊、黑，是卑贱的名称。它们得到这些名称而不推辞，是因为这些名称是符合实际的。现在我非常澄清美好，为你所喜爱，而且我又有灌溉园田的功能，有浮载方舟的力量，从早到晚摆渡人们过河。你有幸选择我这里居住，却以不符合实际的‘愚’名来侮辱我，你不感激我反而任意对我诬蔑，这难道终究不能改变吗？”

柳宗元回答说：“你的确没有‘愚’的实际，但因为像我这样愚蠢的人而偏偏喜欢你，你怎么还能回避‘愚’这个名称呢？况且你不知道贪泉吗？有喝了此泉水往南去的人，看到交趾地方宝货众多，光彩夺目，就想用两手左右抓取宝物藏进怀里，难道这是由于泉水有贪的实际吗？仅仅因为过往的人贪婪，它因此得了一个‘贪泉’的名字。今天你独独招引我这样的‘愚’者居住在这里，又久住而不离去，因而你想改变‘愚’名也是办不到的了！在‘明王’当政的时候，都是‘智者’被任用，‘愚者’被抛弃。被任用的应当靠近京城，被抛弃的应当到边远的地方去。今天你所处的地方远离京城三千多里，偏僻闭塞，与闷热之气为伴侣，与田螺、河蚌同居，唯有犯了罪被抛弃受侮辱愚昧无知遭受贬谪的人，天天不断地在你这儿游转，毫无拘束地守着你。你想成为‘智’溪吗？为什么你不呼唤那些聪慧严明、身为皇帝的官吏、掌握着权柄以治理天下的人，让他们到你这儿走一趟，而唯有我孤独地守着你？你得不到那些达官贵人的赏识而只为我所喜欢，这就是你的实际。以你为愚而你还认为是诬蔑，难道你还有什么理由可以说的吗？”

溪神说：“这些你说对了，恕我大胆问一下，你到底是怎样个愚法，而能够影响到我？”

柳宗元说：“你想彻底了解有关我愚蠢的说法吗？即使你的水流到了尽

头，有关我愚蠢的话也讲不完；用笔蘸干了你的河水，有关我愚蠢的情况也写不尽。姑且给你说个大概情况：我茫无所知，在冰雪交夹的冬天，众人穿皮袄，我却穿单衣；在潮湿闷热的伏天，众人寻风乘凉，我却去有火的地方。我驾上车纵情奔驰，不知道太行山路与四通八达的平坦大道不一样，以致撞坏了我的车；我放开船随意飘游，不知道吕梁洪与平衡的河流不同，以致沉没了我的船。我脚踩陷阱，头碰木石，冲进荆棘丛中，僵卧在毒蛇、蜥蜴上，而不知道警惧。我不懂什么叫失，什么叫得，晋升不感到满足，贬退也不感到抑郁，心境冷寞、昏默不语，终究不能克制自己这种感情。这只是我愚蠢的大概情况。我想拿这些来玷污你可以吗？”

于是溪神深思以后感叹地说：“嘻！事例够多的了，这确实能影响到我了。”说毕就羞愧地低下了头，又仰面长叹一声，痛哭流涕，举手告辞。夜尽天明，我梦醒后已不知“溪神”的去向，便记下了上面的对话。

鹘　说①

有鸷曰鹘者，穴于长安荐福浮图②有年矣。浮图之人，室宇于其下者，伺③之甚熟，为余说之曰：“冬日之夕，是鹘也，必取鸟之盈握者完而致之④，以燠⑤其爪掌，左右而易之，旦则执而上浮图之跂⑥焉。纵之，延其首以望，极其所如往⑦，必背而去焉。苟东矣，则是日也不东逐；南北西亦然。”

呜呼！孰谓爪吻毛翮之物而不为仁义器⑧耶？是固无号位爵禄之欲，里闾亲戚朋友之爱也，出乎鷇⑨卵，而知攫食决裂之事尔，不为其他。凡食类之饥，为旦为甚，今忍而释之，以有报也，是不亦卓然有立者乎？用其力而爱其死以忘其饥，又远而违⑩之，非仁义之道耶？恒其道，一其志，不欺其心，固斯世之所难得也。余又疾⑪夫今日之说曰：“以煦煦而嘿⑫，徐徐而俯者善之徒；以翘翘而厉⑬，炳炳⑭而白者暴之徒。”今夫枭鸺⑮，晦⑯于昼而神于夜；鼠不穴寝庙，循墙而走，是不近于煦煦者耶？今夫鹘，其立趯然⑰，其动砉然⑱，其视的然⑲，其鸣革然⑳，是不亦近于翘翘者耶？由是而观其所为，则今之说为未得也。孰若鹘者，吾愿从之。毛耶翮耶，胡不我施？寂寥太清[21]，乐以忘饥。

注释

① 本文选自《柳宗元集》。鹘(hú)：鸟名，一种鹰类。

② 浮图：佛塔。

③ 伺：守候、探察，这里是观察的意思。

④ 完：完好。致：引来。

⑤ 燠：暖。

⑥ 浮图之跂(qí)：塔之最高处。

⑦ 极：尽。如：去。

⑧ 器：物。

⑨ 鷇(kòu)：待母哺食的雏鸟。

⑩ 违：离。

⑪ 疾：讨厌、憎恶。

⑫ 煦煦：和乐柔顺貌。嘿：同“默”。

⑬ 翘翘：高出貌。厉：猛烈、迅疾。

⑭ 炳炳：光明显著貌。

⑮ 枭：猫头鹰。鸺：也叫横纹小鸮。

⑯ 晦：隐藏。

⑰ 趯(tì)然：跳跃貌。

⑱ 砉(huā)然：象声词，形容一种突然的猛烈的响声。

⑲ 的然：鲜明显著貌。

⑳ 革然：革革之声。

㉑ 太清：天空。

译文

有一只凶猛的名叫鹘的鸟，在长安荐福寺塔上巢居好几年了。住在塔下的人,对它观察很仔细。他告诉我说:“每逢冬季的晚上,这只鹘一定要把拳头大的鸟儿活着弄来,用来暖它的爪掌,并且左右更换,早晨则把它抓到塔的最高处,放开它,伸长脖子望,直到看不见它所飞去的地方,就转身离开。假若小鸟儿向东去了,则这一天也不向东追逐;向南北西飞去,也是一样。”

啊呀!谁说长有爪子翅膀的鸟儿而不会成为仁义之物呢?它们本来就没有职务俸禄的要求,邻里亲戚朋友之爱,一出世,天性只知攫取食物将它撕烂吃掉,没有其他欲望。凡是吃食的动物,只有早晨最饥饿,现在它能忍饥放掉猎物,以报答它,这鹰不也是卓越有品格的鸟吗?用了它的力(暖爪掌)而不忍它死因而忘掉饥饿,又远远地离开它,这不是仁义之道吗?经常守着道,使志趣专一,不欺骗自己的心,这本来是这个世界上很难得的。

我又憎恶今天的一种论调:“那显出和乐柔顺而又沉默,行动慢慢腾腾而又俯就的是善良的;那显出高傲而又猛烈,光明显著而清白的是暴恶之辈。”现在那枭和鸺鸟,白天隐藏而晚上神出鬼没,老鼠不在寝庙打洞,顺墙根跑,这不是近乎柔顺和乐的吗?可那鹘鸟,它站着就跳跃,飞动时发出砉然的声音,它看东西鲜明而显著,它叫起来声音响亮,这不是近乎高傲而猛烈的吗?由此而衡量它的作为,今天的这种论调是没有抓住要害的,他赞扬的那种人,哪里比得上鹘鸟?我愿跟从它。羽毛呀翅膀呀,为什么不在我身上生长?那无声无形的寂静的太空,可以乐而忘饥。

捕蛇者说[①]

永州之野产异蛇,黑质而白章,触草木尽死,以啮人,无御之者。然得而腊之以为饵[②],可以已大风、挛踠、瘘、疠[③],去死肌,杀三虫[④]。其始,太医以王命聚之,岁赋其二,募有能捕之者,当其租入,永之人争奔走焉。

有蒋氏者,专其利三世矣,问之,则曰:“吾祖死于是,吾父死于是,今吾嗣为之十二年,几死者数[⑤]矣。”言之,貌若甚戚者。余悲之,且曰:“吾毒之乎[⑥],余将告于莅事者[⑦],更若役,复若赋,则何如?”

蒋氏大戚，汪然[8]出涕曰："君将哀而生之乎？则吾斯役之不幸，未若复吾赋不幸之甚也，向吾不为斯役，则久已病[9]矣。自吾氏三世居是乡，积于今，六十岁矣。而乡邻之生而蹙[10]，殚[11]其地之出，竭其庐之入，号呼而转徙[12]，饥渴而顿踣[13]，触风雨，犯寒暑，呼嘘毒疠[14]，往往而死者相籍[15]焉。曩与吾祖居者，今其室十无一焉；与吾父居者，今其室十无二三焉；与吾居十二年者，今其室十无四五焉。非死则徙尔。而吾以捕蛇独存。悍吏[16]之来吾乡，叫嚣乎东西，隳突[17]乎南北，哗然而骇者，虽鸡犬不得宁焉。吾恂恂[18]而起，视其缶[19]，而吾蛇尚存，则弛然[20]而卧。谨食[21]之，时而献[22]焉。退而甘食其土之有，以尽吾齿[23]。盖一岁之犯死[24]者二焉，岂若吾乡邻之旦旦有是哉？今虽死乎此，比吾乡邻之死则已后矣，又安敢毒耶？"

余闻而愈悲。孔子曰："苛政猛于虎也。"吾尝疑乎是，今以蒋氏观之，犹信[25]。呜呼！孰知赋敛[26]之毒有甚是蛇者乎？故为之说，以俟夫观人风者得焉[27]。

注释

① 本篇选自《柳宗元集》。

② 腊(xī)：晾干。饵：药饵。

③ 已：停止，这里指治愈。大风：麻风病。挛踠：手脚拳曲不能伸展的病。瘘：脖子肿。疠：恶疮。

④ 三虫：即"三尸虫"，古代道家把人的脑、胸、腹叫做"三尸"，使三尸得病的虫，叫三虫。这里泛指危害人体的寄生虫。

⑤ 数(shuò)：多次。

⑥ 若：你。毒之：以此为苦痛。毒，毒害，苦痛。

⑦ 莅(lì)事者：掌管这事的官吏。

⑧ 汪然：眼泪盈眶的样子。

⑨ 病：困苦不堪。

⑩ 蹙：窘迫，困苦。

⑪ 殚:尽。

⑫ 转徙:迁移,逃亡。

⑬ 顿:劳累困顿。踣:跌倒在地。

⑭ 疠:疫气,瘴气。

⑮ 相籍:相压。形容死人很多。

⑯ 悍吏:指横暴的催交田赋的官吏。

⑰ 隳(huī)突:冲撞,骚扰。

⑱ 恂恂:紧张而小心谨慎的样子。

⑲ 缶:小口瓦罐。

⑳ 弛然:因放心而舒展的样子。

㉑ 谨食:小心地喂养。

㉒ 献:进献。

㉓ 齿:年龄。

㉔ 犯死:冒死的危险。

㉕ 犹信:差不多可以相信。

㉖ 敛:收集。

㉗ 俟:等待。观人风者:考察民情风俗的人。"人风"即"民风"。柳宗元因避唐太宗李世民讳,以"人"字代"民"字。

译文

永州的山野里出产一种特异的毒蛇,身上是黑底色白花纹;凡是它接触过的草木全部枯死;如果咬伤人,没有能医治好的。但是捉到它杀死,晾干做成药饵,可以用它治好大风、挛踠、瘘、疠等病,除去腐烂的肌肉,杀死危害人体的寄生虫。当初,太医遵照皇帝的命令来征集这种毒蛇,每年征收两次,并招募能捕这种毒蛇的人,准许用蛇顶替他应交纳的租税。于是,永州的人都争着要干捕蛇的差事。

有个姓蒋的人家,专门享有这种用毒蛇顶替租税的好处已经三代了。我问起这件事，他回答说："我的祖父死在这捕蛇的差事上，我的父亲也死在这捕蛇的差事上，我继承他们干捕蛇这差事至今已十二年了，有好几次差点儿被毒蛇咬死。"谈到这些事，他显得非常难过。

我很同情他，就说："你痛恨这差事吗？那么我去告诉掌管这件事的官吏，让他更换你捕蛇的差事，恢复你应交纳的赋税，你看怎么样？"

姓蒋的越发悲痛，眼泪汪汪地说："你是哀怜我，想让我活下去吗？那么我干捕蛇这个差事虽然不幸，但是却不像恢复我交纳赋税带来的不幸那样厉害。假使我当初不干这差事，那早就困苦不堪了。自从我祖父居住在此地以来，到现在已经六十年了，而乡亲们的生活却一天比一天困难。他们把地里的全部出产和家里的全部收入，都交纳了赋税还不够，只好哭天喊地地逃离家乡，忍饥挨饿跌倒在地，遭受风吹雨打，冒着酷暑严寒，呼吸着有毒的疫气，死的人常常横七竖八地堆在路上。从前和我祖父一起居住的人家，到现在十家中剩下的不到一家了；和我父亲一起居住的，到现在十家中剩下的不到两三家了；十二年来和我一起居住的，现在十家中也没有四五家了。不是死掉，就是逃到别处去了，只有我因为捕蛇才幸存下来。"

"那些凶猛的官吏来到我们村里时，到处狂呼乱喊，到处横冲直撞，吓得人们惊叫逃避，连鸡狗都不得安宁。我提心吊胆地起来，看看那装蛇的瓦罐，幸好我捕的蛇还在，就可以放心地睡大觉了。小心地喂养它，按照规定的时间把它献上去。回到家里就可以香甜地吃着田地里出产的东西，如此来度过我的一生。一年里冒着死亡的危险只有两次罢了，其余的时间我就过着安逸欢乐的生活，哪里像我的乡邻那样天天担惊受怕呢？现在即使我死在捕蛇上，比起我的乡邻来就已经死在后头了。又怎么敢怨恨呢？"

我听后更加悲愤。孔子说："苛刻的政令比老虎还凶猛。"我曾经怀疑过这句话。现在从蒋氏的遭遇来看，这话还是真实可信的。唉！谁知道横征暴敛对老百姓的毒害，比这毒蛇还厉害呢！所以才写了《捕蛇者说》，等待那些视察民情的官吏了解这些事。

谪龙说[①]

扶风[②]马孺子言:年十五六时,在泽州[③],与群儿戏郊亭上。顷然[④],有奇女坠地,有光晔然[⑤],被缬裘[⑥],白纹之里[⑦],首步摇之冠[⑧]。贵游少年[⑨]骇且悦之,稍狎焉。可女頩尔[⑩]怒曰:“不可。吾故居钧天帝宫[⑪],下上星辰,呼嘘阴阳[⑫],薄蓬莱、羞昆仑而不即者[⑬]。帝以吾心侈大[⑭],怒而谪来,七日当复。今吾虽辱尘土中,非若俪[⑮]也。吾复且害若。”众恐而退。遂入居佛寺讲室[⑯]焉。及期,进取杯水饮之,嘘成云气,五色翛翛[⑰]也。因取裘反之,化成白龙,徊翔[⑱]登天,莫知其所终,亦怪甚矣!

呜呼!非其类而狎其谪,不可哉!孺子不妄人[⑲]也,故记其说。

注释

① 本文选自《柳宗元集》。谪:贬谪。古代官吏因罪而被流放或降职,这里指龙被上帝贬谪。

② 扶风:地名,今陕西省扶风县。

③ 泽州:地名,州治在今山西省晋城县。

④ 顷然:忽然。

⑤ 晔然:光彩夺目的样子。

⑥ 被:同“披”,穿着。缬(zōu):黑红色。

⑦ 白纹之里:里子是白色,上有花纹。

⑧ 步摇之冠:古代一种用金丝、珠玉做成的帽子,上面有许多装饰品,走路时装饰品随步摇摆,因此得名。

⑨ 贵游少年:富贵有闲游玩的青年人。

⑩ 頩(pīng)尔:板起面孔的样子。

⑪ 钧天:古人把天分为九个区域,中央为钧天。帝宫:天帝居住的宫殿。

⑫ 阴阳:古人认为天地间存在着阴阳两种气。

⑬ 薄:鄙薄,轻视。蓬莱、昆仑:古代传说中神仙居住的地方。即:就,到哪

儿去。

⑭ 侈大:狂妄,放肆。

⑮ 若:你们。俪:配偶。

⑯ 佛寺讲室:佛寺内讲说佛经的房子。

⑰ 翛(xiāo)翛:五彩缤纷。

⑱ 徊翔:回旋飞翔。

⑲ 妄人:胡吹乱说的人。

译文

扶风马孺子说:他十五六岁时,在泽州与孩子们在郊外的凉亭里游玩。忽然,有一个奇妙的姑娘从天而降,光彩夺目。她披着里子有白色花纹的黑红色皮衣,头上戴着漂亮的步摇。那些轻薄的富家子弟见了她又害怕又高兴,渐渐地走近调戏她,她板起面孔发怒地说:"不要胡来,我原来住在玉皇大帝的天宫,上下游动于星辰之间,呼吸阴阳二气,我鄙薄蓬莱,轻视昆仑,不屑于到那里去。玉皇大帝认为我太狂妄,发脾气贬我下凡,七天以后再回天宫。现在我虽忍辱谪居尘世,但绝不会成为你们的伴侣。你们若要胡来,我回到天宫将会加害你们。"这群浮浪子弟因害怕她而溜掉了。她便走进佛寺中的讲经堂内。七天后,她取来一杯水喝了,喷出云气,五彩缤纷。然后把皮衣翻过来穿上,化为白龙,回旋飞翔,一下就飞上天宫去了。没有人知道她的下落,也实在奇怪极了。

唉!与她不同类却乘她在贬谪中欺侮她,这样不行呀!马孺子不是胡说乱吹的人,因此记了他讲的这个故事。

罴　说①

鹿畏貙②,貙畏虎,虎畏罴。罴之状,被③发人立,绝④有力而甚害人焉。

楚⑤之南有猎者,能吹竹⑥为百兽之音。寂寂持弓矢罂火⑦,而即⑧之山。

为鹿鸣以感其类，伺其至，发火而射之。貙闻其鹿也，趋[9]而至，其人恐，因为虎而骇之[10]。貙走而虎至，愈恐，则又为罴，虎亦亡去[11]。罴闻而求其类，至则人也。捽搏挽裂而食之[12]。

今夫不善内而恃外者[13]，未有不为罴之食也。

注释

① 本文选自《柳宗元集》。罴：熊的一种，俗称"马熊"或"人熊"。

② 貙（chū）：兽名，形状像狸子。

③ 被：同"披"。

④ 绝：极，非常。

⑤ 楚：指现在的湖南、湖北一带。

⑥ 竹：竹管，指笛箫一类的管乐器。

⑦ 罂（yīng）：一种大腹小口的瓦罐。火：火种。

⑧ 即：走近。

⑨ 趋：快走，奔向。

⑩ 为虎：学虎叫。骇：恫吓。

⑪ 亡去：逃跑。

⑫ 捽：揪住。搏：抓、扑。挽：拉。裂：撕开。

⑬ 恃：依靠，凭借。

译文

鹿害怕貙，貙害怕老虎，老虎害怕罴。罴的形状，像人披着头发站立着。它力大无穷，最能伤人。

楚南有个猎人，能用竹笛吹奏模仿各种野兽的叫声。有一次，他悄悄地拿着弓箭和火罐，走到山下。首先模仿鹿的叫声来引诱它的同类，想等它们来后发火射击。貙听见有鹿叫，便很快跑来。猎人害怕貙，便模仿虎叫来恫吓貙。貙刚被吓跑，老虎又闻声赶到，他更加害怕，就学罴叫，虎也逃跑了。罴听见叫声便来寻找同伴，走到面前见是一个人，便立即揪住猎人把他撕成碎片吃掉了。

现在那些不重视加强自身的力量而只依靠外力的人，没有不像这个猎人那样被罴吃掉的。

种树郭橐驼传[1]

郭橐驼，不知始何名。病偻[2]，隆然[3]伏行，其类橐驼者，故乡人号之"驼"。驼闻之曰："甚善！名我固[4]当。"因舍其名，亦自谓"橐驼"云。

其乡曰丰乐乡，在长安[5]西。驼业种树，凡长安豪富人家为观游及卖果者，皆争迎取养[6]。视驼所种树，或移徙，无不活，且硕茂早实以蕃[7]。他植者[8]虽窥伺效慕，莫能如也。

有问之，对曰："驼橐非能使木寿且孳[9]也，能顺木之天以致其性焉耳[10]。凡植木之性，其本欲舒[11]，其培[12]欲平，其土欲故[13]，其筑欲密[14]。既然已[15]，勿动勿虑[16]，去不复顾。其莳[17]也，若子；其置也，若弃，则其天者全，而其性得矣。故吾不害其长而已，非有能硕茂之也；不抑耗其实[18]而已，非有能早而蕃之也。"

"他植者则不然，根拳而土易[19]，其培之也，若不过焉则不及。苟有能反是者，则又爱之太恩，忧之太勤，旦视而暮抚，已去而复顾。甚者，爪其肤[20]以验其生枯，摇其本[21]以观其疏密，而木之性日以离[22]矣。虽曰爱之，其实害之；虽曰忧之，其实仇[23]之，故不我若也。吾又何能为哉？"

问者曰："以子之道，移之官理[24]，可乎？"驼曰："吾知种树而已，理，非吾业也。然吾居乡，见长人者好烦其令[25]，若甚怜[26]焉，而卒以祸，旦暮吏来而呼曰：'官命促尔耕，勖[27]尔植，督尔获，早缫而绪[28]，早织而缕[29]，字[30]而幼孩，遂[31]而鸡豚。'鸣鼓而聚之，击木而召之，吾小人辍飧饔以劳吏者且不得暇[32]，又何以蕃吾生而安吾性耶？故病且怠[33]。若是，则与吾业者其亦有类乎？"

问者嘻曰："不亦善夫！吾问养树，得养人[34]术。"传其事，以为官戒。

注释

① 本文选自《柳宗元集》。橐驼:骆驼。种树人因驼背而得名。

② 偻(lóu):背脊弯曲。

③ 隆然:意为脊背高耸。伏行:意谓像爬着走路。

④ 固:确实。

⑤ 长安:唐朝的都城,今陕西省西安市。

⑥ 争迎取养:争着把他接到家中供养。

⑦ 硕:大。早实:结果早。蕃:多。

⑧ 他植者:其他种树的人。

⑨ 寿:活得久。孳(zī):繁殖得多。

⑩ 天:自然,天性。致:达到。致其性:使树木能充分发展其天性。

⑪ 本:根。舒:舒展。

⑫ 培:培土。

⑬ 故:旧,此指原土。

⑭ 筑:捣土。密:紧。

⑮ 既然已:这样做了之后。

⑯ 虑:思虑,惦记。

⑰ 莳:栽植。

⑱ 抑:抑制。耗:耗损。

⑲ 拳:拳曲。易:更换。

⑳ 爪:作动词用,用手指掐。肤:指树皮。

㉑ 本:树干。

㉒ 离:背离,违反。

㉓ 仇:仇视,以仇敌相看待。

㉔ 官理:即官治,唐代避高宗李治讳,治字多写为理。官治,指为官治民。

㉕ 长人者:当官的。烦:烦琐。令:命令。

㉖ 怜:爱。

㉗ 勖(xù):勉励。

㉘ 缫:煮茧抽丝。而:同“尔”,你,你们。绪,丝头,代指丝。

㉙ 缕:线,这里代指布。

㉚ 字:抚育。

㉛ 遂:喂养好。豚:猪。

㉜ 辍:停止。飧:晚饭。饔:早饭。劳:慰劳。

㉝ 病:困苦。怠:疲乏。

㉞ 养人:养民。

译文

郭橐驼,不知他当初叫什么名字。他患伛偻病,脊背高高地突起,俯着身子走路,好像骆驼一样。因此老乡们给他取个绰号叫“骆驼”。他听了说:“很好!这样叫我确实恰当。”因此,就放弃了他原来的名字,也自称“橐驼”了。

郭橐驼的家乡叫丰乐乡,在长安城的西边。他以种树为业,凡是长安城里有钱人家要营造园林观赏的以及经营水果买卖的,都争着把他请到家里供养。只见他所种的树或移栽的树,没有不成活的,而且树干高大,枝叶茂盛,果实结得又早又多。别的种树人虽然偷看模仿,总是赶不上他。

有人问他种树的诀窍,他回答说:“我并不能使树木活得长久,繁殖得快啊!只能是顺应树木的天性,使它生长罢了。大凡栽种树木的方法是:树根要舒展,培土要平整,要填旧土,捣土要密实。这样做了之后,不要动摇它,惦记它,离开它,不必再去照看了。总之,栽植时要像抚育小孩儿一样细心,栽好后要像抛弃东西一样不去管它,那么树木的天性就保全了,它就获得了生机。所以我只是不妨害树木生长罢了,并没有本领使它长得高大茂盛;只是不遏止损伤它的果实罢了,并没有本事让果子结得又早又多。”

“别的种树人却不这样,他们让树根卷曲着,并把旧土换成了新土,培的土不是过多,就是不足。有人与此相反,对树爱得太过分,担心得太多,早上去看看,晚上去摸摸,刚刚离开又回头照料一番;更有甚者,用指甲抠破树皮检验它的死活，摇动树身查看它的根埋得松紧，树木的本性就一天天地受到了损害。虽说是爱它，实际上是伤害它；虽然是担心它，其实是扼杀它。所以，他们植树赶不上我。我又有什么特殊的本领呢？”

问的人说：“把你种树的道理转用到做官治民上，可以吗？”橐驼说：“我只知道种树罢了，当官治民不是我的职业。但我住在乡下，看到当官的把政令搞得十分烦琐，好像很爱百姓，结果却给百姓带来了灾难。一天从早到晚，官吏都来喊叫：‘官府催你们耕地，勉励你们种植，督促你们收割，早点抽好你们的蚕丝，早点织好你们的布匹，抚养好你们的小孩儿，喂肥你们的鸡和小猪。一会儿击鼓集合百姓，一会儿敲梆子召集大家，我们老百姓三顿饭不吃来犒劳公差都忙不过来，又怎能繁荣我们的生计，安定我们的心神呢？’所以百姓给搞得又困苦又疲惫。像这样治理民政，和我同行植树的情况不也大致相似吗？”

问的人赞叹说：“你说的不是很好吗？我问栽树的方法，却得到了治理人民的办法。”我记下了这件事，作为官吏的鉴戒。

梓人传①

裴封叔之第②，在光德里③。有梓人款④其门，愿佣隙宇⑤而处焉。所职寻引、规矩、绳墨⑥，家不居砻斫⑦之器。问其能，曰：“吾善度⑧材，视栋宇之制⑨，高深、圆方、短长之宜，吾指使而群工役⑩焉。舍我，众莫能就一宇⑪。故食于官府⑫，吾受禄⑬三倍；作于私家，吾收其直太半焉⑭。”

他日，入其室，其床阙足⑮而不能理，曰：“将求他工⑯。”余甚笑之，谓其无能而贪禄嗜货⑰者。

其后京兆尹将饰官署⑱，余往过焉。委⑲群材，会众工。或执斧斤，或执刀锯，皆环立响⑳之。梓人左持引右执杖而中处㉑焉。量栋宇之任，视木之能，举挥其杖曰：“斧！”彼执斧者奔而右；顾而指曰：“锯！”彼执锯者趋而左。俄而斤者斫㉒，刀者削，皆视其色㉓，俟㉔其言，莫敢自断㉕者。其不胜任者，怒而退之，亦莫敢愠㉖焉。画宫于堵㉗，盈尺而曲尽其制㉘，计其毫厘㉙而构大厦，无进退㉚

焉。

既成，书于上栋，曰“某年某月某日某建”，则其姓字也。凡执用之工不在列。余环视大骇[31]，然后知其术之工大矣。

注释

① 本文选自《柳宗元集·梓人传》。梓人：木匠，这里写的是一位木工设计师杨潜。

② 裴封叔：柳宗元的妹夫。第：住宅。

③ 光德里：长安的里弄名。

④ 欸(āi)：扣，敲。

⑤ 佣：租赁。隙宇：空闲的房子。

⑥ 职：掌握。寻、引：度长短的工具(八尺为寻，十丈为引)。规：画圆的器具。矩：角尺，画方的器具。绳墨：墨斗，定直线的工具。

⑦ 居：旋转。砻(lóng)：去掉谷壳的农具，这里指木工的刨子。斫：斧、凿一类的砍削工具。

⑧ 度(duó)：衡量。

⑨ 栋宇：屋柱和屋檐，指房屋。制：规模。

⑩ 役：劳作。

⑪ 就：完成。

⑫ 食于官府：意为从官府领取薪俸。

⑬ 禄：薪俸。

⑭ 直：同“值”，工钱。太半：三分之二。

⑮ 阙足：断了脚。阙，同“缺”。

⑯ 他工：别的木匠。

⑰ 货：财物。

⑱ 京兆尹：官名，国都行政长官。饰：修建，装饰。

⑲ 委：堆积。

⑳ 响：应，答应。

㉑ 中处：在木匠中间站着。

㉒ 斫：这里作动词用。斤者斫：拿斧子的人就砍。

㉓ 色：脸色。

㉔ 俟：等待。

㉕ 自断：自己决断，自作主张。

㉖ 愠：怨恨。

㉗ 画宫：画房屋的图样。堵：墙壁。

㉘ 盈：满。曲：委曲细致。

㉙ 毫厘：一毫一厘，形容极小的数量。

㉚ 进退：出入，这里指误差。

㉛ 大骇：大吃一惊。

译文

裴封叔的住宅，在长安光德里。有个木匠扣他的门，想租几间空屋居住。这个木匠所带的只有长尺、圆规、角尺、墨斗，而没有刨子、斧头一类的工具。问他有什么本事。他回答说："我擅长量材取用，根据房屋的结构图样，选择高深、方圆、短长适当的木料，指挥工匠们加工制作。如果没有我，工匠们一间房子也盖不成。因此官府请我做工，我得的薪俸是一般工匠的三倍；如果私人请我做工，我收取那工钱的一大半。"

一天，我走进他的卧室，看到他睡的床缺了一只脚而不会修理，他说："准备请别的工匠来修理。"我听了觉得十分可笑，认为他是没有本领，白拿工薪，贪图财物的人。

后来，京兆尹要修官衙，我去那里看望。只见满地堆着木料，聚集了很多工匠，有的拿着斧头，有的拿着锯子，都面向他围成一个圆圈。这个木匠左手拿着引，右手拿着杖，站在人群当中。他估量房屋的需要，观察木料的承受能力，就挥着手杖向右一指，说："砍！"那些拿斧头的工匠都跑到右边去砍。他回头来指着左边说:“锯!”那些拿锯子的工匠都快跑到左边去锯。一会儿,拿斧子的也开始砍了,拿刀的也开始削了,都看着他的脸色,等待他的吩咐,没有人敢自作主张。有些不能胜任工作的,被他撤换下来,也没有谁发怨言。他把建房的蓝图画在墙上,图不过一尺见方却详尽地表现出了建筑的规模与要求,一毫一厘都算了出来,根据它来建筑高大的房子,竟然没有一点儿出入。

房子建成后,在梁上题了“某年某月某日某建”,建筑工只写了他的姓名,凡执用的工匠都未署名。我四周看过一遍后,大吃一惊,这时我才知道这个木匠的技艺实在太高明,太精深啊!

李赤传[①]

李赤,江湖浪人也。尝曰:“吾善为歌诗,诗类李白。”故自号曰李赤。

游宣州[②],馆[③]之。其友与俱游者有姻焉。间类日,乃从之馆。……如厕。久,其友从之,见赤轩厕抱瓮[④]诡笑而侧视,势且下,入,乃倒曳得之。又大怒曰:“吾已升堂面吾妻。吾妻之容,势固无有;堂之饰,宏大富丽,椒兰之气,油然而起。顾视汝之世犹溷[⑤]厕也。而吾妻之居,与帝居钧天、清都[⑥]无以异,若何苦余至此哉?”然后其友知赤所遭,乃厕鬼也。聚仆谋曰:“亟去是厕。”遂行宿三十里。夜,赤又入厕。久,从之,且复入矣。持出,洗其汙,众环之以至旦。去抵他县,县之吏方宴,赤拜揖跪起无异者。酒行,友未及言已饮,而顾赤,则已去矣。走从之。赤入厕,举起床[⑦]捍门,门坚不可入,其友叫且言之。众发墙以入,赤之面陷不洁者[⑧]半矣。又出洗之。县之吏更召巫师善呪术者守赤,赤自若也。夜半,守者怠,皆睡。及觉,更呼而求之,见其足于厕外,赤死久矣,独得尸归其家。取其所为书读之,盖与其母亲诀[⑨],其言辞犹人也。

柳先生曰:“李赤之传不诬矣。是其病心而为是耶?抑固有厕鬼耶?赤之名闻江湖间,其始为士,无以异于人也。一惑于怪,而所为若是,乃反以世为溷,溷为帝居清都,其属意明白。今世皆知笑赤之惑也,及至是非取与向背决不为赤者,几何人耶?反修而身,无以欲利好恶迁其神而不返,则幸矣,又何暇赤之笑哉?"

注释

① 本文选自《柳宗元集·李赤传》。

② 宣州:唐州名,州治在今安徽省宣城。

③ 馆:蒙馆,私塾。此处是教书的意思。

④ 轩厕:打开厕所的踏脚木板。瓮:此处指粪缸。

⑤ 溷:厕所。

⑥ 钧天、清都:道家谓天帝居住的地方。

⑦ 床:可能指栏杆之类的木头。

⑧ 不洁者:粪便。

⑨ 诀:决绝,长别。

译文

李赤是一个奔走江湖的人。他曾经说:"我擅长写诗,我的诗和李白诗有些相像。"因此他自称为李赤。

李赤到宣州游学,在那里教私塾,与他一起同游的朋友,和他有亲戚关系。过了很多天,那朋友跟他到私塾中来。李赤上厕所,去了很久,朋友觉得奇怪,便跟在后面去看。这时李赤已打开厕所的踏脚板,抱着粪缸,很诡异地笑着,并且斜视粪池,看样子将要钻进去。头已伸进粪池,他朋友便用力把他倒拖出来。李赤大发脾气,说:"我已经走到厅堂上,看到了我要娶的妻子。我那妻子的容貌,是世界上本来就没有的;她的厅堂装饰得宏大富丽,花椒兰草一类的香气,从那里升起。回过头来看你们住的世界像厕所一样,而我妻子住的地方和天帝居住的钧天、清都没有什么差别。你为什么使我吃苦到这般地步呢?"听了李赤这番话后,他的朋友才知他着了厕鬼的魔,就召集仆人商量说:"赶紧离开这个厕所。"他们马上离开,走了三十里路才歇宿。晚上,李赤又上厕所,去了好久,跟着他去一看,又见他将要钻进粪池去了。大家将他扶出来,洗掉身上的脏物，一起围着他直到天亮。第二天，离开这里到了另一个县城。县里的官吏正好设宴，邀他们参加。李赤同主人打躬作揖，没有一点儿不正常的地方。主人开始劝酒了。李赤的朋友还没来得及谈话和喝酒，一看李赤已经离开了。他跑步跟上李赤。李赤跑进厕所，用木杠顶住了门。门顶得很结实，一下子推不开，他朋友呼唤救人，并向众人说明了李赤着魔的情况，大家只好拆墙进去。这时，李赤已把面孔的一半伸进粪池中去了。大家只好又把他拖出来洗干净。县里的官吏还请了善于念咒驱邪的巫师来看守李赤，李赤泰然自若。到了半夜，看守的人疲倦了，都纷纷入睡。等到醒来，再呼喊寻找他，才发现李赤的一双脚露在粪池外，李赤早已断气了。他的朋友只好将李赤的尸体运回家乡。拿出李赤生前所写的信一看，原来是与他母亲、妻子诀别的，信的内容和正常人写的一样。

柳宗元说："李赤的事迹是真的。究竟是因神经有病而这样做呢，抑或是本来有厕鬼呢？李赤名闻江湖，当初为读书人，与一般人没有什么不同的。一旦被妖怪迷惑，而他的作为变成这样，反认为世间为厕所，厕所为天帝所居住的清都，他的属意是明白的。现在大家都知道讥笑李赤的执迷不悟，但是，那真正能够明辨是非、取与、向背决不跟李赤一样的人又有多少呢？还是回头来修养自己的品行吧，做到不被欲望、利益、爱好、憎恶蒙住心窍，就算万幸了。又有什么闲工夫去讥笑李赤啊！"

蝜蝂传[①]

蝜蝂者，善负[②]小虫也。行遇物，辄[③]持取。卬[④]其首负之。背愈重，虽困剧[⑤]不止也。其背甚涩，物积[⑥]因不散，卒踬仆[⑦]不能起。人或怜之，为去其负。苟能行，又持取如故。又好上高，极[⑧]其力不止，至坠地死。

今世之嗜取者[⑨]，遇货[⑩]不避，以厚其室[⑪]，不知为己累也，唯恐其不积。及其怠[⑫]而踬也，黜弃[⑬]之，迁徙之，亦已病矣。苟能起，又不艾[⑭]，日思高其位，大其禄，而贪取滋甚，以近于危坠，观前之死亡不知戒。虽其形魁然[⑮]大者也，其名，人也，而智则小虫也。亦足哀夫！

注释

① 本文选自《柳宗元集》。蝜(fù)蝂(bǎn)：一种黑色小虫。

② 善负：擅长于用背背东西。

③ 辄：就，总是。

④ 卬：通“昂”，高高抬起。

⑤ 困剧：困乏到极点。

⑥ 积：堆积。

⑦ 卒：终于。踬仆：跌倒。

⑧ 极：尽。

⑨ 嗜取者：贪得无厌的人。嗜，喜好，爱好。

⑩ 货：财物。

⑪ 厚：富。室：家室，家庭。

⑫ 怠：疲倦，懈怠。

⑬ 黜弃：罢免官职，被朝廷抛弃。

⑭ 艾：停止。

⑮ 魁然：壮伟的样子。

译文

蝜蝂是一种喜爱背东西的小虫。它在爬行中遇到东西，总是要抓起来，扬起头背在背上。背的东西越来越重，即使困乏到极点也不肯住手。它的背很涩，因此东西堆积到上面不易散落，这样，终于压得它跌倒在地爬不起来。有人怜悯它，替它取掉背上的东西；如果能走了，它又跟以前一样去拿东西；它还好往高处爬，用尽力气也不停止，直到掉下来摔死。

现在社会上那些贪得无厌的人，见了钱财就不择手段地捞取，用来增加他的财富，不知道这会成为自己的累赘，唯恐他的钱财积蓄得不多。等到他弄得疲乏不堪最后摔了跤，被罢官，遭流放，可算吃尽了苦头，然而如果还能起来，他又不知悔改，天天想着怎么使自己的官职更高，俸禄更多，而贪取财物更加厉害，最后接近到从高处掉下来的危险境地，看到以前有人因贪财而丧命，也不知引以为戒。虽然他的身体高大魁梧，名义上是人，但是见识竟和小虫蝜蝂一样，也实在可悲啊！

骂尸虫文[①]

有道士言："人皆有尸虫三，处腹中，伺人隐微失误[②]，辄籍记[③]，日庚申[④]，幸其人之昏睡，出谗于帝以求飨[⑤]。以是人多谪过，疾疠、夭死[⑥]。"

柳子特不信，曰："吾闻'聪明正直者为神'。帝，神之尤[⑦]者，其为聪明正直宜大也，安有下比阴秽小虫[⑧]，纵其狙诡[⑨]，延[⑩]其变诈，以害于物，而又悦之以飨？其为不宜也殊甚。吾意斯虫若果为是[⑪]，则帝必将怒而戳[⑫]之，投于下土，以殄[⑬]其类，俾夫人咸得安其性命而苛慝不作[⑭]，然后为帝也。"余既处卑，不得质之于帝，而嫉斯虫之说，为文而骂之：……

注释

① 本文选自《柳宗元集·骂尸虫文》。尸虫：道家所说的在体中作祟的三种害虫。段成式《酉阳杂俎》说：每人体内都有三条尸虫。上尸叫清姑，专门为害眼睛；中尸叫白姑，为害五脏；下尸叫血姑，为害肠胃。每逢庚申日，便悄悄上天向天帝密告人的过失。

② 伺：暗中观察。隐微失误：很隐蔽，很微小的过错。

③ 籍记：用本子记上。

④ 日庚申：即逢庚申日。（古时以天干地支相配来记日。）

⑤ 飨：以酒食款待人，这里作名词用，指酒食。

⑥ 谪过：因过失而受到贬谪。疠：瘟疫。夭：早死。

⑦ 尤：突出的。

⑧ 比：亲近，勾结。阴：阴险。

⑨ 狙诡：奸诈。

⑩ 延：伸，助长。

⑪ 斯：这。果：真的。是：这样。

⑫ 戮（lù）：杀。

⑬ 殄：灭绝。

⑭ 俾：使。咸：都。苛：通“疴”，疾病。慝：灾害。

译文

有一位道士说，凡人体内都有三条尸虫，寄居在肚里。它们在暗处观察人很隐蔽很微小的过错，用本子记下来。每逢庚申天，趁人熟睡的时候，跑出人体，上天向天帝说人的坏话，以求得上帝赏给它酒食。因此，人们常常因为过失受到贬谪，遭到瘟疫，短命夭折。

柳宗元偏不相信道士的话，说：“我听说‘聪明而且正直的才叫神’。天帝是最高的神，应该是最聪明正直的。他怎么会怂恿阴险、肮脏的小虫，放纵它狡诈地危害人类，而且还用酒食犒劳它呢？这种说法是极不合理的。我想尸虫如果是这样的话，那么天帝一定发怒而且杀掉它，扔到人间，将它灭绝断种，使人性命都有保障而疾病灾害不再发作，这样做了之后，才可算是真正的天帝。”我既然处在人世间，不能去问上帝，而又憎恶有关尸虫的传说，特写了这篇文章咒骂它。

憎王孙文[①]

猿、王孙居异山，德性异，不能相容。

猿之德静以恒[②]，类[③]仁让孝慈。居相爱，食相先，行有列，饮有序。不幸乖离[④]，则其鸣哀；有难，则内[⑤]其柔弱者。不践稼蔬。木实未熟，相与视之谨[⑥]；既熟，啸呼群萃[⑦]，然后食，衎衎焉[⑧]。山之小草木，必环而行[⑨]，遂其植[⑩]。故猿之居山恒郁然[11]。

王孙之德躁以嚣[12]，勃诤号呶[13]，唶唶强强[14]，虽群不相善也。食相噬啮，行无列，饮无序，乖离而不思。有难，推其柔弱者以免。好践稼，所过狼藉披攘[15]。木实未熟，辄龁咬投注[16]。窃取人食，皆食其嗛[17]。山之小草木，必凌挫折挽[18]，使之瘁[19]，然后已。故王孙之居山恒蒿然[20]。

以是[21]猿群众则逐王孙，王孙群众亦龃[22]猿。猿弃去，终不与抗。然则物之甚可憎，莫王孙若[23]也。

余弃[24]山间久，见其趣如是，作《憎王孙》云。

注释

① 本文选自《柳宗元集·憎王孙文》。王孙：猴子，比喻保守、贪残的官僚。

② 恒：常，固定不变。

③ 类：大都。

④ 乖离：分离，走散。

⑤ 内：同“纳”，指保护。

⑥ 谨：慎重小心。

⑦ 萃：聚集。

⑧ 衎(kàn)衎焉：欢乐的样子。

⑨ 环而行：绕道而行。

⑩ 遂其植：使它顺利地生长。遂，顺利。

⑪ 郁然：草木茂盛的样子。

⑫ 躁：急躁，暴躁。嚣：吵闹，嚣张。

⑬ 勃诤：争吵。号呶：喧哗、嚎叫。

⑭ 唶唶：大声吵嚷。强强：结帮组伙。

⑮ 狼藉披攘：散乱零落。

⑯ 龁(hé)咬(yǎo)：咬。注：投掷。

⑰ 嗛:猿两颊内储藏食物之处。

⑱ 凌挫折挽:践踏摧折。

⑲ 瘁:憔悴,枯槁。

⑳ 蒿然:荒芜。

㉑ 以是:因此。众:多。

㉒ 齰(zé):咬。

㉓ 莫王孙若:"莫若王孙"的倒装。

㉔ 弃:抛弃。这里指被贬谪。

译文

猿和王孙,居住在不同的山上,彼此品行不同,互相不能容忍。

猿的品行安静而稳重,大都仁爱、谦让、孝敬、慈祥。居住时互相亲爱,吃东西时互相推让,走路时排着队,饮水时有秩序。如果不幸分离,就发出悲哀的叫声;遇到灾难时,就把弱小的保护起来。不践踏庄稼、蔬菜。树上的果实未成熟时,它们共同小心谨慎地看护着;果实成熟后,便互相呼唤着聚集在一起,然后高高兴兴地吃起来。遇到山上的小草小树,必定绕开行走,使它们能够顺利地生长,所以猿群聚居的山上草木经常都是郁郁葱葱的。

王孙的品行暴躁而又嚣张,动不动就乱打乱吵,大喊大闹,结帮组伙,争斗不休,即使是同一群的,也不能彼此和好。吃东西时互相撕咬,走路时没有队列,喝水时没有秩序。走散了,不思念伴侣。遇到灾难时,便推出弱小的作牺牲品,而使自己脱险。喜欢践踏庄稼、蔬菜,凡是它们经过的地方,都被搞得乱七八糟,不成样子。树上的果实没成熟,它们就乱咬乱丢。偷盗人家的食物,都只知塞满自己的腮囊。山上的小草小树,它们必定摧残折损,使它们衰败枯萎才肯罢休。所以王孙居住的山上,常常荒芜不堪。

因此,猿众多时就驱逐王孙,王孙众多时也就乱咬猿。猿离去,始终不同王孙抗争。动物中特别可憎的,莫过于王孙了。

我被贬到山区已经很久了,亲眼看到王孙的这些可恶行径,便写了这篇

《憎王孙文》。

辨伏神文[1]

余病痞且悸[2],谒[3]医视之,曰:“惟伏神为宜。”明日,买诸市,烹而饵[4]之,病加甚。召医而尤[5]其故,医求观其滓[6],曰:“吁!尽老芋也,彼鬻药者欺子而获售[7]。子之懵[8]也,而反尤于余,不以过乎?”

余戚然惭[9],忾然[10]忧。推是类也以往[11],则世之以芋自售而病[12]乎人者众矣,又谁辨焉!

注释

① 本文选自《柳宗元集·辨伏神文》。伏神,药名,即茯苓。

② 痞:腹内结病。悸:心跳。

③ 谒:进见。

④ 饵:食。

⑤ 尤:追究、埋怨。

⑥ 滓:渣。

⑦ 鬻:卖。

⑧ 懵:无知。

⑨ 戚然:忧愁的样子。

⑩ 忾然:愤恨。

⑪ 往:去。

⑫ 病:弊害。这里作动词用,是为害的意思。

译文

我得了疲症,经常心跳,请医生来看。医生说:“只有服用伏神最适宜。”第二天,从集市上买了伏神,煮了服,病情反而加剧了。再请医生来,追问原因,医生要看药渣。说:“唉!尽是些老芋。那些卖药的欺骗了你,假药才得出卖。你太无知了,反而追究我的责任,不是太过分了吗?”

我听后惭愧得无地自容,又恼恨又悲痛。以这件事推而言之,则世上把芋头当伏神卖而为害人的事情是很多的,有谁去辨明它呢!

哀溺文[①]

永之氓咸善游。一日,水暴甚[②],有五六氓乘小船绝湘水[③]。中济,船破,皆游。其一氓尽力而不能寻常[④]。其侣曰:“汝善游最[⑤]也,今何后为?”曰:“吾腰千钱,重,是以后。”曰:“何不去之?”不应,摇其首,有顷益怠[⑥]。已济者立岸上呼且号曰:“汝愚之甚,蔽[⑦]之甚,身且死,何以货[⑧]为?”又摇其首,遂溺死。

吾哀之。且若是,得不有大货之溺大氓[⑨]者乎?于是作《哀溺》。

注释

① 本文选自《柳宗元集·哀溺文》。溺,淹死。

② 水暴甚:水涨得特别厉害。

③ 绝:横渡。湘水:湘江。

④ 寻常:量词。古代八尺为寻,两寻为常。

⑤ 善游最:最善游的意思。

⑥ 有顷:过了一会儿。益怠:更加疲乏。

⑦ 蔽:蒙昧无知。

⑧货:财物,这里指钱。

⑨大货:比千钱更大的财货。大氓:指大人物。

译文

永州的老百姓都擅长游泳。有一天,江水暴涨,有五六个人乘坐小船横渡湘江,刚渡到江心,船被浪打破了,大家都跳到江里游渡。其中有一个人用尽气力游水，也游不了一丈多远。他的同伴们问他："你是最会游水的，今天怎么落后了呢？"他回答说："我腰里带着一千个钱，太重，所以落后了。"同伴们说："为什么不把钱扔掉呢？"他不回答，摇了摇头。过了一会儿，这个人更加疲乏了。已经游过江的人站在岸上高声呼喊道："你太愚蠢了！你钱迷心窍了！自己都快要淹死了，还要钱干什么呢？"他还是摇着脑袋，终于被淹死了。

我很可怜他。况且如此，难道更多的人不会因为巨额钱财而淹死吗？于是我写下了《哀溺》这篇文章。

临江之麋[①]

临江之人畋[②]，得麋麑[③]，畜[④]之。入门，群犬垂涎[⑤]，扬尾皆来。其人怒，怛之[⑥]，自是日抱就犬，习示之，使勿动，稍[⑦]使与之戏。

积久，犬皆如人意。麋麑稍大，忘己之麋也，以为犬良[⑧]我友，抵触偃仆益狎[⑨]。犬畏主人，与之俯仰甚善。然时啖其舌[⑩]。

三年，麋出门，见外犬在道甚众，走[⑪]欲与为戏。外犬见而喜且怒，共杀食之，狼藉道上。麋至死不悟。

注释

① 本文选自《柳宗元集·三戒》。临江，地名，在今江西清江县。麋：鹿的一种。

② 畋：打猎。

③ 麑（ní）：小鹿。

④ 畜：养。

⑤ 垂涎：流口水。

⑥ 怛（dá）之：恐吓它。

⑦ 稍：逐渐。

⑧ 良：的确。

⑨ 抵触：用头顶撞。偃：仰卧。仆：向前跌倒，俯伏。益：更加。狎：亲近，戏弄。

⑩ 啖其舌：舔它的舌头。

⑪ 走：跑。

译文

临江有个人去打猎，得到一只小鹿，准备饲养它。走到家里，那些狗见了都流着口水，摆着尾巴走过来。那人很生气，赶紧吓唬狗。从此他就每天抱着小鹿去接近狗，经常让狗看看它，叫狗不要惊动它。慢慢地让狗和鹿一起玩。

这样做时间久了，那些狗都能顺从主人的意愿。小鹿渐渐长大了，竟忘记了自己是鹿，以为狗确实是自己的朋友，相互顶头玩，有时仰倒，有时俯伏，越来越亲昵。狗因为害怕主人，跟它玩得很好。但时时舔舌头，总忘不了想吃小鹿的肉。

几年之后，那麋鹿走出家门，看见别人家的很多狗在路上玩耍，它也跑去想跟他们一起玩。那群狗见了鹿，又发怒又高兴，一齐扑上去把麋鹿咬死并吃掉了，那尸骨乱七八糟地抛在路上。那麋鹿一直到死还不知道是怎么回事呢。

黔之驴[①]

黔无驴，有好事者船载以入。至则无可用，放之山下。虎见之，庞然[②]大物也，以为神。蔽林间窥之[③]，稍出近之，慭慭然[④]莫相知。

他日，驴一鸣，虎大骇[⑤]，远遁[⑥]，以为且噬[⑦]己也，甚恐。然往来视之，觉无异能[⑧]者。益习[⑨]其声，又近出前后，终不敢搏[⑩]。稍近益狎，荡倚冲冒[⑪]。驴不胜怒，蹄之[⑫]。虎因喜，计[⑬]之曰："技止此耳[⑭]！"因跳踉大㘎[⑮]，断其喉，尽其肉，乃去。

噫，形之庞也类有德[⑯]，声之宏也类有能，向不出其技[⑰]，虎虽猛，疑畏卒不敢取；今若是[⑱]焉，悲夫！

注释

① 本文选自《柳宗元集·三戒》。黔:唐代的黔中道的简称,包括现在四川省东南部、湖北省西南部、贵州省北部和湖南省西部。后来称贵州省为黔。

② 庞然:巨大的样子。

③ 蔽:隐蔽,躲。窥:偷看。

④ 慭慭(yìn)然:小心谨慎的样子。

⑤ 骇:害怕。

⑥ 遁:逃跑。

⑦ 噬:咬。

⑧ 异能:特殊的本领。

⑨ 习:习惯。

⑩ 搏:搏击。

⑪ 荡:冲撞。冲冒:冲撞冒犯。

⑫ 蹄之:用蹄踢它。

⑬ 计:盘算。

⑭ 技止此耳:本领只不过这样罢了。此,只。

⑮ 跳踉:跳跃。㘎(hǎn):吼叫。

⑯ 类:好像。德:德行。

⑰ 向:当初。出:使出。

⑱ 是:这样。

译文

黔中道本来没有驴子,有个喜欢多事的人用船运进了一头驴子。驴子运到后没有什么用处,就把它放到山下。老虎见它是个庞然大物,把它当成神奇的东西,就隐蔽在树林里偷偷地观察它,以后又渐渐地走出来接近它,仍然摸不透驴子的底细。

有一天,驴子长叫一声,老虎大吃一惊,逃得远远的,以为它要吃掉自己,非常害怕。可是老虎来回观察,觉得它没有什么特殊本领,又渐渐听惯了驴的叫声。于是在驴子的前后转来转去,但始终不敢与驴子搏斗。老虎渐渐靠近驴子,进一步戏弄它,摇动、挤靠、碰撞、冒犯它。驴子怒不可遏,就用蹄子踢老虎。老虎因而高兴起来,心里盘算着:“它的本领只不过如此罢了!”于是就跳起来大声怒吼,咬断了驴子的咽喉,啃完了它的肉,然后离开。

唉!驴子躯体高大好像有德行,声音宏亮好像有本领。当初如果不显出那有限的本事,老虎虽然凶猛,总还是存有疑虑、畏惧的心理,终究不敢攻击它。如今却落得如此下场,可悲啊!

永某氏之鼠①

永有某氏者,畏日②,拘忌异甚③。以为己生岁值子④,鼠,子神⑤也,因爱鼠。不畜猫犬,禁僮勿击鼠⑥。仓廪庖厨⑦,悉以恣⑧鼠,不问。

由是,鼠相告,皆来某氏,饱食而无祸。某氏室无完器⑨,椸⑩无完衣。饮食,大率鼠之余也⑪。昼累累与人兼行⑫;夜则窃啮斗暴⑬,其声万状。不可以寝,终不厌。

数岁,某氏徙居他州。后人来居,鼠为态如故⑭。其人曰:“是阴类⑮恶物也,盗暴尤甚⑯,且何以至是乎哉!”假⑰五六猫,阖门⑱,撤瓦灌穴⑲,购僮罗捕之⑳,杀鼠如丘,弃之隐处㉑,臭数月乃已。

呜呼!彼以其饱食无祸为可恒㉒也哉!

注释

① 本文选自《柳宗元集·三戒》。永:永州,今湖南零陵县。

② 畏日:怕犯日忌。旧时迷信,某些日子不敢做某些事情。

③ 拘忌甚异:拘泥于禁忌特别厉害。

④ 值子:正当旧历的子年。值,碰上,遇到。

⑤ 子神:子年的生肖神。

⑥ 僮:童仆。

⑦ 仓廪:谷仓。庖厨:厨房。

⑧ 恣:放纵。

⑨ 完:完整。

⑩ 椸(yí):衣架。

⑪ 大率:大概,大都。余:剩下的。

⑫ 累累:成群结队。兼行:并行。

⑬ 窃啮:偷咬。斗暴:争斗激烈。

⑭ 如故:和过去一样。

⑮ 阴类:在阴暗处活动的动物。

⑯ 盗暴尤甚:偷盗骚扰太厉害了。

⑰ 假:借。

⑱ 阖门:闭门。

⑲ 灌穴:用水灌鼠洞。

⑳ 购僮:意谓出钱雇人。罗捕:搜罗捕捉。

㉑ 隐处:偏僻隐蔽的地方。

㉒ 恒:长久。

译文

永州有个人,怕触犯忌日,忌讳得特别厉害。因为自己出生的那年正当子年,老鼠是子年的生肖神,因此很爱老鼠。家里不喂猫养狗,禁止僮仆捕击老鼠。家里粮仓厨房都让老鼠任意糟蹋,从不过问。

因为这个原因,老鼠奔走相告,都来到这个人家里;它们吃得饱饱的,却没有什么灾祸。这个人家里没有一件完整的器具,衣架上没有一件完好的衣服,吃的喝的大都是老鼠糟蹋剩下的。白天,老鼠成群结队,与人并行,晚上偷咬打闹,发出各种各样的声响,闹得人不能入睡,可是那人还是不讨厌。

过了几年,这个人迁到其他州郡去了。此后另一家搬来居住,老鼠作恶的情况依然如故。新搬来的人说："老鼠是在阴暗处活动的坏家伙，偷窃捣乱最为厉害，为什么猖狂到如此地步呢？"于是借来五六只猫，关上大门，撤除房瓦，冲灌鼠洞，并出钱雇人来围捕老鼠，捕杀的老鼠堆得像座小山，扔在隐蔽的地方，臭了好几个月。

唉！老鼠还以为饱食无祸的日子是可以长久的呢！

鞭　贾[①]

市之鬻[②]鞭者，人问之，其贾[③]宜五十，必曰五万。复[④]之以五十，则伏[⑤]而笑；以五百，则小怒；五千，则大怒；必以五万而后可。

有富者子，适[⑥]市买鞭，出五万，持以夸余。视其首，则拳蹙而不遂[⑦]；视其握[⑧]，则蹇仄而不植[⑨]；其行水者，一去一来不相承[⑩]；其节朽墨而无文[⑪]；掐之灭爪，而不得其所穷[⑫]；举之，翲然若挥虚焉[⑬]。

余曰："子何取于是而不爱五万？"曰："吾爱其黄而泽[⑭]，且贾者云……"余乃召僮爚汤以濯之[⑮]，则遬然[⑯]枯，苍然白。向之黄者栀也，泽者蜡也[⑰]。富者不悦，然犹持之三年。后出东郊，争道长乐坂下[⑱]。马相踶[⑲]，因大击，鞭折[⑳]而为五六。马踶不已，坠于地，伤焉。视其内则空空然，其理若粪壤[㉑]，无所赖者[㉒]。

今之栀其貌、蜡其言[㉓]，以求贾技于朝者，当其分[㉔]则善，一误而过其分[㉕]则喜，当其分则反怒曰："余曷不至于公卿[㉖]？"然而至焉者亦良[㉗]多矣。居无事[㉘]，虽过三年不害。当其有事，驱之于陈力之列以御乎物[㉙]，夫以空空之内，粪壤之理[㉚]，而责其大击[㉛]之效，恶有不折其用而获坠伤之患者乎[㉜]？

注释

① 本文选自《柳宗元集》。贾（gǔ）：商人。

② 鬻（yù）：卖。

③ 贾：同"价"。

④ 复:还价。

⑤ 伏:弯腰。

⑥ 适:到。

⑦ 拳蹙:卷缩。遂:顺,舒展。

⑧ 握:指鞭柄。

⑨ 蹇仄:歪斜。植:同“直”。

⑩ 承:衔接。

⑪ 朽墨:腐朽晦暗。无文:没有花纹。

⑫ 穷:尽。

⑬ 翲然:飞起的样子,这里指轻飘飘的样子。翲,飞,高飞。虚:空虚。

⑭ 泽:光泽。

⑮ 爚(yuè):烧。汤:滚烫的水。濯:洗涤。

⑯ 遬(sù)然:很快。

⑰ 泽者蜡也:有光泽是因为打了蜡。

⑱ 争道:抢路。长乐坂:地名。坂,斜坡。

⑲ 踶:踢。

⑳ 折:折断。

㉑ 理:这里是“质地”的意思。粪壤:粪土。

㉒ 无所赖者:没有一点可取的。赖,依靠。

㉓ 栀其貌:意为用各种鲜艳的色彩把自己乔装打扮起来。蜡其言:意为用华而不实的辞藻点缀自己的言论。

㉔ 当其分:恰如其分。

㉕ 过:超过。分:本分,指实际能力。

㉖ 曷:何,为什么。至于:达到。公、卿:都是朝廷里的高级官员。

㉗ 良:真。

㉘ 居:处于。无事:指国家没有发生重大事变。

㉙ 陈力:贡献力量。御:驾驭,治理。物:事,指文的“事”,即“重大事变”。

㉚ 空空之内,粪壤之理:此处以上文的鞭比喻腐朽官僚的无才无德。

㉛ 大击:比喻办大事,出大力。

㉜ 恶有:哪有。折其用:用起来断折。获:招致。坠伤之患:比喻朝廷和君民遭到危难。坠伤,跌伤。

译文

集市上有个卖鞭子的人。有人问价,他的鞭价应该是值五十的话,他必然说要五万。还价五十,他就笑弯了腰;给以五百,就怒形于色;给以五千,就大发雷霆;一定要五万才卖。

有一个富家子弟,到集市上买鞭子,花了五万钱买了回来,他拿着鞭子向我夸耀。我一看,那鞭梢卷缩而不舒展,那鞭把儿歪斜而不挺直,那鞭上的皮筋缠来缠去不衔接,那鞭的节疤腐朽墨黑而没文彩。用指甲一掐,指甲完全陷了进去还摸不到底;拿到手里,轻飘飘的,像挥动着没有重量的物体一样。

我说:“你是看上了这鞭子的哪一点而毫不吝惜那五万钱呢?”他说:“我喜欢它颜色黄而且有光泽,况且卖鞭子的人也说好。”我就叫僮仆烧了开水来洗那鞭子,结果它一下就失去了光泽,颜色变得苍白。原来鞭子的黄色是用栀子染成的,那光泽则是涂的蜡。富家子弟很不高兴,但还是拿在手上用了三年。后来,他骑马到长安东郊,在长乐坂与别人的马抢道,两匹马相踢。他用鞭子使劲抽马,鞭子一下断成五六节,马还是相踢不止,他跌落在地,受了伤。一看那断鞭,里面空空的,质地像粪土,没有一点可取之处。

现在,有些人伪装他们的面貌,粉饰他们的言辞,向朝廷兜售他的才能技巧。本来根据一个人的能力,给予恰如其分的职务是对的。朝廷看错了而给他超过能力的职务,他就高兴;给他适合能力的职务,反而发怒,说:“我为什么不能位至公卿?”然而,这种人达到公卿高位的也真多哩。处在国家太平无事的时期,即使超过三年也无妨害。一旦国家有事,派他到应当出力的岗位上去处理事务,以他空空的肚肠、粪土一样的材料,要他出大力、效大劳,哪有不受到挫折而招致跌伤的祸患的呢!

东海若[1]

东海若陆游，登孟猪之阿[2]，得二瓠[3]焉。刳而振其犀以嬉[4]，取海水，杂粪壤蛲蚘而实之[5]，臭不可当也。窒而密石[6]，举而投之海。

逾时焉而过之曰："是故弃粪耶?"其一彻声而呼曰："我大海也!"东海若呀然[7]笑曰："怪矣！今夫大海，其东无东，其西无西，其北无北，其南无南。旦则浴日而出之，夜则滔[8]列星、涵太阴[9]、扬阴火[10]珠宝之光以为明，其尘霾之杂不处也[11]，必泊之西澨[12]，故其大也、深也、洁也、光明也，无我若者。今汝，海之弃滴也，而与粪壤同体，臭朽之与曹[13]，蛲蚘之与居。其狭恩也，又冥[14]暗若是，而同之海，不亦羞而可怜哉！子欲之乎？吾将为汝抉[15]石破瓠，荡群秽于大荒[16]之岛，而同子于向之所陈者可乎[17]?"粪水泊然[18]不悦曰："我固同矣，吾又何求于若？吾之性也，亦若是而已矣，秽者自秽，不足以害[19]吾洁；狭者自狭，不足以害吾广；幽者自幽，不足害吾明。而秽亦海也，狭亦海也，幽亦海也。突然而往，于然[20]而来，孰非[21]海者！子去矣，无乱我!"

其一闻若之言，号而祈曰[22]："吾毒[23]是久矣，吾以为是固然不可异也。今子告我以海之大，又目我[24]以故海之弃类也，吾愈急焉。涌吾沫[25]，不足以发其窒；旋[26]吾波，不足以穴[27]瓠之腹也。就能之穷岁月耳！愿若幸而哀[28]我哉!"

东海若乃抉石破瓠，投之孟猪之陆，荡其秽于大荒之岛，而水复于海，尽得向之所陈者焉。而向之一者，终与臭腐处而不变也。

注释

① 本文选自《柳宗元集·东海若》。东海若：东海神名。

② 孟猪：即孟诸，古泽薮名。在今河南商丘东北，虞城西北。阿：大的陵丘。

③ 瓠：葫芦。

④ 刳：剖开挖空。犀：瓜瓣。嬉：游戏。

⑤ 蛲：蛲虫。蚘：同"蛔"，蛔虫。蛲和蛔都是人体寄生虫。实：充实、填满。

⑥ 窒：阻塞。密石：致密坚硬的石头。

⑦ 呀然:讪笑的样子。

⑧ 滔:弥漫。

⑨ 涵:包含,包容。太阴:月亮。

⑩ 阴火:指地底的火。

⑪ 霾:大气混浊呈浅蓝色(以物体为背景)或微黄色(以天空为背景)的天气现象。处:止。这里是“留”的意思。

⑫ 泊:停留,使之停留。滋:水涯。

⑬ 曹:群。

⑭ 冥:昏暗。

⑮ 抉:挖出。

⑯ 大荒:极荒远的地方。

⑰ 向之:以往。陈:宣示。

⑱ 泊然:淡漠的样子。

⑲ 害:妨碍。

⑳ 于然:行动舒缓自得的样子。

㉑ 孰非:哪里不是。

㉒ 号:大声呼喊。祈:求。

㉓ 毒:以为毒害。

㉔ 目我:把我看作。

㉕ 涌:水向上冒。沫:泡沫。

㉖ 旋:回旋、旋转。

㉗ 穴:这里当动词用,使之洞穿。

㉘ 哀:哀怜。

译文

东海的海神若在陆地上漫游,登上孟诸的山陵,得到两个葫芦。他剖开葫芦挖出瓜瓤游戏,找了粪壤、蛲虫、蛔虫用海水拌了把它填满,并用密致坚硬的石头将葫芦口堵塞，觉得臭不可当，就拿起来抛到海中。

过了一个时辰他路经大海时说：“是原来抛掷的粪葫芦吗?”其中一个葫芦大声喊道：“我是大海呀!”东海若带着讥讽的神色笑了笑说：“这就奇怪了！现在那大海浩大无边，它的东边再没有东，它的西边再没有西，它的北边再没有北，它的南边再没有南。早上，太阳在海中沐浴后冉冉升起，晚上弥漫着天上的列星，包含着月亮的倒影，发扬地下的火与宝珠作为光亮，那些尘霾杂质不停留，必然使它停在西涯，因此它的广大、深沉、洁净、光明，没有可以相比的。你，不过是海水弃掉的涓滴罢了，而又与粪壤同体，与臭朽同群，与蛲虫、蛔虫同居。狭窄只有咫尺，又昏暗如此，与海相比，不也羞耻可怜吗！你想恢复到以前的样子吗？我将为你挖出石子破掉葫芦，把那些秽物统统扔在最荒远的地方，跟你过去所显示的一样，可以吗?”粪水态度淡漠，不高兴地说：“我本来就与海水相同，我又有什么求助于你呢？我的性情，也像这样罢了。污秽的自己污秽，不足以妨害我的洁净；狭隘的自己狭隘，不足以妨害我的广阔；幽暗的自己幽暗，不足以妨害我的光明。而污秽也是海，狭隘也是海，幽暗也是海。突然而去的，悠然而来的，哪里不是海呢？你去吧，不要打搅我。”

另一只粪葫芦听了东海若的话以后，哀号而祈求说：“我受这些秽物毒害很久了。我以为本来与海水没有什么不同。今天你告诉我海水之大，又把我看作是故海扔掉的粪土，我越急了。涌我的泡沫，不足以冲开阻塞；旋转我的波浪，不足以使葫芦腹洞穿。即使能够这样，也需要无穷无尽的岁月啊！希望你能够哀怜我!”

东海的海神若就挖开石块破掉葫芦，把它扔在孟诸的陆地上，把那些秽物统统扔在荒远的岛上，而葫芦中的水复归于海，它过去所显示的特征都全部恢复了。而另外一只葫芦，始终与臭腐秽物相处而不改变它的本色。

永州铁炉步志[①]

江之浒[②]，凡舟可縻[③]而上下者曰步。永州北郭有步，曰铁炉步。余乘舟来，居九年，往来求其所以为铁炉者无有。问之人，曰："盖尝有锻者[④]居，其人去，而炉毁者不知年矣，独有其号冒[⑤]而存。"

余曰："嘻！世固有事去名存而冒焉若是耶?"

步之人曰："子何独怪是？今世有负[⑥]其姓而立于天下者，曰：'吾门大，他不我敌[⑦]也。'问其位与德，曰：'久矣，其先也。'然而彼犹曰：'我大。'世亦曰："某氏大。"其冒于号有以异于兹步者乎？向使有关兹步之号，而不足釜锜钱镈刀铁者[⑧]怀价[⑨]而来，能有得其欲乎？则求位与德于彼，其不可得亦犹是也。位存焉而德无有，犹不足大其门，然世且乐为之下，子胡不怪彼而独怪于是？大者桀冒禹[⑩]，纣冒汤[⑪]，幽、厉冒文、武[⑫]，以傲天下。由不知推其本而姑大其故号，以至于败，为世笑僇[⑬]，斯可以甚惧。若求兹步之实，而不得斧锜钱镈刀铁者，则去而之他，又何害乎？子之惊于是，末矣。"

余以为古有太史[⑭]，观民风[⑮]，采民言[⑯]。若是者，则有得[⑰]矣。嘉[⑱]其言可采，书以为志。

注释

① 本文选自《柳宗元集》。永州：地名，今湖南零陵县。步：通"埠"，停船的码头。

② 浒：水边。

③ 縻(mí)：拴。

④ 锻者：打铁的人。

⑤ 号：称号。冒：假冒，这里指徒有空名。

⑥ 负：仗恃，依仗。

⑦ 不我敌：敌不过我。

⑧ 釜(fǔ)：两耳的铁锅。锜：三脚的铁锅。钱：一种农具，类似今天的铁铲。镈：一种铁锄。铁：同"斧"，即斧头。

⑨ 怀价：身上带着钱。

⑩ 桀：夏桀，暴君，夏代的亡国之君。禹：夏禹，历史上的"圣王"、"贤君"，

为夏代的开国之君。

⑪ 纣:殷纣,历史上有名的暴君,殷代的亡国之君。汤:商汤,历史上有名的“圣王”、“贤君”,殷代的开国之君。

⑫ 幽、厉:周幽王和周厉王。周幽王是西周的亡国之君,厉王是幽王的父亲,均为暴君。文、武:周文王和周武王。周武王是周代的开国之君,文王是武王的父亲,同为历史上有名的“圣王”、“贤君”。

⑬ 僇(lù):侮辱。

⑭ 太史:古代的史官。

⑮ 观:观察。民风:民间风尚。

⑯ 采:收集。民言:民间言论。

⑰ 有得:有收获。

⑱ 嘉:赞赏。

译文

江边上可以系住船只供人上下的地方叫做“步”。永州城北,有个步叫铁炉步。我到永州九年,乘船往来多次,寻找把它称为铁炉步的根据。只好向别人打听这件事,他回答说:“曾经有打铁的人居住,那人离开了,炉子也被毁掉不知多少年了,唯独有这个称号名不副实地保存下来了。”

我说:“咦!世界上果真有事物已不存在,名称却还保留着,名不副实到这种地步吗?”

铁炉步的人说道:“你为什么单单对此感到奇怪呢?当今世上还有依倚他们的门第而立足于天下的哩!他们终日吹嘘:‘我的门第高,别人比不过。’问他的名位和德望,却说是很久以前他祖先的事情。然而本人自吹‘门第高’,世人也说:‘某某门第高。’这种名不副实同这个铁炉步有什么不同之处呢?假使有人听到铁炉步的称号,而正好缺少釜锜钱镈刀斧,便带着钱来买,能达到他的愿望吗?那么要在自称门第高的人身上看到实际的职务与功德,当然也是不可能的了。虽有官位而无功德,尚且不能够光大他的门第。现在,职位和功德都没有了,但是世人还是甘心乐意地拜倒在他的门第之下。你为什么对那种情况不感到奇怪而唯独对这个步感到奇怪呢?最突出的夏桀假冒夏禹的名义,纣王假冒商汤的名义,周幽王、厉王假冒文王、武王的名义,并以此瞧不起天下所有的人。他们由于不知推求根本,只知拿祖先的名号虚张声势,以至身败名裂,被人们耻笑侮辱,这种事最值得警惕。假如有人寻求这个铁炉步的实际,却买不到炊具和农具,那么离开这里到别处去买好了,又有什么害处呢?你对这件事感到惊奇,未免眼光太小了!"

我以为古代有太史官,他观察民间的风尚,收集民间的言论。像铁炉步人这样的言论,就对人很有启发。我赞赏他的话,有采集价值,就写了这篇"志"。

夸父与竫人[①]

君不见,
夸父逐日窥虞渊[②],跳踉北海超昆仑[③]。
披霄决汉出沆漭[④],瞥裂左右遗星辰[⑤]。
须臾[⑥]力尽道渴死,狐鼠蜂蚁争噬吞[⑦]。
北方竫人长九寸,开口抵掌[⑧]更笑喧。
"啾啾饮食滴与粒,生死亦足终天年。"
睢盱大志小成遂[⑨],坐[⑩]使儿女相悲怜。

注释

① 本文选自《柳宗元集·行路难三首》,题目为编者所加。夸父:古代神话中的英雄人物,他立志要追赶太阳。比喻指革新派人物。竫(jìng)人:古代神话中一种最矮小的人。此喻指无所作为的庸人。

② 逐:追赶。窥:从暗中察看、窥测。虞渊:神话传说中太阳沉落的地方。

③ 跳踉:跳跃。超:越过。昆仑:西方的大山。

④ 披霄:排开云霄。决汉:冲破天河。沆漭:大水无涯的样子,形容银河水

势广大。

⑤ 瞥裂：一闪而过。遗：丢下。

⑥ 须臾：一会儿。

⑦ 噬：咬。

⑧ 抵掌：拍手。

⑨ 睢(suī)盱(xū)：张目仰视的样子。成遂：成功，实。

⑩ 坐：因。

译文

君不见：

夸父追赶太阳将窥探虞渊，

他跨越北海又超越昆仑山。

排云雾冲银河穿过天际，

风驰电掣将星辰抛在后边。

一会儿精疲力尽渴死路边，

狐鼠蜂蚁争着要将他吞咽。

北方的竫人身高仅有九寸，

他们拍手狂叫笑语喧天。

嘁喳着饮一滴水吃一粒米，

也能够平安无事终其天年。

夸父的雄心壮志未能实现，

遂让子孙后代惋惜又悲叹！

跂乌词[①]

城上日出群乌飞，鸦鸦[②]争赴朝阳枝。

刷毛伸翼和且乐，尔独落魄[③]今何为？

无乃慕高近白日，三足[4]妒尔令尔疾。
无乃饥啼走路旁，贪鲜攫肉人所伤。
翘肖[5]独足下丛薄，口衔低枝始能跃。
还顾泥涂备蝼蚁，仰看栋梁防燕雀。
左右六翮[6]利如刀，踊身失势不得高。
支离无趾[7]犹自免，努力低飞逃后患。

注释

① 本文选自《柳宗元集》。跂：举一足。跂乌，病一足，跂而行的乌鸦。

② 鸦鸦：乌鸦的叫声。

③ 落魄：不得志。

④ 三足：《五经通义》《春秋元命苞》都说日中有三足乌。

⑤ 翘肖：同"肖翘"。《庄子·外篇·胠箧》："肖翘之物。"疏："飞空之类曰肖翘。"

⑥ 六翮：指两翼。

⑦ 支离：形体不全。《庄子·内篇·人间世》说，有支离的人名叫疏，平日以缝洗衣服来糊口。当朝廷派下大差役时，他因有疾不能胜任；朝廷赈济病者时，却得到三钟粟和十束薪。这种残疾人能够生活下去一直到老。无趾：《庄子·内篇·德充符》：山东有个残废的人，因为不注意保护身体，终玩弄断了足趾。他认为孔丘是个"尊足者"，想向孔丘学"务全"之道，而孔丘却说"何及矣"。于是向老子问道，以超然的态度求得自全。

译文

太阳照在城头群乌竞飞，
鸦鸦叫着奔向朝阳树枝。
群鸦在阳光下刷毛伸翼，
你独失意今想干什么呢？

莫非想往下爬直逼太阳，
遭三足乌暗算一腿受创。
莫非你饿极了飞往路旁，
贪吃别人的肉足被打伤。
能举一足因此飞下林丛，
嘴里只能衔着低枝跳跃。
回头看泥涂蝼蚁防咬伤，
仰看栋梁燕雀小心提防。
虽则左右两翼锋利如刃，
因为患病不能展翅高翔。
支离无趾还能求得自免，
要像跂乌低飞避免后患。

笼鹰词①

凄风淅沥飞严霜②，苍鹰上击翻曙光③。
云披雾裂虹霓断④，霹雳掣电捎平岗⑤。
砉然劲翮剪荆棘⑥，下攫狐兔腾苍茫⑦。
爪毛吻血百鸟逝⑧，独立四顾时激昂⑨。
炎风溽暑⑩忽然生，羽翼脱落自摧藏⑪。
草中狸⑫鼠足为患，一夕十顾惊且伤⑬。
但愿清商复为假⑭，拔去万累云间翔⑮。

注释

① 这首诗选自《柳宗元集》。笼鹰：囚禁在笼中的鹰。
② 凄风：冷风，指秋风。淅沥：风声。严霜：寒冷的大霜。

③ 苍鹰:老鹰。击:搏击。翻:飞。

④ 披:劈开。裂:冲破。虹霓:彩虹。

⑤ 霹雳:雷声。掣电:闪电。捎:掠过。

⑥ 砉然:形容动作迅猛发出的声音。劲翮:强劲有力的翅膀。

⑦ 攫:抓取。苍茫:指天空。

⑧ 爪毛:爪上带着毛。吻血:嘴上沾着血。逝:逃走。

⑨ 四顾:向四面看。激昂:气概昂扬。

⑩ 溽暑:闷热潮湿的盛夏,指六月。

⑪ 摧藏:摧挫收敛。

⑫ 狸:野猫。

⑬ 一夕十顾:指夜寐不安。伤:哀伤。

⑭ 清商:秋风。古人用五音(宫、商、角、徵、羽)中的商声代表秋。复为假:再次给予助力。假,借助。

⑮ 拔:排除。累:束缚、羁绊。

译文

秋风飒飒,天上已降寒霜,

鹰击长空,迎着曙光飞翔。

分开阴云冲破大雾穿越彩虹,

似迅雷闪电掠过低平的山岗。

扫荆棘,以其强有力的翅膀,

抓起狐兔向天空飞腾直上。

爪带毛嘴沾血吓得群鸟逃亡,

它傲然挺立雄视四方斗志昂。

湿热的盛夏忽然来到,

它羽毛脱落身被严重挫伤。

草中的狸鼠都足以造成祸患,

夜里睡不着,惊恐而又悲伤!
但愿再度借助秋风,
冲破一切羁绊直上高空翱翔。

放鹧鸪词[①]

楚越有鸟甘且腴,嘲嘲自名为鹧鸪。
徇媒[②]得食不复虑,机械潜发罹罝罦[③]。
羽毛摧折触笼籞[④],烟火煽赫[⑤]惊庖厨。
鼎前芍药调五味[⑥],膳夫攘腕左右视。
齐王不忍觳觫[⑦]牛,简子亦放邯郸鸠[⑧]。
二子得意犹念此,况我万里为孤囚。
破笼展翅当远去,同类相呼莫相顾。

注释

① 本诗选自《柳宗元集》。鹧鸪:鸟名,肉肥味美。

② 徇:从,跟着。媒:指被人养驯用来诱捕其他鸟的活鸟。

③ 罹:遭遇。罝罦:网罗,捕捉野鸟的工具。

④ 籞(yù):是折竹插在地上围起来,上加覆盖,蓄养鸟类的一种工具。

⑤ 赫(hè):红如火烧。

⑥ 鼎:三足两耳,古时用来烹饪的器具。芍药:调味的香草。

⑦ 觳(hú)觫(sù):惊恐畏惧而发抖。《孟子·梁惠王上》:"齐宣王坐于堂上,有牵牛而过堂下者,王见之,曰:'牛何之?'对曰:'将以衅钟。'王曰:'吾不忍其觳觫。'"

⑧ 邯郸鸠:《列子·说符》:"邯郸之民以正月之旦,献鸠于简子。简子大悦,厚赏之。客问其故,简子曰:'正旦放生,示有恩也。'"邯郸,赵都,今河北省

邯郸县。

译文

楚越有一种鸟鲜美肥嫩，
嘲嘲叫着自称是鹧鸪。
利用小鸟将它诱，
却逢机关暗发被罝罘捕获。
羽毛摧折囚到了笼檠，
厨房烟火红艳就等着烹食。
鼎前芍药五味调料齐全，
厨师卷起袖子左右察看。
齐王不忍心觳觫的牛，
简子也放了邯郸的鸠。
他们得意时还怜惜遭难的动物，
何况我自己也是孤囚。
破笼展翅应当远去，
同类诱叫且莫回头。

粤犬吠雪[①]

屈子[②]赋曰："邑犬群吠，吠所怪也[③]。"仆往闻庸蜀[④]之南，恒雨[⑤]少日，日出则犬吠，予[⑥]以为过言。前六七年，仆来南，二年冬，幸[⑦]大雪，踰岭[⑧]，被[⑨]南越中数州，数州之犬，皆苍黄吠噬[⑩]，狂走者累日，至无乃已。然后始信前所闻者。

注释

① 本文选自《柳宗元集·答韦中立论师道书》，题目为编者所加。吠：犬叫。

② 屈子:屈原,他是我国文学史上最早出现的伟大的浪漫主义诗人,著有《离骚》《天问》《九歌》《九章》等。

③ 此句出于《楚辞·九章·怀沙》,原句为:"邑犬之群吠兮,吠所怪也。"邑,泛指城镇,大曰者,小曰邑。

④ 仆:自称的谦词。庸蜀:泛指四川。庸,古国名,在今湖北省竹山县东南,后被楚所灭。蜀,古国名,在今四川省成都一带。

⑤ 恒:经常。

⑥ 予:我。

⑦ 幸:侥幸,引申为偶然。

⑧ 踰:同"逾",越过。岭:指五岭,即越城、都庞、萌渚、骑田、大庾岭。

⑨ 被:覆盖。

⑩ 苍黄:同"仓皇",惊慌的样子。噬:咬。

译文

屈原的赋中说:"村镇上的群狗狂叫,所叫的是它们感到奇怪的东西。"我过去听说庸蜀的南边,经常阴雨连绵,很少见太阳,太阳出来就引起狗叫。我认为这是过分夸大的话。六七年前,我来到南方的永州。元和二年的冬天,恰好下了一场罕见的大雪,大雪越过南岭,覆盖了南越的好几个州;几个州的狗都惊慌地叫着、咬着,疯狂地奔跑了好几天,直到雪融化完了才安静下来。从这以后我才相信过去所听说的"蜀犬吠日"的话了。

刘禹锡

刘禹锡(772—842),字梦得,唐代著名文学家、进步思想家。洛阳(今河南洛阳)人。贞元进士,授监察御史。曾参加王叔文政治改革运动,失败后,先后被贬朗州、连州、夔州等地二十多年。晚年迁太子宾客,故世称刘宾客,有《刘宾客集》。他写了大量的寓言,其寓言作品,以政治哲理寓言为主。体裁多样,富于创新精神。他的寓言创作实践,对唐宋寓言创作高潮的形成,起了一定的促进作用。

鉴　药①

刘子闲居,有负薪之忧②,食精良弗知其旨③。血气交沴④,炀然焚如⑤。

客有谓予:"子疾,病积日矣。乃今我里有方士沦迹于医⑥,厉者造焉而美肥⑦,跛者⑧造焉而善驰。矧常病雅⑨?将子诣诸?"予然之,之医所。切脉、观色、聆声,参合⑩而后言:"子之病,其兴居之节舛⑪,衣食之齐乖⑫所由致也。今夫藏鲜能安谷⑬,府鲜能母气⑭,徒为美疹之囊橐尔⑮,我能攻⑯之。"乃出药一丸,可兼方寸⑰,以授余曰:"服是足以瀹昏烦而锄蕴结⑱,销蛊慝而归耗气⑲。然中有毒,须其疾瘳而止⑳,过当则伤和㉑,是以微其齐也㉒。"予受药以饵㉓,过信而腿能轻㉔,痹能和㉕,涉旬而苛痒绝焉㉖,抑搔㉗罢焉,逾月而视分纤㉘,听察微㉙,蹈危㉚如平,嗜粝㉛如精。

或闻而庆予,且关言㉜曰:"子之获是药,几神乎!诚能遭已。顾医之态多啬术以自贵㉝,遗患以要财㉞,盍重求之,所至益深㉟矣。"予,昧㊱者也。泥通方而狃㊲既效,猜至诚而惑剿说㊳,卒行其言。逮再饵半旬,厥毒果肆㊴,岑岑周体㊵,如痁㊶疟焉。悟而走诸医。医大咤曰:"吾固知夫子未达也。"促和蠲毒㊷者投之,滨于殆㊸而有喜,异日进和药㊹,乃复初。

刘子慨然曰:“善哉医乎!用毒以攻疹,用和以安神,易则两踬[45],明矣。苟循往以御变[46],昧于节宣[47],奚独吾侪小人理身之弊而已[48]!”

注释

① 本文选自《刘梦得文集》。鉴药:由服药得到的鉴戒。

② 负薪之忧:生病。

③ 精良:精美的食品。旨:美味。

④ 交:一直。沴:不通畅。

⑤ 炀然:火烤的样子,这里指发高烧。焚如:像火烧一样。

⑥ 方士:古代好讲神仙方术的人。沦迹于医:混迹在医生中。

⑦ 厉(lài)者:即癞者,浑身长疮的人。造:登门造访,指求医。美肥:把癞病治好,使皮肤重新变美,体重增加。

⑧ 跛者:瘸腿的人。

⑨ 矧:况。雅:通“耶”,句末语气词。

⑩ 参合:综合诊断。

⑪ 兴居:起居。节外:生活节度错乱。

⑫ 齐:这里是“安排”的意思。乖:不和谐。

⑬ 藏:通“脏”,指五脏。鲜:少。安谷:安存谷气。谷气指食物消化后变成的精华。

⑭ 府:通“腑”,指六腑。母:养育。

⑮ 徒:白白地。美疹:犹言“贵恙”。疹,通“疢”,病。囊橐:口袋。

⑯ 攻:治。

⑰ 兼:加倍。方寸:一立方寸。

⑱ 瀹(yuè):疏散、退。锄:除去。蕴结:郁结。

⑲ 销:消除。蛊慝:病害。归耗气:使消耗掉的元气恢复。

⑳ 须:等到。瘳(chōu):病愈。

㉑ 当:适当。和:协调。

㉒ 微:少。齐:通“剂”。

㉓ 饵:服食。

㉔ 过信:过了两个晚上。信,信宿,两夜。腿(zhuī):脚肿。能轻:指脚肿消失而感到轻松。

㉕ 痹:中医用语,指由风、寒、湿等引起肢体疼痛或麻木的病。和:调和。

㉖ 涉旬:过了十几天。苛瘵:即“苛瘵”,由疥疮引起的痒。

㉗ 抑搔:抓痒。

㉘ 分纤:分辨细小的物体。

㉙ 听察微:能辨察微小的声音。

㉚ 危:指高陡的坡及其他高耸之处。

㉛ 粝:指糙米和粗粮。

㉜ 关言:关照说。

㉝ 啬术:吝惜自己的医术。贵:贵重。

㉞ 遗患:留下病根。要:要挟。

㉟ 所至益深:所达到的疗效更好。

㊱ 昧:昏暗,糊涂。

㊲ 狃:贪。

㊳ 剿说:窃取别人的言论以为自己言论。

㊴ 厥:那个。肆:放肆,发作。

㊵ 岑岑:胀痛痹闷。周体:全身。

㊶ 痁:疟疾。

㊷ 蠲(juān)毒:解除毒性。

㊸ 滨:濒,临近。殆:危险。

㊹ 和药:调护补养的药。

㊺ 易则两踬:更换、变动了药方,于“攻疹”“安神”两方面都不利。踬,跌倒、失利。

㊻ 循往:按照老办法。御:此指处理、对付、对待。

㊼ 节宣:节制和宣通。

㊽ 奚独:何止。侪:辈。理:治。弊:弊病。

译文

刘禹锡闲居,害了病,吃精良的食物也感觉不到它的美味,血气都不通畅,发高烧浑身像火一样烫。

有位客人对我说:“你有病,病了许多日子。现在我们乡里有位方士,沦落行医,癞病患者经他治疗后肌肤美好健壮,足疾患者经他治疗后善走能跑。何况你患的是一般的病,领你到他那儿治治吧!”我认为他说得对,就到医生那里。医师给我切了脉,观察了气色,并听了我说话的声音,综合这些情况说:“你的病,是由于起居失调,衣食调剂不适当而得的。现在你的五脏很少能贮藏谷气,六腑又很少能产生谷气,所以你的脏腑就简直成为美痰的口袋了。我能治这病。”于是拿出一丸药,约有两寸见方,给我并说:“吃了这种药,能疏散烦闷,消除郁结,去掉病害,补偿耗散的精气。但药里有毒,病好了就不能再吃,吃过量就会伤和,所以用的剂量必须少一些。”我拿了药回去就吃了些,过了两夜,脚肿消失而感到轻松,全身疼痛、麻木也和缓了;过了十几天奇痒停止了,就不用抓痒了;过了一个月,眼睛能辨别细小的东西,耳朵也能听清微弱的声音,登高如走平路一样,吃粗粮像吃精美的食品一样有滋味。有人听了这件事就向我祝贺,并关照说:“你得到这种药,近乎神效,真是难得呀!但是医生的常态是在医术上保留一手,借以抬高自己的身价。故意留下病根,以便今后再向病人索取财物。何不多求取些药,所达到的疗效就更好了。”我是个糊涂人,拘泥于原用药方又过于相信原用药的疗效,猜疑十分真诚的医生,又轻信了别人的话,竟然照着他的话去做了。等到再吃了五天,其毒性果然发作,浑身胀痛,好像疟疾发作一样。这时我才恍然大悟,去找医生。医生大声斥责说:“我本来就料到你未弄通这个道理的。”他给我开了一些调和解毒的药,我终于转危为安。过了几天,又吃了一些调和扶正的药,才恢复健康。

我很感慨地说:“多么高明啊!这位医生。用有毒性的药去治病,用和药来安神，更换了药方，于两方面都不利，这个道理是很明显的。如果用老办法来应付变化了的事物，不懂得节制和宣泄，这何止我们这些普通人治病养身方面要出点毛病呀！”

叹　牛[1]

刘子行其野，有叟牵跛牛于蹊[2]，偶问焉：“何形之瑰[3]欤？何足之病欤？今觳觫[4]然将安之欤？”叟揽縻[5]而对曰：“瑰其形，饭之至也[6]。病其足，役之过也。请为君毕词焉。我僦车[7]以自给。尝驱是牛，引千钧[8]，北登太行，南至商岭，掣[9]以回之，叱以耸[10]之，虽涉淖跻高[11]，毂如蓬而轫不偾[12]。及今废矣，顾其足虽伤而肤尚腯[13]，以畜豢之则无用，以庖视之以庖视之则有赢[14]，伊楚焉莫敢尸也[15]。甫闻邦君飨士[16]，卜刚日矣[17]。是往也，要当售于宰夫。”

予尸子曰：“以叟言之则利，以牛言之则悲，若之何[18]？予方窭[19]，且无长物[20]，愿解裘以赎，将置诸丰草之乡，可乎？”叟輾然而咍[21]曰：“我之沽是[22]，屈指计其直可以持醪而啮[23]肥，饴子[24]而衣妻，若是之逸[25]也。奚事裘为？且昔之厚其生[26]，非爱之也，利其力；今之致其死，非恶之也，利其财。子恶乎落[27]吾事？”

刘子度是叟不可用词屈，乃以杖叩牛角而叹曰：“所求尽矣，所利移矣。是以员能霸吴属镂赐[28]，斯既帝秦五刑具[29]，长平威震杜邮死[30]，垓下敌擒钟室诛[31]，皆用尽身残，功成祸归，可不悲哉！可不悲哉！呜呼！执不匮之用而应付无方[32]，使时宜之，莫吾害也[33]。苟拘于形器[34]，用极[35]则忧，明已。”

注释

① 本文选自《刘梦得文集》。

② 蹊：山路。

③ 瑰：奇伟、魁岸。

④ 觳(hú)觫(sù)：恐惧发抖的样子。

⑤ 縻(mí)：缰绳。

⑥ 饭之至也:喂养得特别好。

⑦ 僦(jiù)车:拉脚。僦,运输。

⑧ 钧:古代重量单位,每钧三十斤。

⑨ 掣:拽。

⑩ 耸:惊动。

⑪ 淖:泥沼。跻:升。

⑫ 辀(zhōu):小车居中的弯曲车杠。偾(fèn):仆倒。

⑬ 腯(tú):肥壮。

⑭ 庖:厨房,这里是做菜肴的意思。赢:富余。

⑮ 伊:此。尸:主持,这里是作主的意思。

⑯ 甫:刚才。邦君:此指州县长官。飨:用酒食款待人。

⑰ 卜:指占卜确定。刚日:指“单日”,飨士的吉日。

⑱ 若之何:怎么办。

⑲ 窭:贫寒。

⑳ 长物:多余的东西。

㉑ 辴然:笑的样子。咍:讥笑。

㉒ 沽:卖。是:这,指牛。

㉓ 醪:浊酒。

㉔ 饴子:给儿子吃糖。

㉕ 逸:安逸。

㉖ 厚其生:饲养很丰厚。

㉗ 落:耽误,妨碍。

㉘ 员能霸吴属镂赐:员指伍员,他辅佐吴王成就霸业,以后吴王不听他的忠言劝告,反赐他一柄叫属镂的宝剑,令他自杀。

㉙ 斯既帝秦五刑具:斯指李斯,他辅佐秦始皇统一全国,后被赵高所害,五马分尸。

㉚ 长平威震杜邮死:战国时秦将白起,与赵军作战,在长平大破赵军;后因

与秦王和相国范雎意见不合，被逼在杜邮自杀。

㉛ 垓下敌擒钟室谋：汉将韩信在垓下大破西楚霸王项羽，后被吕后设谋，诱至钟室杀害。

㉜ 不匮：无穷无尽。匮，缺乏。无方：犹无常，没有固定的方式、处所或范围。

㉝ 莫吾害也：没有能加害于我的。

㉞ 形：形状，方式。器：有形的具体事物。

㉟ 极：穷尽。

译文

刘禹锡走在野外，见一个老头儿在路上牵着一头跛牛，就问他：“它体形为什么那么魁伟？腿为什么跛？现在它恐惧发抖，要往哪里去？”老头儿拉了拉缰绳回答说：“它的体形魁伟，是喂养得特别好。它的腿瘸，是使用太过。请让我为你把话说完。我靠拉脚维持生活。曾经赶着这头牛，拉上千钧重的东西，在北边登过太行山，在南到过商岭。我一拽缰绳它就回头，我一吆喝它就惊走。即使过泥沼爬坡路，车轮转得飞快，它也不会仆倒。现在它残废了，但腿虽受伤而肌肉尚肥，把它畜养起来没有用处，把它归厨师做菜肴则有利可图，但宰牛是被禁止的，没人敢作主宰它。刚听说县太爷要大宴宾客，已卜定吉日是单日。这次去，一定要卖给屠夫。”

我作主说：“以你老头说则有利，以牛来说则悲伤，怎么办呢？我正贫困，而且没有多余的东西，情愿脱下皮袍来赎它，把它放到青草茂盛的地方，行吗？”老头儿带着讥讽的口吻说：“我卖这头牛，掐指算了算，牛的价值可以买浊酒肥肉饱餐一顿，还可给儿子买糖，给妻子缝衣，绰绰有余。我要皮袍做什么呢？何况过去饲养它很丰厚，不是怜爱它，而是看重它的力气；现在把它送往死地，并非讨厌它，而是看他能换钱财。你为什么要妨碍我的大事呢？”

刘禹锡估计这老头儿不能用道理说服，就用手杖敲着牛角叹息说：“所求已经尽了，所利已经转移了。因此伍员使吴国称霸而吴王反赐他属镂剑，令他自尽;李斯使秦王称帝而遭五马分尸;白起使秦威震长平而被逼在杜邮自杀;韩信在垓下逼项羽自杀反被诱至钟室杀害,都是用完后身贱,功成而祸来,可不悲伤吗!可不悲伤吗!唉!掌握无穷无尽的用途而对付无常的变化,使合乎时宜,没有能加害于我的。假如拘限于有形的具体事物,用到极尽时就有忧患了,这是很明白的道理。”

儆 舟[①]

刘子浮于汴[②],涉淮[③]而东,亦既释绋缅[④],榜人[⑤]告余曰:“方今湍悍而舟盬[⑥],宜谨其具以虞[⑦]焉。”予闻言若厉[⑧]。由是衲以窒之[⑨],灰以墐[⑩]之,斛[⑪]以干之,仆怠而躬行[⑫],夕惕[⑬]而昼勤,景霾晶[⑭]而莫进,风异响而遄止[⑮],兢兢然累辰[⑯],是用获济[⑰]。偃樯弭櫂[⑱],次于淮阴[⑲]。

于是舟之工咸沛然自暇自逸[⑳],或游肆而觞矣[㉑],或拊[㉒]桥而歌矣,隶[㉓]也休役以高寝矣,吾曹无虞以宴息矣[㉔]。逮夜分而窾隙潜澍[㉕],涣然阴溃[㉖],至乎淹箦濡荐[㉗],方卒愕[㉘]传呼,跣跳[㉙]登丘,仅以身脱[㉚]。目未及瞬而楼倾轴垫[㉛],圮[㉜]于泥沙,力莫能支也。

刘子缺然[㉝]自视而言曰:“向予兢惕也,汩[㉞]洪波而无害;今予宴安也,蹈常流[㉟]而致危。畏之途果无常所哉[㊱]!不生所畏而生于所易[㊲]也。是以越子膝行吴君忽[㊳],晋室尸居魏臣怠[㊴],白公厉剑子西哂[㊵],李园养士春申易[㊶],至于覆国夷族[㊷],可不儆哉?福,祸之胚胎也,其动甚微[㊸];倚,伏之矛楯[㊹]也,其理甚明。困而后儆,斯弗及已[㊺]。”

注释

① 本文选自《刘梦得文集》。儆舟:以一次沉舟事件做为儆戒。儆,警戒。

② 汴:古水名,即汴河,唐时故道自今河南省荥阳县北,受黄河之水,东经开封,转向东南,流经安徽省宿县,至江苏省盱眙县注入淮河。

③ 涉:经过。淮:淮河。

④ 释:解开。绋缅:揽绳。

⑤ 榜人:摇船的人。

⑥ 湍悍:水流湍急。盬(gǔ):不坚固。

⑦ 虞:防备。

⑧ 厉:危险。

⑨ 袽(rú):旧絮,破布。窒:堵塞。

⑩ 墐:涂塞。

⑪ 斞(jū):舀水。

⑫ 躬行:亲自去作。

⑬ 惕:警惕。

⑭ 景:同“影”,指日光。霾晶:昏暗。

⑮ 异响:声音不正常。遄止:迅速停止。

⑯ 兢兢:小心谨慎的样子。累辰:好多天。

⑰ 用:因此。济:航行成功的意思。

⑱ 偃樯弭櫂:放倒桅杆,停下船桨。弭,止。櫂,同“棹”,桨。

⑲ 次:停船。淮阴:今江苏省清江市。

⑳ 沛然:充分地,尽情地。暇:空闲。逸:安逸、安乐。

㉑ 肆:市场,这里指酒肆。觞:酒杯,这里用作动词,指用酒杯喝酒。

㉒ 拊:拍打。

㉓ 隶:役卒。

㉔ 吾曹:我们。宴:安。

㉕ 逮:及,到。夜分:半夜。窾隙:空隙,缝隙。潜澍:暗漏。

㉖ 涣然:离散的样子。阴:暗暗地。

㉗ 箦(zé):竹席。濡:浸湿。荐:这里指草垫。

㉘ 卒愕:突然感到惊愕。

㉙ 跣跳:赤着脚跳上岸。

㉚ 以身脱:仅仅是只身脱险。

㉛ 楼:指船上的楼。轴:指船尾插舵的地方。垫:陷下。

㉜ 圮(pǐ):毁坏,散塌。

㉝ 缺然:怅然若失的样子。

㉞ 汩(gǔ):这里指舟行。

㉟ 蹈常流:在普通的河面上航行。

㊱ 畏之途:就是畏途,使人感到危险的路途。常所:固定的地方。

㊲ 所易:所忽视的。

㊳ 越子:越王勾践。“子”为周代的第四等爵位。吴君:吴王夫差。忽:疏忽,麻痹。越被吴打败,勾践对吴王夫差顿首膝行,夫差对他疏忽,丧失警惕,后来勾践终于灭了吴国。

㊴ 晋室:指司马懿。尸居:“尸居余气”的省文,形容快要断气。三国时,魏国大将军曹爽同太傅司马懿争权,司马懿假装病重,曹爽派人探问,那人受了骗,认为司马懿是尸居余气,曹爽不再防备司马懿。后司马懿乘曹爽外出,夺了他的军权,不久又把他杀死了。

㊵ 白公:楚太子建之子,名胜,封于白,故名白公。厉剑:磨剑。厉,同“砺”,本句用作动词。子西:楚国令尹。哂:讥笑,微笑。春秋末期楚国王族白公胜,因怨恨楚令尹子西不为父报仇,日磨剑。子西知道了,只是笑笑,毫不在意,后子西被白公胜杀死。

㊶ 李园养士春申易:战国时李园豢养武士,企图杀害春申君黄歇。春申君知道后,认为李园软弱无能,毫不戒备,终于被李园派人杀死。

㊷ 覆国夷族:国家被灭亡,如吴国、魏国,全家被族灭,如春申君、曹爽。夷,灭。

㊸ 动:这里指刚开始动作的征兆。微:微小。

㊹ 倚,伏之矛楯:指祸福安危互相依存,互相包含而又互相对立的关系。楯,即“盾”。

㊺ 斯弗及已:这就太晚了。

译文

我在汴水中行舟，经淮河转向东去。当解开缆绳以后，船夫告诉我说："这里水流湍急而船又不坚固，应当谨慎检查船具以防备出事。"我听了这话感到情况如此危险，于是用破布絮塞住船的缝隙，又用油灰涂抹严实，舀干船里的积水；仆人不经心我就亲自做，晚上提高警惕白天勤于维修；天色昏暗就不行驶，风声不正常就立即停泊；小心谨慎地行走了一些日子，所以能够安全渡过。

落帆停棹，停泊在淮阴。于是船夫都纷纷自行消遣，自行玩乐，有的逛市场去喝酒，有的拍着桥栏杆唱歌；仆人也休息高枕而卧，我们也无忧无虑安然去睡觉了。到了半夜，水从缝隙中暗暗地渗进来，堵塞缝隙的东西被水冲击溃散。直到淹没床席浸湿草垫时，人们才突然惊慌传呼，光着脚跳到岸上，仅仅只能脱身。不到眨眼功夫，船上的楼身倾斜，船尾下沉，陷在泥沙里，人已没有力量把它支撑起来了。

我若有所失，自言自语地说：以前我小心谨慎，船疾行于大浪中而无害；现在我贪图安逸，船停泊在平静的水流中却招致了危险。危险的处所果然没有固定的地方啊！它不发生在你感到畏惧的地方，而发生在你疏忽大意的地方。因此越王勾践顿首膝行使吴王夫差丧失警惕，司马懿卧床装病使曹爽麻痹懈怠，白公胜磨剑而子西一笑置之，李园豢养武士而春申君却毫不戒备，导致亡国灭族，这难道还不值得警戒吗！唉！福祸在胚胎的时候，它的变动是很微小的；祸福的相互依存、互相包含又相互转化的矛盾，这个道理是很明白的。陷于困境才引起警惕，那就来不及了。

说　骥[①]

伯氏佐戎于朔陲[②]，获良马以遗[③]予。予不知其良也，秣之稊秕[④]，饮之污池。厩枥也，上瘴[⑤]而下蒸；羁络也，缀索而续韦[⑥]。其易之[⑦]如此。予方病且痿，求沽于肆[⑧]。肆之驵[⑨]亦不知其良也，评价六十缗[⑩]。将剂[⑪]矣，有裴氏子赢[⑫]其二以求之，谓善价也，卒[⑬]与裴氏。

裴生所善李生，雅挟[14]相术，于马也尤工。睹之周体，眙然[15]视，听然[16]笑，既而抃[17]随之。且曰："久矣！吾之久不覯[18]于是也，是何柔心劲骨，奇精妍态[19]，宛如锵如[20]，晔如翔如之备邪[21]！今夫马之德[22]也全然矣，顾其维驹藏锐于内[23]，且秣之乖方[24]，是用不说[25]于常目。须其齿备而气振[26]，则众美灼见[27]，上可以献帝闲[28]，次可以鬻千金。"裴也闻言竦焉[29]。遂儆其仆，蠲其皁[30]，筐其恶[31]，蹙其溲[32]，饲以美荐[33]，秣以芗粒[34]，起之居之，澡之抿之[35]，无分阴之怠。斯以马养，养马之至分[36]也。居无何，果以骥德闻。

客有喑[37]予以丧其宝，目讥其所贸也微，予哂然[38]曰："始予有是马也，予常马畜之。今予易是马也，彼宝马畜之。宝与常在所遇[39]耳。且夫昔之翘陆[40]也，谓将蹄将啮，抵以挝策[41]，不知其祭云[42]耳。昔之嘘吸也，谓为疵为疠[43]，投以药石[44]，不知其喷玉[45]耳。夫如是，则虽旷日[46]历月，将至顿踣[47]，曾何宝之有焉？由是而言，方之于士，则八十其缗也，不犹逾于五羖皮乎[48]？"客谡[49]而竦。予遂言曰："马之德也，存乎形[50]者也，可以目取[51]，然犹为之若此，矧德蕴乎心者乎[52]？斯[53]从古之叹，予不敢叹！"

注释

① 本文选自《刘梦得文集》。骥：良马，千里马。

② 佐戎：戎幕的参佐，指节度判官、掌书记一类的官职。朔陲：北方边境。

③ 遗（wèi）：赠送。

④ 秣：喂养。稊：一种形如稗的草。秕：中空或不饱满的谷粒。

⑤ 瘅：通"痹"，气闷。

⑥ 缀：连结、拼合。韦：熟牛皮。

⑦ 易之：轻视它。

⑧ 沽：卖。肆：市场。

⑨ 驵（zǎng）：驵侩，牲畜交易的经纪人。

⑩ 缗：穿钱的绳子，也指成串的钱，一千文为一缗。

⑪ 剂：古代买卖时用的契券。本句用作动词，意为成交。

⑫ 赢:盈利,这里是“增加”的意思。
⑬ 卒:终于,到底。
⑭ 雅:素常,一向。挟:拥有,这里有“善于”的意思。
⑮ 眙(chì)然:瞪大眼的样子。
⑯ 听(yín)然:笑的样子。
⑰ 抃:鼓掌。
⑱ 觏:遇见。
⑲ 奇精妍态:骨相精奇,体态优美。
⑳ 宛如:马身屈曲灵活的样子。锵如:金石相击声,形容马鸣声。
㉑ 晔如:神采奕奕的样子。翔如:奔跑如飞的样子。
㉒ 德:指事物的属性。
㉓ 顾:但。维驹:从小就受到束缚。藏锐:锐气蓄积于内。
㉔ 乖方:背离了正确的方法。
㉕ 说:同“悦”。
㉖ 齿备:长足身体。气振:养足精神。
㉗ 灼见:明白透彻的出现。
㉘ 帝闲:皇帝马厩。
㉙ 竦焉:肃然起敬的样子。
㉚ 蠲其皂:清理、扫除马槽。皂,通“槽”。
㉛ 筐其恶:用罗筐把马屎清除掉。
㉜ 蜃其溲:用大蛤壳把马尿舀干。
㉝ 荐:草席。
㉞ 芗(xiāng):五谷的香气。这句说,喂它香的粮食。
㉟ 澡之拒之:给马洗澡、擦拭。
㊱ 至分:充足的分量,最高水平。
㊲ 唁:对遭遇不幸的人表示慰问。
㊳ 洒然:豁达的样子。

㊴ 遇:待遇,款待。

㊵ 翘足:跳跃。

㊶ 抵:抵偿。挞:击,打。策:鞭。

㊷ 苶(niè)云:形容马跑得快,犹如驾云。

㊸ 疵疠:泛指疾病。疵,小病。疠,瘟疫。

㊹ 石:古时治病用以砭刺的石针。

㊺ 喷玉:形容马嘘吸之声如鸣玉。

㊻ 旷日:空废时日。

㊼ 顿踣:困顿仆倒。

㊽ 羖(gǔ):黑色的公羊。秦缪公曾以五羖羊皮赎百里奚,授之国政。

㊾ 谡:起立。

㊿ 形:外形,形体。

51 目取:眼睛看得出来。

52 矧:何况。蕴:藏。

53 斯:这是。

译文

有一位姓伯的人在北方边疆担任军事首领的幕僚,获得一匹好马给我,但我不知道它是良马,用粗糙的饲料喂养,在污水池饮马,马房不通风,气闷而热,马络头也是随便补上一条绳索和接上一段牛皮绳,就这样轻易简慢地看待它。我正值有病而且贫困,就牵它到市场上去出售。马市的经纪也不知道它是良马,评定价钱为六十缗。将成交时,有位姓裴的人愿再添二十缗来购买它。我以为遇上了好价,结果就卖给裴氏。

裴氏的朋友李生,素来懂得看骨相的方术,尤其善于相马。看了马的周身,睁大眼睛,鼓着腮帮笑,又是鼓掌,并且说:"我长时间没有遇到这样的良马了,它性格何等驯良,筋骨何等强劲。骨相是如此奇特,体态又那么优美,马身是那么屈曲灵活,声音是那么洪亮,神采奕奕奔跑如飞等条件都具备了,好马的特点占全了。但它从小就受到束缚，锐气蓄积于内，而且喂养时背离了正确的方法，因此它不为一般人看重。须等它长到一定年龄，精气饱满，它的优点才可以显现出来，上可以献给皇上养在御马厩，次可以卖千金。”裴氏听了肃然起敬，就告诉仆人，清理、扫除马槽，用罗筐把马粪清除掉，用大蛤壳把马尿舀干，给马铺上好的草席，喂它香的粮食，按时遛马，按时让马休息，给马洗澡、擦拭，不要有一秒钟的怠慢。用这一套办法来养马，这是养马的最高水平。没有多久，它果然以千里马的优点闻名。

因为丧失宝马，有客人表示慰问，并讥笑我所卖得的钱太少。我很豁达地说：“当初我有这匹马时，当作一般的马来喂养它。现在我卖掉这匹马，裴氏当作宝马来喂养它。宝马与常马在于际遇不同罢了。而且过去翘足而跳，以为要踢人咬人，用马鞭子抽打，不知它像驾云一样跑得那么快。过去它呼吸，以为它患了疾病，给它灌药砭刺，不知它本来呼吸之声如鸣玉。就这样，经历一段较长的时间，将会困顿倒毙，到底还有什么宝马呢？由此说来，与才能之士相比，则八十缗钱的马价，不还超过了五张公羊皮吗？”客人站起来显出很严肃的样子，我又说：“马的特点，存在于体形中，用眼睛可以看得出来，但仍然违背真情竟到如此地步。何况品德是蕴蓄在内心里的呢？这是从古以来就令人感叹的，我不敢感叹。”

述　病[①]

刘子尝涉暑而征[②]，热攻于滕[③]以致病。其仆也告痡[④]，亦莫能兴。逮浃日，予有瘳[⑤]。医诊之曰：“疾兴间[⑥]矣，顾热沴[⑦]而未平，有遗类焉，宜谨于摄卫[⑧]。卫之乖方，则病复矣。”所若既微而怠其说，倦眠于衾[⑨]而兴焉，倦隐于几[⑩]而步焉，面不能罢颒[⑪]，发不能捐栉[⑫]，口不能忘味，心不能无思。如是未移目而疾也瘮如复瘝[⑬]于躬。进药求汗，凡三涣[⑭]，然后目能视。视既分，则向时之仆已睆然执杯圈待予于前矣[⑮]。

予讶而曰：“曩吾与若[⑯]也病偕，呻也噂[⑰]也，若酷而吾微；药也饵也，吾殷而若薄[18]。何患之同而痊之异哉?”仆谆谆而答云:“已之被病也,兀然[19]而无知;有间焉,亦兀然而无知。发蓬如而忘乎乱,面黔如而忘乎垢。洎疾之杀也[20],虽饮食是念,无滑甘[21]之思,日致复初,亦不知也。”

予喟然叹曰:“始予有斯仆也,命之理畦[22]则蔬荒,主庖则味乖[23],专厩则马瘠[24],常谓其无适能知[25]。乃今以兀然而贤我远甚,则利钝果相长哉!”仆更矣。刘子遂言曰:“乐于用则豫章[26]贵,厚其生则社栎[27]贤。唯理所之,曾何胶于域[28]也。”

注释

① 本文选自《刘梦得文集》。

② 涉:经历。征:远行。

③ 腠:肌肉的纹理。

④ 痡(fū):过度疲劳的病。

⑤ 瘳:病好。

⑥ 间:稍稍好一点。

⑦ 沴:因气不和而生的病害。

⑧ 摄卫:保养。

⑨ 衾(qín):被子。

⑩ 隐于几:隐几,凭着几案。

⑪ 颒(huì):洗面。

⑫ 捐:弃,这里是“停止”的意思。栉:梳头发。

⑬ 瘮:寒病。瘝(guān):病。

⑭ 涣:水盛的样子,这里指出汗多。

⑮ 睨然:斜视的样子。杯圈:杯、盘、盆、盏等的总名。

⑯ 若:你。

⑰ 嘑:同“呼”。

⑱ 殷:勤。薄:少。

⑲ 兀然:浑然无知的样子。

⑳ 洎:等到。杀:减轻。

㉑ 滑甘:指滑溜甜美的食物。

㉒ 理畦:管理菜圃。

㉓ 庖:厨房。乖:错。

㉔ 专厩:专管马厩。瘠:瘦。

㉕ 无适能知:没有一个工作能胜任的。

㉖ 豫章:是一种名贵树木,可用以制成高级用具。

㉗ 栎:木名,其木材有广泛用途。

㉘ 胶:粘住,这里是拘泥的意思。域:领域,范围。

译文

我曾在大热天长途跋涉,热攻于腠理以致患病。仆人也因过度疲劳患病,卧床不起。到第十天,我的病好了。医生诊断说:“幸而疾病稍稍好一点,但热沴仍未平复,还有些遗患,应当小心保养。如果护理不当,病就会复发。”病痛既然减轻了我就忽视了医生的意见,疲倦了躺在被窝里一会儿就起来,凭着几案休息时腿脚还不停地活动,脸不能停止不洗,发不能停止不梳,口不能忘记美味佳肴,心不能停止思考。这样不到一天寒病就在身上复发了。吃药发汗,一连三次大出汗,然后眼睛才能看。视力能够分辨了,那个患病的仆人已斜视着端着杯盘在我面前侍候了。

我惊讶地问道:“过去我与你一起害病,呻吟呼喊,你严重而我轻微;吃药,我吃得勤你吃得少。为什么同时患病,痊愈却大不一样呢?”仆人很迟缓地回答说:“我自己得了病,好像全然没有一点知觉,病稍稍好一点,也好像全然没有一点知觉。头发蓬乱而忘记梳理,面目油黑而忘记污垢。等病减轻以后,虽然想吃饭,但不吃滑溜甜美的食物,以至康复,也不知道。”

我感叹道:“当初我有这个仆人时,叫他管菜圃则蔬菜荒芜,让他到厨房做饭就味道乖错,要他专管马厩马就瘦了,经常觉得没有一个差事他能适应的。

那今天的浑然无知比我强多了,利与钝总是互生互长的。”仆人退下去了。我就说道:“因为有用,豫章木显得十分贵重,由于社栎树成材快,在充裕人民的生活方面,比豫章木用途更广泛。只要符合实际,不必拘泥于领域,范围。”

救沉志[①]

贞元季年[②]夏,大水,熊武五溪斗泆于沅[③],突旧防[④],毁民家。跻高望之,溟涬葩华[⑤],山腹为坻[⑥],林端如莎[⑦]。湍道驶悍[⑧],不风而怒,崮嶷前迈[⑨],浸淫旁掩[⑩]。柔者靡之,固者脱之,规者旋环之[⑪],矩者倒颠之[⑫];轻而泛浮者硍磕之[⑬],重而高大者前退之;生者力音[⑭],殪者弛形[⑮]。蔽流[⑯]而东,若木柹[⑰]然。

有僧愀[⑱]焉,誓于路曰:“浮图[⑲]之慈悲,救生最大。能援彼于溺,我当为魁。”里中儿愿从四三辈,皆狎川勇游者。相与乘坚舟,挟善器[⑳],维以修筰[㉑],杙于崇丘[㉒]。水当洄洑[㉓],人易置力。凝眝执用[㉔],俟可而拯[㉕]。大凡室处之类[㉖],穴居之汇,在牧之群,在豢之驯[㉗],上罗黔首[㉘],下逮毛物[㉙],拔乎洪澜,致诸生地者数十百焉。

适有挚兽[㉚],如鸱夷[㉛]而前,攫持流柹[㉜],首用不陷[㉝],隅目旁睨[㉞],其姿弭然[㉟],甚如六扰之附人[㊱]者。其徒将取焉。僧趣诃[㊲]之,曰:“第无济是为[㊳]!”目之,可里所[㊴],而不能有所持矣。

舟中之人曰:“吾闻浮图之教贵空,空生普,普生慈。不求报施[㊵]之为空,不择善恶之谓普,不逆[㊶]困穷之谓慈。何也,生必救;而今也,穷见废[㊷],无乃计善恶而忘普与慈乎?”僧曰:“甚矣,问之迷且妄[㊸]也!吾之教恶乎无善恶哉?六尘[㊹]者,在身之不善也,佛以贼视之;未伽声闻者[㊺],在彼之未寤也,佛以邪[㊻]目之。恶乎无善恶也?吾向也所援而出死地者众矣。形干气还,各复本状。蹄者踯躅然[㊼],羽者翘萧然[㊽],而言者诜诜然[㊾],随其所之,吾不尸其施也。不德吾则已,焉能害为?彼形之干,鬣髵[㊿]之姿也;气之还,暴悖之用也,心足反噬而齿甘最灵[51],是必肉吾属矣!庸能踯躅、诜诜之比欤?夫虎之不可使知恩,犹人之不可使为虎也。非吾自贻患焉尔[52],且将贻患于众多,吾罪大矣。”

子刘子曰："余闻：'善人在患，不救不祥；恶人在位，不去亦不祥。'僧之言远矣，故志之。"

注释

① 本文选自《刘梦得文集》。沉：沉没于水。志：记。

② 贞元：唐德宗李适的年号。季年：末年，指贞元二十一年。

③ 熊武五溪：即熊溪、武溪、樠溪、酉溪、辰溪，都是沅江支流。斗：水势暴涨。泆，同"溢"。

④ 突：冲破。防：堤。

⑤ 溟涬：水势浩大，无边无际。葩华：原指花朵，这里指浪花飞溅。

⑥ 坻(chī)：水中的小洲或高地。

⑦ 莎：莎草，一称香附子，茎高尺余。

⑧ 湍道：流水湍急。駃：駃騠，良马名。

⑨ 崱(zè)嶷(yí)：高峻的样子，此指洪峰巨浪。前迈：向前推进。

⑩ 浸淫：漫溢。旁掩：向两边扩展。

⑪ 规者：圆的东西。旋环之：使它旋转。

⑫ 矩者：方的东西。倒颠之：使它上下颠倒。

⑬ 硍磕之：使之互相碰击。

⑭ 生者：活着的人。力音：尽力呼喊。

⑮ 殪：死。弛形：尸体变形。

⑯ 蔽流：指物体漂满江面。

⑰ 木柹(fèi)：小木片。柹，同"柿"。

⑱ 愀：凄怆变色的样子。

⑲ 浮图：这里指佛教。

⑳ 挟：持，带。善器：指好的救生器具。

㉑ 维：系。修：长。筰：竹绳。

㉒ 杙(yì)：小木桩，这里作动词用，指钉小木桩。崇：高。

㉓ 洄洑:水的回流。

㉔ 凝眝:注视,眝是目中的瞳子,这里代指视力。执用:手拿打捞器具。用,用具,器具。

㉕ 俟可而拯:等待可以打捞的人畜就加以救援。

㉖ 大凡:大致。室处之类:指人。

㉗ 在豢之驯:指驯养的家畜、家禽。豢,喂养。

㉘ 罗:包罗。黔首:老百姓。

㉙ 逮:到。毛物:长毛的动物。

㉚ 挚:通“鸷”,凶猛。鸷兽:猛兽,这里指老虎。

㉛ 鸱夷:皮制的口袋。

㉜ 攫:用爪抓取、抓住。枿:树木的根株。

㉝ 用;因此。陷:沉没。

㉞ 隅目:有棱角的眼。倪:同“睨”,斜视。

㉟ 弭然:驯服的样子。

㊱ 六扰:六畜。附人:亲附于人。

㊲ 趣:急促地。诃:吆喝、斥责。

㊳ 第:但,只是。济:救。是:这,指虎。为:语助词。

㊴ 可:约。所:许。

㊵ 不求报施:施恩不求报。

㊶ 不逆:不拒绝。

㊷ 穷:困难到极点。见:被。废:废弃。

㊸ 迷且妄:既糊涂,又荒谬。

㊹ 六尘:佛经称色、声、香、味、触、法为六尘,也称六贼,认为是导致各种烦恼的根源。

㊺ 未伽:梵语“未伽黎”的简称,意译为“未见道。”声闻:听到佛的声教而得渡,这是佛教中的最下乘。

㊻ 邪:邪道。

㊼ 踯躅然:徘徊的样子。

㊽ 翘萧然:搧动翅膀的样子。

㊾ 戋戋然:说得很动听的样子。

㊿ 髬(pī)髵:猛兽鬃毛竖起的样子。

51 齿甘最灵:其齿锋利,最喜欢吃人。最灵:指人类。

52 非:不仅是。贻:留下。焉尔;而已。

译文

贞元末年夏季,发大水。熊武五溪河水暴涨,在沅地溢,冲垮了旧堤防,毁了老百姓的家。登高一望,水势浩大,无边无际。水势漫到山腰,山头变成小洲;树林被大水所淹,剩下的树梢好像莎草一样。湍急的流水象强悍的奔马,虽然没有刮风,急流的水就像发怒一样。洪峰巨浪,向前推进,水势漫溢淹没了两岸。柔弱的东西被冲倒,坚固的东西被冲散,圆形的东西被冲得团团转,方形的东西被冲得翻转颠倒,轻的漂浮在河面上互相碰撞,那些重而高大的东西忽进忽退。卷进水中尚未淹死的拼命呼救,已经淹死的尸体已经变形。各种物体漂满江面,就像小木片一样。

有位和尚见此凄怆变色,在路口当众宣誓说:“佛的慈悲,救生是最重要的。能把被淹的救出来,我当为首。”村里年轻人愿意跟从他的有三四个,都是出没水中熟习水性的人。他们一起乘着坚固的船只,带上好的救生器具,系一条长竹绳,把绳子的一头拴在高山的木桩上。当水势逆折回流时,人容易用上力气。手执打捞器具,集中眼力搜寻,等待可以打捞的人畜就加以救援,凡是人、兽类、牛羊、鸡犬,上到老百姓,下到禽兽,从大水里救出来放到安全地方的有数千。

恰好有只老虎,像一条皮制的袋子被向前冲去,它用前爪抓住漂流的树木,它的头因此才没有陷没,一双有棱角的眼睛向两旁斜视,它的姿态很驯服,很像六畜亲附于人。跟随和尚的人将要救它。和尚急促地吆喝他们,说:“只是不能救这个东西!”望着它,大约一里,老虎力尽,抓不住东西,终于沉没。

舟中的人说："我听说佛教主张四大皆空，空而能普渡众生，普渡众生而弘扬慈悲心怀。不要求对方报答而施恩，这就叫作空。不选择善恶就叫普，不拒绝援救穷困者就叫慈。以前，活着的必定要救；而今天，老虎穷困到极点却不救，岂不是计较善恶而忘掉普与慈吗？"和尚说："过分了，你问的既糊涂又荒谬！我们佛教怎么不讲善恶呢？六尘，就是身上不好的东西，佛教视之为贼；初入佛门的人，在他们没有悟道的时候，佛把他们看作邪道。怎么没有善恶呢？我刚才从水中救出的好多了，它们身躯晾干，恢复元气，都显出本来的面目。长蹄的牛、羊、猪等家畜徘徊着，长毛的鸡、鸭、鹅等家禽扇动翅膀，能说话的人他们感激的话说得很动听，任随他们走去，我不要求报答。不感激我也就罢了，哪里有害呢？老虎身躯晾干，鬃毛就会竖起；它元气恢复了，就显出凶残的本性，想着反咬一口，其齿锋利，最喜欢吃人，它必然吃掉我们，怎么能同一般的兽类和人类相比呢？那老虎不可使它知恩，犹如人不可使它为虎一样。救了老虎，但是我自己给自己留下祸患，而且还将给大家带来祸患，我的罪恶就大了。"

刘禹锡说："我听说：'好人在患难中，不救他就不吉祥；恶人在位，不把他赶下台也不吉祥。'僧人的话意思十分深远啊！因此记载了它。"

《昏镜词》并引①

镜之工列十镜于贾奁②，发奁而视，其一皎如，其九雾如。或曰："良苦之不侔甚矣③。"工解颐④谢曰："非不能尽良也。盖贾之意，唯售是念⑤；今来市者，必历鉴周睐⑥，求与己宜。彼皎者，不能隐芒杪之瑕⑦，非美容不合，是用什一其数也。"予感之，作《昏镜词》。

昏镜非美金⑧，漠然丧其晶⑨。
陋容多自欺，谓若他镜明。
瑕疵⑩既不见，妍态随意生。
一日四五照，自言美倾城⑪。
饰带以纹绣⑫，装匣以琼瑛⑬。
秦宫⑭岂不重？非适⑮乃为轻。

注释

① 这首诗选自《刘梦得文集》。

② 贾奁：出售镜子的镜匣。

③ 良苦：质量好坏。不侔(móu)：不相等。

④ 解颐：面带笑容。

⑤ 唯售是念：只想到要卖出去。

⑥ 历鉴周睐：一面面地拿来对照、比较，把所有的镜子都看遍。

⑦ 芒杪(miǎo)：麦芒的尖稍，极言是微小。瑕：玉上的斑点，比喻缺点。

⑧ 美金：这里指精良的青铜。

⑨ 漠然：昏暗的样子。晶：光泽。

⑩ 疵：毛病。

⑪ 倾城：全城人为之倾倒。

⑫ 饰：装饰。纹绣：有花纹的锦绣。

⑬ 琼瑛：美玉。

⑭ 秦宫：此处指秦宫中的宝镜。据《西京杂记》记载，传说秦宫有一面明镜，能照见人的五脏。

⑮ 非适：不适合。

译文

制镜工匠在镜匣里陈列了十面镜子，打开匣子一看，其中一面像月光一般明亮,其余九面像雾气一般模糊。有人说:“好坏相差太悬殊了。”工匠面带笑容解释说:“并不是不能把所有的镜子制好,生意人的心愿,只想到要卖出去,现在来买镜的一面面地拿来对照、比较,把所有的镜子都看遍,挑选与自己合适的。那面明镜不能掩盖细微的缺陷,长得不漂亮的人就不能用,而喜欢明镜的十个人中难有一个,所以所作明镜只占十分之一。”我有感于此,写了这首《昏镜词》。

昏镜不是好青铜制成,
模模糊糊丧失了光泽。
容颜丑陋者欺骗自己,
说昏镜和明镜一样明。
脸上缺陷既显不出来,
漂亮的姿态随意而生。
一天能照四五次镜子,
简直漂亮得倾国倾城。
用花纹锦绣装饰镜带,
盛放的匣子饰以琼瑛。
秦宫宝镜难道不贵重?
不适合心意反被看轻。

养鸷词[①]

途逢少年,志在逐禽兽。方呼鹰隼以袭飞走[②],因纵观之,卒无所获。行人有常从事于斯者曰:“夫鸷禽饥则为用,今哺之过笃[③],故然也。”余感之,作《养鸷词》。

养鸷非玩形，所资击鲜力[4]。
少年昧其理，日日哺不息。
探雏网黄口[5]，旦暮有余食。
宁知下韝时[6]，翅重飞不得。
毰毸止林表[7]，狡兔自南北。
饮啄既已盈[8]，安能劳羽翼？

注释

① 这首诗选自《刘梦得文集》。鸷：猛禽，这里指猎鹰。

② 隼(sǔn)：即鹘鸟，一种善于袭击小动物的猛禽。飞走：飞禽走兽。

③ 哺之过笃：给它喂食，过分勤了。

④ 资：借助。击鲜：抨击飞禽走兽。

⑤ 探：探取。网：作动词用，用网捕的意思。黄口：黄口小鸟。

⑥ 宁知：岂知。韝：打猎用的皮臂套，架鹰时所用。

⑦ 毰毸(péi sāi)：羽毛散张的样子。止林表：停在树上。

⑧ 盈：充足。

译文

在路上遇见一位打猎的少年，正呼唤着鹰隼去袭击飞禽走兽，我因而从头看到尾，他最终没有什么收获。有个经常从事打猎的过路人说："鸷禽饿了才能为人所利用，今天这个鸷鸟喂得过饱，所以才这样。"我有感于此，写了这首《养鸷词》。

养鸷鸟并不是观赏形体，
要借它围猎飞禽与走兽。
少年人不明白这个道理，
日日喂得它肚子圆溜溜。
刚探巢取雏又去网黄口，

使它早晚余食日日依旧。
怎知驾鹰嗾犬打猎的时候,
它身体笨重飞也飞不起。
刚飞到树梢上就要歇息,
任凭狡兔南跑来北跑去。
吃饱了喝足了腹内充盈,
怎能劳驾它扇动翅膀呢?

《调瑟词》[①]并引

里有富豪翁,厚自奉养而严督臧获[②]。力屈形削[③],然犹役之无何[④]。一旦不堪命,亡者过半,追亡者亦不来复。翁悴沮[⑤]而追昨非之莫及也。予感之,作《调瑟词》。

调瑟在张弦,弦平音自足。
朱丝二十五,阙一不成曲。
美人爱高张[⑥],瑶轸[⑦]再三促。
上弦虽独响,下应不相属[⑧]。
日暮声未和,寂寥一枯木。
却顾膝上弦,流泪难相续。

注释

① 本诗选自《刘梦得文集》。瑟:古代一种二十五根弦的弹拨乐器。

② 臧获:奴隶,这里指佣工。

③ 力屈形削:力气耗尽,身体消瘦。

④ 役之无何:役使他们没有限度。

⑤ 悴沮:憔悴沮伤。

⑥ 高张:把弦音定高。

⑦ 瑶轸:用美玉做成的瑟轴,用以转动弦线,调节声音。

⑧ 相属:相续。

译文

村中有个极豪富的老头儿,对自己精心保养,对佣工严加督责。佣工们力气耗尽,身体消瘦,但他役使他们仍然没有限度。佣工们忍受不了富翁的虐待,逃亡的人数超过了一半,派去追赶逃亡者的人也不来交差。富翁憔悴沮丧,追悔以前的做法不当,但已来不及了。我有感于此,写了《调瑟词》。

调瑟的关键在于张弦,
弦和之后声音才充足。
红色的丝弦二十五根,
缺了一根也弹不成曲。
美人喜欢把弦音定高,
手握着瑶轸再三紧促。
上弦虽则独个甚响亮,
下弦却难以相应相续。
天黑了瑟音仍未协调,
宝瑟寂寥得像块枯木。
回头看膝上的瑟弦已断,
美人对之流泪却难接连。

聚蚊谣[①]

沉沉夏夜闲堂开[②],飞蚊伺暗[③]声如雷。
嘈然欻起初骇听[④],殷殷[⑤]若自南山来。
喧腾鼓舞喜昏黑,昧者不分聪者惑。

露花滴沥月上天，利嘴迎人看不得。
我躯七尺尔如芒⑥，我孤尔众能我伤。
天生有时不可遏⑦，为尔设幄潜匡床⑧。
清商⑨一来秋日晓，羞尔微形饲丹鸟⑩。

注释

① 这首诗选自《刘梦得文集》。聚蚊：《汉书·中山靖王传》："众煦漂山，聚蚊成雷。"形容造谣中伤的小人进谗的可怕。

② 沉沉：形容夜深。闲堂：清静的卧室。

③ 伺暗：躲在暗中窥伺。

④ 嘈然：声音嘈杂的样子。欻：忽然。

⑤ 殷殷：隆隆的雷声。

⑥ 芒：小如麦芒。

⑦ 遏：阻止。

⑧ 幄：帷幕，这里指蚊帐。匡床：安适方正的床。

⑨ 清商：秋风。

⑩ 羞：进献。丹鸟：萤火虫。

译文

夏夜沉沉，闲堂的门窗洞开，
飞蚊在暗中窥伺，其声如雷。
乍听到嘈杂之声，令人惊骇。
象隆隆的雷声，从南山传来。
它喧闹鼓噪飞舞，犹喜昏暗。
糊涂人搞不清，聪明人也迷惑。
露华浓月在中天景色迷人，
尖嘴蚊子迎面来，观赏不得。

我七尺汉子，你小如麦芒。
我孤单你众多，能把我伤。
自然界生殖万物无法阻遏，
为避你特设蚊帐躲进匡床。
等到吹起西风秋天来到，
你们的身体就要喂丹鸟。

飞鸢操[①]

鸢飞杳杳[②]青云里，鸢鸣萧萧[③]风四起。
旗尾[④]飘扬势暂高，箭头砉划[⑤]声相似。
长空悠悠霁日[⑥]悬，六翮[⑦]不动飞凝烟。
游鹍[⑧]翔雁出其下，庆云[⑨]清景相回旋。
忽闻饥乌一噪聚[⑩]，瞥下云中争腐鼠。
腾音砺吻[⑪]相喧呼，仰天大吓疑鹓雏[⑫]。
畏人避犬投高处，俯啄无声犹屡顾。
青鸟自爱玉山禾[⑬]，仙禽徒贵华亭露[⑭]。
朴遬[⑮]危巢向暮时，毰毸[⑯]饱腹蹲枯枝。
游童挟弹一麾肘[⑰]，臆[⑱]碎羽分人不悲。
天生众禽各有类，威凤文章在仁义[⑲]。
鹰隼仪形蝼蚁心[⑳]，虽能戾[㉑]天何足贵。

注释

① 本文选自《刘梦得文集》。鸢：猛禽，鹰的一种，常捕食蛇、鼠等小动物。操：古代琴曲名。

② 杳杳（yǎo）：高远的样子。

③ 萧萧：风声。

④ 旗尾:象旗帜一样的尾巴。

⑤ 砉划:象声词,描摹疾飞时发出的声音。

⑥ 霁日:雨后的太阳。

⑦ 六翮:泛指鸟类的翅膀。

⑧ 鹍(kūn):鹍鸡,又名鹍鸡,似鹤,黄白色。

⑨ 庆云:彩云。

⑩ 噪聚:即聚噪,聚集在一起鼓噪。

⑪ 腾音:提高声音。砺吻:磨快尖嘴。

⑫ 吓:喝叱声。鹓雏:传说中凤凰一类的鸟。

⑬ 青鸟:神话传说中西王母的信使。玉山:神话传说中西王母居住的地方。

⑭ 仙禽:这里指仙鹤。徒:只。华亭:唐县名,在今上海市松江县,古代这一带产鹤。

⑮ 朴遬:小木。

⑯ 毰毸(péi sāi):羽毛披散的样子。

⑰ 麾肘:挥臂。麾,同"挥"。

⑱ 臆:胸。

⑲ 威凤:威仪尊严的凤凰。文章:花纹,这里指凤鸟的毛色。仁义:凤鸟呈仁义等字形的花纹。

⑳ 隼:鹰一类的猛禽。仪:仪表,容貌。蝼蚁:蝼蛄和蚂蚁。这句说鸢有鹰隼的仪表,蝼蚁一样的心肝。

㉑ 戾:到达。

译文

鸢飞向寥廓深远的青云里,

鸣声像萧萧的风声四处起。

尾巴像旗子摆动越飞越高。

飞动响声砉划与流矢相似。
寥廓无边的晴空太阳高悬，
鸢翼不动像凝聚一缕炊烟。
善于飞翔的鹍雁都在其下，
它在彩云日影中来回盘旋。
忽听到乌鸦聚在一起乱叫，
从云中猛扑下来争夺腐鼠。
尖叫声磨喙声喧闹成一片，
仰天喝斥怀疑过路的鹓雏。
一怕人二避狗就飞到高处，
低头啄食腐鼠不时地四顾。
青鸟自然爱吃玉山的禾谷，
仙鹤只珍贵那华亭的清露。
暮色降临鸢飞向树枝高巢，
吃饱了羽毛蓬松蹲在枯枝。
儿童游玩挥手打了一弹子，
打得它胸碎羽飞无人怜惜。
天生众鸟各有不同的种类，
尊严凤凰羽毛五彩性仁义。
鸢有鹰隼的外表蝼蚁的心，
虽能飞到高空有什么可贵？

有獭吟①

有獭得嘉鱼，自谓天见怜②。
先祭不敢食，捧鲜望清玄③。
人立④寒沙上，心专脰肩肩⑤。

渔翁以为妖,举块投其咽[6]。
呼儿贯[7]鱼归,与獭同烹煎。
关关黄金鹗[8],大翅摇江烟。
下见盈寻[9]鱼,投身擘洪涟[10]。
攫拿隐嶙去[11],哺雏林岳巅。
鸱鸟欲伺隙[12],遥噪[13]莫敢前。
长居青云路,弹射无由缘[14]。
何地无江湖,何水无鲔鳣[15]。
天意不宰割[16],菲祭徒虔虔[17]。
空余知礼重,载在淹中篇[18]。

注释

① 这首诗选自《刘梦得文集》。獭:一种生活在水边以捕鱼为食的动物。有:词头,本身没有词汇意义。

② 天见怜:被天所怜。见,表被动。

③ 鲜:鲜鱼。清玄:天。

④ 人立:像人一样站立着。

⑤ 脰:脖子。肩肩:用肩托住的样子。

⑥ 块:石块。投:击中。

⑦ 贯:串起。

⑧ 关关:鸟鸣声。黄金鹗:一种凶猛的鱼鹰,毛呈黄金色。

⑨ 盈寻:满八尺长。

⑩ 擘:分开。洪涟:大波浪。

⑪ 攫拿:牢牢抓住。隐嶙:突然飞起的样子。

⑫ 鸱:鸱鹰。伺机:察看可乘之机。

⑬ 遥噪:在远处聒噪。

⑭ 无由缘:没有办法达到。

⑮ 鲔(wěi)鳣(zhān):本指鲟鱼和鳇鱼,此处泛指美味的鱼。

⑯ 宰割:主宰。

⑰ 菲祭:微薄的祭品。虔虔:诚敬的样子。

⑱ 淹中篇:指《礼记》。《汉书·艺文志》:"《礼古经》者,出于鲁淹中及孔氏。"苏林注:淹中,"里名也"。又《礼记·月令》:"孟春之月,……鱼上冰,獭祭鱼。"

译文

有个水獭得到一条鱼,
自以为这是老天所怜。
先祭祀上天不敢吃鱼,
捧着鲜鱼仰望着青天。
就像人站在寒沙上,
心里专诚脖子托在双肩。
打鱼老人以为是妖怪,
拿起石块正击中喉咽。
唤来小儿贯鱼回家去,
将鱼和水獭一起烹煎。
关关叫着的金黄鱼鹰,
展翅在水气迷濛的江面。
看见水下边有条大鱼,
俯身冲击着洪流波澜。
抓紧大鱼迅速飞向高空,
哺育雏鹰在林表峰巅。
鹰鹞虽然想寻机夺食,
在远处聒噪不敢近前。
鹗高飞常在青云之上,

弓箭与飞弹想打无缘。
天底下哪里没有江湖，
哪个江湖没有鲔和鳣?
天根本不能主宰万物，
微薄的祭品仅示虔诚。
那只知重礼的“獭祭鱼”，
记载在《礼记·月令》篇。

李翱

李翱(772—841)，字习之，陇西成纪(今甘肃泰安县东)人。贞元十四年登进士第，授校书郎，三迁至京兆府司禄参军。官终检校户部尚书，山南东道节度使。会昌元年卒，谥曰“文”，世称李文公。著有《李文公集》18卷、《论语笔解》2卷、《五木经》1卷。

截冠雄鸡志[1]

翱至零口[2]北，有畜鸡二十二者，七其雄，十五其雌，且啄且饮，而又狎乎人。翱甚乐之，遂掬粟投于地而呼之。有一雄鸡，人截其冠，貌若营群[3]，望我而先来，见粟而长鸣，如命[4]其众鸡。众鸡闻而曹[5]奔于粟，既来而皆恶[6]截冠雄鸡而击之，曳[7]而逐出之。已而竟还啄其粟。

日之暮，又二十一其群栖于楹[8]之梁。截冠雄鸡又来，如慕侣[9]，将登于梁且栖焉。而仰望焉，而旋望[10]焉，而小鸡焉，而大鸡焉，而延颈[11]喔咿，其声甚悲焉，而遂去焉。去于庭中，直上有木三十余尺，鼓翅[12]哀鸣，飞而栖其树颠。

翱异之曰：“鸡，禽于家者也，备五德[13]者也。其一曰：见食命侣，义也。截冠雄鸡是也。彼众鸡得非幸其所呼而来耶？又奚为既来而共恶所呼者而迫之耶？岂不食其利背其惠耶？岂不丧其见食命侣之一德耶？且何众栖而不使[14]偶其群耶？”或告曰：“截冠雄鸡，客鸡也，予东里鄙夫曰陈氏之鸡焉。死其雌，而陈氏寓之于我群焉。勇且善斗，家之六雄鸡勿敢独校[15]焉。且其曹恶之而不与其同食；及栖焉，夫虽善斗且勇，亦不胜其众，而常孤游焉。然见食未尝先啄而不长鸣命侣焉，彼众鸡虽赖其召，既至，反逐之。昔日亦犹是焉。截冠雄鸡虽不见答[16]，然而其迹[17]未曾变移焉。”

翱既闻之，惘然感而遂伤曰：“禽鸟，微物也，其中亦有独禀精气[18]，义而介[19]

焉者。客鸡义勇超乎群，群皆妒而尚不与俦[20]焉，况在人乎哉？况在朋友乎哉？由是观天地间鬼神禽兽万物变动情状，其可以逃[21]乎？”

吾心既伤之，遂志之，将用警予，且可以作鉴[22]于世之人。

注释

① 本文选自《李文公集》。

② 零口：地名，在陕西临潼县东四十里。

③ 营：管理。貌若营群：表面上像管理这一群鸡。

④ 命：命令，此处是“呼唤”之意。

⑤ 曹：群。

⑥ 恶：憎恨、讨厌。

⑦ 曳：拖。

⑧ 楹：厅堂前的柱子。

⑨ 慕侣：留恋伴侣。慕，趋附。

⑩ 旋望：绕圈望着。

⑪ 延颈：伸长脖子。

⑫ 鼓翅：扇动翅膀。

⑬ 五德：五种德性。

⑭ 偶：成对，此处是“作伴”之意。

⑮ 校(jiào)：比较。

⑯ 答：回答，反响。

⑰ 迹：脚印，此指行为操守。

⑱ 禀：承受。精气：精灵之气。

⑲ 介：孤高，有操守。

⑳ 俦：伴侣。

㉑ 逃：躲避。

㉒ 鉴：镜子。

译文

李翱在零口镇以北的地方，见有人喂养了二十二只鸡，其中有七只公鸡，十五只母鸡，一边啄食一边饮水，而又不怕人。我很喜欢这群鸡，就拿粟撒在地上呼叫它。有一只公鸡，被人切断了鸡冠，它好像是这群鸡的总管，望见我撒粟先跑来，见到地上的粟米就发出呼叫声，好像命令其他鸡，其他鸡听到叫声成群结队地奔来，来了以后又讨厌截冠的雄鸡而又啄它，把它赶开，然后争着吃粟。

天黑了，二十一只鸡成群栖于庭前的梁上。被截冠的雄鸡又来了，像十分依恋伴侣，将要登上庭前的梁栖息，一会儿仰头望着，一会儿转圈望着，一会儿望着小鸡，一会儿望望大鸡，它伸长脖子鸣叫，声音好像很悲痛，最后，离开这里，飞上一棵有三十多尺高的树，拍着翅膀发出哀叫声终于栖在这棵树的顶上。

我觉得奇怪，就说："鸡是家禽，具有五种德性。其一是，见到食物呼唤伴侣，这是讲义。截冠公鸡就是这样的。那群鸡岂不是有幸听到它的呼唤而来的吗？又为什么既然来了而又共同憎恶呼唤它们的截冠鸡并将它赶走呢？这岂不是吃了它的利而又不记它的恩惠吗？这岂不是丧失了见到食物呼唤伴侣这一德性吗？又为什么众鸡栖息而不让它与大家作伴呢？"有人告诉我说："切断鸡冠的公鸡，是客鸡，是我东邻一个庸俗鄙陋的人老陈家的鸡，母鸡死了，老陈将这只公鸡放在我家鸡群中。这只公鸡，勇敢善斗，我家六只公鸡都不敢单独与它较量，我家这群鸡讨厌它而不和它一块儿觅食；到栖息时，它虽然善于战斗而且很勇敢，但也不能战胜群鸡，因而经常孤零零地独游。但它见到食物从来不独食，而是长鸣呼唤伴侣，那群鸡虽然依赖它的召唤而找到食物，但一到场，反而先将它赶走。也都是这样的。截冠公鸡虽然得不到好的反响，但它'见食命侣'的行为并未有任何改变。"

李翱听了以后，心情惆怅，有感于此而伤痛地说："禽鸟是个小东西，其中也有承受精灵之气，讲义气，有耿介操守者。那只客鸡义和勇都是超群的，群鸡妒忌它且不愿与它作伴，何况在人中间呢？又何况在朋友间呢？由是观察天地间鬼神禽兽万物变化的情状，怎能避开妨害呢？”

我心中既为此伤痛，于是就记下来，将拿来警惕自己，且可以给世人作镜子，用来省检自己。

国马说[①]

有乘国马者与乘骏马者并道而行。骏马啮国马之鬃[②]，血流于地，国马行步自若[③]也，精神自若也，不为之顾，如不知也。既[④]骏马归，刍不食，水不饮，立而慄[⑤]者二日。骏马之人以告国马之人。曰：“彼盖其所羞也，吾以马往而喻[⑥]之斯可矣。”乃如[⑦]之。于是国马见骏马而鼻[⑧]之，遂与之同枥而刍[⑨]，不终时而骏马之病自已[⑩]。

夫四足而刍者，马之类也；二足而言者，人之类也。如国马者，四足而刍，则马也；耳目鼻口，亦马也；四支百骸[⑪]，亦马也；不能言而声，亦马也；观其所以为心，则人也。故犯而不校，国马也；过而能改，骏马也。

注释

① 本文选自《李文公集》。“国马”，系由“国土”一词而来，指在一国范围内杰出的马。

② 鬃：马颈上的长毛。

③ 自若：不改变原来的样子。

④ 既：不久以后。

⑤ 慄：因恐惧而发抖。

⑥ 喻：使明白。

⑦ 如：到。

⑧ 鼻：这里作动词用，以鼻嗅，马与马之间亲密的表示。

⑨ 枥：马厩。刍：作动词用，吃草料的意思。

⑩ 不终时：不到一个时辰。病自已：病自己好了。已，停止。

⑪ 四支:同“四肢”。百骸:泛指身体各部分。骸,骨。

译文

有个乘国马的人与一位乘骏马的人并道而行。骏马咬国马的颈和鬃,血流于地。国马行步还是原来的样子,精神还是原来的样子,不予理睬,就像不知道一样。骏马回到家里以后,不吃草料,不喝水,站着恐惧发抖了有两天时间。骏马的主人把这种情景告诉国马的主人。国马的主人说:“那匹骏马大概是有些羞愧,我带上国马到骏马那里晓喻它就可以了。”他们这么做了,于是国马见到骏马就用鼻嗅它,就和它同厩吃草料,不到一个时辰那骏马的病就好了。

那四条腿而吃草料的,是马;两条腿而能说话的,是人。像国马那样,长着四条腿,吃的草料,是马;耳目鼻口,也是马;四肢及身体各部位,也是马;不会说话而只会叫,也是马;但看它如此用心,则是人。因此侵犯它而不计较,这是国马;有过错而能改正,这是骏马。

凤丧其助[①]

龙与蛇食于凤。龙智而神,其德无方[②],凤知其可与皆[③]为灵也,礼而亲之。蛇毒而险,所忌[④]必伤,且恶其得于凤也,不惟啮[⑤]龙,虽与麟、龟,固将啮而亡之。凤知蛇不得其欲,则将协[⑥]豺、犬而来吠嗥也,赋[⑦]之食,加[⑧]于龙。以龙之神浮[⑨]于食也,将使饱焉,终畏蛇而不能。麟与龟瞠而讴曰:“凤兮,凤兮,何德之衰!往者不可谏,来者犹可追。已而!已而[⑩]!”既而麟伤于毒,伏于窟;龟屏气[⑪],潜于壳。蛇侦龙之寐也,以毒攻其喉,而龙走。凤丧其助,于是下翼,而不敢灵也。

注释

① 选自《李文公集》卷五《杂说二首》。助,助手。

② 无方：没有极限。

③ 皆：一道。

④ 忌：猜忌，嫉妒。

⑤ 啮(yǎo)：同“咬”。

⑥ 协：协同，合作。

⑦ 赋：给予。

⑧ 加：超越。

⑨ 浮：轻，这里是不足的意思。

⑩ 这段歌词是楚狂接舆对孔子唱的，见《论语·微子》。

⑪屏(bǐng)气：抑制呼吸不敢出声，形容畏惧恭谨的神态。

译文

龙和蛇都从凤凰那里得到食物。龙聪慧而神明，道德非常高尚，凤凰知道它可以跟自己一道显灵造福，就对它以礼相待，十分亲热。蛇有毒而且阴险，忌恨谁，就一定要害谁。它对龙受到凤凰的青睐十分不满，不但见龙就咬，即就是遇到麒麟和乌龟，也非得把它们咬死不可。凤凰明白蛇的欲望没有得到满足，就会勾结豺和狗前来狂吠，就给蛇吃的东西，数量比给龙的还多。凤凰明知给龙的食物远远不够，想让龙吃饱，到了还是因为害怕蛇，没能那样办。麒麟和乌龟瞪大眼睛唱歌，歌词是：“凤凰啊，凤凰啊，你的德行怎么这么不如以前！过去的已经无法挽回，未来的却应该设法补救。算了吧！算了吧！”不久，麒麟中了蛇毒，钻到山洞里不敢出来，乌龟吓得闭住气，不敢出声，把头藏在龟壳里。蛇偷偷地看到龙在睡觉，就用自己的毒液喷射龙的喉咙，龙也就逃跑了。凤凰失去了助手，整天耷拉着翅膀，也不敢显灵造福了。

白居易

白居易(772—846),字乐天,号香山居士,原籍太原,后迁居为下邽(今陕西省渭南县)人。贞元十六年进士,授秘书省校书郎。元和初,补盩厔尉。后任翰林学士、左拾遗及赞善大夫。因上书言事,贬江州司马,移忠州刺史。长庆时,由中书舍人,出任杭州、苏州刺史。晚年,以太子宾客及太子少傅分司东都。官终刑部尚书。他是唐代伟大的现实主义诗人,“新乐府运动”的领袖。其诗善于叙述,语言浅易,相传老妪能解。有《白氏长庆集》71卷,存诗3000首,是唐代流传下来诗歌数量最多的一位诗人。

有木名凌霄[1]

有木名凌霄[2],擢秀非孤标[3]。
偶依一株树,遂抽百尺条。
讬根附树身[4],开花寄树梢;
自谓得其势,无因有动摇。
一旦树摧倒,独立暂飘飖[5]。
疾风从东起,吹折不终朝。
朝为拂云花,暮为委地樵。
寄言立身者,勿学柔弱苗。

注释

① 本文选自《白氏长庆集》。此为《有木诗八首》之七,题目为编者所加。

② 凌霄:即紫薇,紫薇科,蔓生木本。茎生多数小气根,攀援他物而上升,有至数丈者。

③ 擢秀：长得很秀丽。孤标：独立。

④ 讬根句：依靠生许多气根攀援在树干上。

⑤ 独立句：即使还能独立，但也是暂时的，左右摇摆的。

译文

有一种树名叫凌霄，
长得秀丽品格不高。
偶然依附一棵大树，
于是长了百尺长条。
气根攀在别树干上，
开花寄在别树枝梢。
它自以为一时得势，
没有缘因使它动摇。
有朝一日大树倒了，
独立难撑左摆右摇。
东方吹来大的风暴，
遂被吹断未能终朝。
早上还是拂云的花，
晚上成为落地柴樵。
奉劝人们立身处世，
切莫学那柔弱的苗。

有木名丹桂①

有木名丹桂，四时香馥馥②。
花团夜雪③明，叶剪春云④绿。
风影清似水⑤，霜枝冷如玉⑥。

独立小山幽，不容凡鸟宿⑦。
匠人爱芳直，裁截为厦屋。
干细力未成，用之君自速。
重任虽大过，直心终不曲。
纵非梁栋材，犹胜寻常木。

注释

① 本诗选自《白氏长庆集》。此为《有木诗八首》之八，题为编者所加。

② 四季桂四时开花，放香长久。馥馥：形容香气浓郁。

③ 夜雪：夜晚的雪。按，四季桂花色淡黄近白，故以夜雪形容其皎洁。

④ 春云：春云富有生机且含暖意，故古人多以取喻育德爱人。

⑤ 风影句：俏影临风，形清似水。

⑥ 霜枝句：霜枝寄偶，其人如玉。

⑦ 不容句：双重含义，一喻朝廷宜贤者居位，二喻贤者决不肯与小人共处。宿，栖。

译文

有棵树木名叫丹桂，
四时开花馥馥清香。
花团有如夜雪皎洁，
叶密恰似剪断绿云。
倩影临风骨如清水，
霜枝寄傲其形如玉。
生于山中幽僻之处，
不容凡鸟枝上栖息。
匠人爱它芳香正直，
量材裁截大殿所用。

干细力弱还未成材，
国君起用操之过急。
担当重任力虽不足，
心地正直终不弯曲。
纵然不算栋梁之材，
但也决非庸碌可比。

杏园中枣树[1]

人言百果中，唯枣凡且鄙。
皮皴似龟手[2]，叶小如鼠耳。
胡为不自知，生花此园里？
岂宜遇攀玩，幸免遭伤毁。
二月曲江[3]头，杂英红旖旎[4]。
枣亦在其间，如嫫对西子[5]。
东风不择木，吹煦[6]长未已。
眼看欲合抱，得尽生生[7]理。
寄言游春客，乞君一回视。
君爱绕指柔[8]，从[9]君怜柳杞；
君求悦目艳，不敢争桃李；
君若作大车，轮轴材须此。

注释

① 此诗选自《白氏长庆集》。杏园，在长安城南，唐新进士多游宴于此。

② 皴(cūn)：皮肤受冻开裂。龟(jūn)手：冻裂的手。

③ 曲江：苑名，唐代长安风景游览区。有紫云楼、芙蓉苑、杏园、慈恩寺诸

名胜。每当三月,进士登科,皇帝往往赐宴于此。故址在今西安市大雁塔东。

④ 杂英:各种花。旖旎:柔媚动人的样子。

⑤ 嫫母:传说是黄帝的妃子,生得很丑,然有贤德,此处用以比枣树,亦喻贤才。西子:即西施,春秋时越国的美女,此处比桃李柳杞,亦喻佞人。

⑥ 吹煦:以暖气相吹嘘的意思。

⑦ 生生:生命延续不断的意思。

⑧ 绕指柔:柔软得可以绕在指头上。语本晋刘琨《重赠卢谌》,此以暗斥小人逢迎谄媚的作风。

⑨ 从:听任。

译文

听说在各种果树中,
只有枣树平凡鄙俗。
皮质粗糙好像龟手,
叶子小得如同鼠耳。
为何没有自知之明,
竟长在百花争艳处?
难道适宜攀折赏玩吗?
侥幸可以免遭伤毁。
早春二月曲江苑中,
百花红艳柔媚可爱。
丑陋的枣树也在其间,
犹如嫫母面对西施。
春风不管美丑一视同仁,
送来暖气使枣树生长不已。
眼看树干已很粗壮,
得一尽其生长本性。

请传话给游春的人，
请您能回头一顾：
您若喜欢绕指般柔顺，
任从您爱怜柳树杞树；
您若喜欢花色鲜艳，
任从您爱桃树李树；
您若要做载重的大车，
车轮车轴的材料却离不开枣树。

羸　骏[1]

骅骝失其主[2]，羸饿无人牧。
向风嘶一声，莽茫黄河[3]曲。
蹋冰水畔立，卧雪冢间宿。
岁暮田野空，寒草不满腹。
岂无市骏[4]者？尽是凡人目；
相马失于瘦，遂遗千里足[5]。
村中何扰扰，有吏征刍粟[6]，
沦彼军厩[7]中，化作驽骀[8]肉。

注释

① 本诗选自《白氏长庆集》。羸骏：瘠瘦的骏马。

② 骅骝：传说是周穆王八骏之一，此处则泛指骏马，以喻贤士。主：指善于相马的人，借喻有用人之权者。

③ 莽茫：广漠荒凉貌。

④ 市骏：买骏马，借喻求贤。市，买。

⑤ 相马二句:《史记·滑稽列传》引谚:“相马失之瘦,相士失之贫。”意谓相马要嫌体瘦,就会失掉神骏;看人要嫌家贫,就会失去贤才。

⑥ 刍粟:马的草料。

⑦ 厩:马圈。

⑧ 骀:迟钝的马。

译文

骅骝马未遇到相马的人,
瘠瘦羸饿无人喂养放牧。
向风大声地嘶鸣一声,
在广漠荒凉的黄河曲处。
有时踩着冰在水边站立,
有时在荒冢的雪上留宿。
到了年底田野空无一物,
那小小的寒草岂能填饱肚皮?
难道没有买骏马的人吗?
可惜相马者都是凡人肉目。
相骏马不视骏骨却嫌体瘦,
于是失掉日行千里的马驹。
在乡下还吵吵扰扰,
有官吏征马服役。
骏马就被沦落在军厩中,
嫌它驽骀被杀了当肉来吃。

舒元舆

舒元舆(?—835),婺州东阳(今浙江东阳县)人。出身寒微。元和八年登进士第。始任户县尉,后裴度召为掌书记。大和初,入朝为监察御史,升任刑部员外郎。大和九年,李训当政,谋诛宦官,遂重用元舆,一再擢升,九月,与李训同为宰相。甘露事变中,被宦官杀害。《全唐诗》录存其诗6首,《全唐文》录存其文16篇。

养狸述[①]

野禽兽可驯养而有裨于人者,吾得之于狸。狸之性,憎鼠而喜爱[②]。其体趫[③],其文斑。予爱其能息鼠窃,近乎正且勇。尝观虞人有生致者[④],因得请归,致新昌里客舍。舍之初未为某居时,曾为富家廪[⑤],墉堵[⑥]地面,甚足鼠窍[⑦],穴之口光滑,日有鼠络绎然[⑧]。某既居,果遭其暴耗[⑨]。常白日为群,虽敲拍叱吓,略不畏忌。或暂黾俛跧缩[⑩],须臾复来,日数十度[⑪]。其穿巾孔[⑫]箱之患,继晷[⑬]而有。昼或出游,及归,其什器[⑭]服物,悉已破碎,若夜时长留釭[⑮]续晨,与役夫更吻[⑯]驱呵,甚累神抱[⑰]。有时或釭死[⑱]睫交,黑暗中又遭其缘榻过面,泊泊[⑲]上下,则不可奈何。或知之,借椟[⑳]以收拾衣服,未顷[㉑],则椟又孔矣。予心深闷,当其意欲掘地诛剪[㉒],始二三十日间,未果。颇患之,若抱痒疾。

自获此狸,尝阖[㉓]关实窦[㉔],纵于室中,潜伺之。见轩首引鼻[㉕],似得穴气,则凝蹲[㉖]不动。斯须,果有鼠数十辈接尾而出,狸忽跃起,坚瞳迸金[㉗],文毛磔斑[㉘],张爪呀[㉙]牙,划泄[㉚]怒声,鼠党帖伏[㉛]不敢窜,狸逐搏击,或自抉[㉜]牙截,尾捎[㉝]首摆,瞬视间,群鼠肝脑涂地[㉞]。迨夜始背釭潜窥,室内洒然[㉟],予以益宝狸矣。常自驯饲之,到今仅半年矣,狸不复杀鼠,鼠不复出穴。穴口有土虫丝,封闭欲合。向之韫椟[㊱]服物,皆纵横抛掷,无所损坏。

噫！微狸[37]，鼠不独[38]耗吾物，亦将咬啮吾身矣。是以知吾得高枕坦[39]卧，绝疮[40]痏之忧，皆狸之功。异乎！鼠本统乎[41]阴虫，其用合昼伏夕动，常怯怕人者也。向之暴耗，非有大胆壮力，能凌侮于人，以其人无御之之术，故得恣[42]横若此。今人之家苟无狸之用，则红墉皓壁[43]，因为鼠室宅矣。甘酴[44]鲜肥，又资[45]鼠口腹矣，虽乏，人智其奈之何？呜呼！覆焘[46]之间，首圆足方[47]，窃盗圣人之教，甚于鼠者有之矣。故时不容端人[48]，则白日之下，故得骋[49]于阴私。故桀朝鼠多而关龙逢斩[50]，纣朝鼠多而王子比干剖[51]，鲁国鼠多而仲尼去，楚国鼠多而屈原沉[52]。以此推之，明小人道长而不知用君子以正之，犹向之鼠窃而不知用狸而止遏[53]，纵其暴横，则五行七曜[54]，亦必反常于天矣，岂直流患于人间耶！

某因养狸而得其道，故备录[55]始末，贮诸箧内，异日持谕于在位之端正君子。

注释

① 本文选自《文苑英华》卷三七三。狸：野猫，也泛指猫。

② 爱：通“薆”，隐蔽。

③ 趫（qiáo）：矫健。

④ 虞人：古官名，掌管山泽。致：得。生致：抓了活的。

⑤ 廪：米仓。

⑥ 墉：垣墙。堵：墙壁。

⑦ 足：多。窍：孔。

⑧ 络绎然：往来不绝。

⑨ 耗：消耗。

⑩ 黾：勉强。侻（tuò）：狡猾。跧（quán）：蜷伏。

⑪ 度：次。

⑫ 孔：名词用作动词，谓使之有孔。

⑬ 晷（guǐ）：日影，引申为时光。

⑭ 什器：日用杂物。

⑮ 釭:灯。

⑯ 吻:嘴唇,此代指嘴。

⑰ 神抱:精神胸怀。

⑱ 釭死:熄灯。

⑲ 泊泊:象声词,老鼠走动声。

⑳ 椟:木柜。

㉑ 未顷:不到一会儿。

㉒ 诛剪:除尽。

㉓ 阖(hé):关闭。

㉔ 实窦:堵塞孔穴。

㉕ 轩首:高昂着头。引鼻:伸出鼻子。

㉖ 凝蹲:象凝结住一般地蹲着。

㉗ 竖瞳迸金:瞳孔竖起来,迸发着金光。

㉘ 文毛磔(zhé)斑:有纹的毛(竖起来)分散为许多斑点。

㉙ 呀:张口的样子。

㉚ 划;用尖锐的东西割开。泄:散发、发泄。

㉛ 贴服:顺从。

㉜ 抉:挖出。

㉝ 捎:掠过。

㉞ 肝脑涂地:死得极惨。

㉟ 洒然:肃穆安静的样子。

㊱ 韫椟:藏在柜里。韫:蕴藏。

㊲ 微狸:无猫。微,若无。

㊳ 不独:不仅。耗:损坏。

㊴ 坦:平而舒展。

㊵ 痏(wěi):疮。

㊶ 统乎:属于的意思。

㊷ 恣:放纵。

㊸ 红墉皓壁:红墙白壁。

㊹ 酴:酒性浓烈。

㊺ 资:供给。

㊻ 覆焘(tāo):犹言天地之间。焘,同“帱”。

㊼ 首圆足方:即“圆颅方趾”,指人。

㊽ 端人:正直的人。

㊾ 骋:放任、放纵。

㊿ 桀:夏代的最后一个王。关龙逄:夏桀时大臣,因多次直谏,被夏桀囚杀。

(51) 纣:殷代的最后一个王,历史上有名的暴君。比干:纣王的叔父,多次劝谏纣王,被剖心而死。

(52) 屈原:我国最著名的浪漫主义诗人。相传被流放后,自沉于汨罗江。

(53) 遏:抑止。

(54) 五行:古称金、木、水、火、土为五行。七曜:日月与火、水、木、金、土五星的总称。

(55) 备:完备、详细。

译文

野生的鸟兽可以驯养了来帮助人类,我的这个看法得自于狸猫。狸猫的天性,憎恨老鼠而喜爱隐蔽。它体格矫健,身有花斑。我喜欢它能够平息老鼠的窃盗,近乎正直勇敢。有次见虞人抓到活狸猫,于是要了一只带回来,放在新昌里客舍里。这个客舍在我居住以前,曾经是有钱人家的米仓。垣墙、墙壁以至地面,有好多鼠洞。洞口光滑,整天有鼠络绎不绝。我住了以后,果然遭到老鼠暴烈地侵耗。老鼠经常在白天成群结队,尽管不停地敲拍叱吓,它们毫不惧怕忌讳。有时暂时勉强地蜷伏起来,一会儿又跑出来,一天总有这么几十次。它们咬坏衣物、咬破箱子的事情,随时都在发生。有时我白天外出,等到回来,日用杂物衣服等,全部已被咬碎。若到晚上要长夜点灯以至天明,并与仆人轮流驱赶喝斥,实在累人得很。有时候灯灭了人睡着了,在黑暗中,老鼠有时上床甚或从人的脸上爬过,泊泊的爬上爬下,我对它实在没有办法。有时知道它损坏东西,就把衣物放在柜子里,不一会儿,柜子又被穿了洞。我心里为此苦闷,曾想掘地将鼠灭尽,搞了二三十天,没有结果。颇觉忧烦,如同患了痒疾一样。

自得到这只狸猫后,我曾经关闭大门堵塞洞穴,在室内放开狸猫,暗暗地等待老鼠。只见它高昂着头伸出鼻子,好像闻到了鼠的气味,就像凝固一般地蹲着不动。一会儿,果然有十来只老鼠一个接一个走出洞来,狸猫忽地跃起,瞳孔竖起来,迸发着金光,有纹的毛竖起来分散为许多斑点,张牙舞爪,发出嘶裂般的愤怒的叫声,一群老鼠伏伏帖帖不敢乱窜,狸猫就进行搏击,或以目怒视,或用锐利的牙齿去咬、摆头摇尾,一瞬间,一群老鼠个个肝脑涂地。等到晚上,我又遮蔽灯光暗暗窥视,室内肃穆安静,我因此更珍爱狸猫了。经常驯养狸猫,到现在已有半年了,狸猫没有再捕杀老鼠,老鼠也不敢再出洞了。洞穴口几乎被尘土虫丝封闭拢了。过去藏在木柜子里的衣物,如今纵横抛掷,再也没有被鼠损坏的了。

唉,没有狸猫,老鼠不仅毁坏我的东西,也将咬我的身体。我之所以能够无忧无虑,没有鼠伤之忧,都是这只狸猫的功劳啊!奇怪呀!老鼠本来属于阴虫,它应当是白天潜伏而晚上活动,是经常怯惧人的。它们一向大肆损坏,并不是胆大力壮,能够凌侮人,而是因为人们没有防御它的方法,这才使它放纵以至横暴到这样。现在人们如果不是家里养狸猫,则红墙白壁,早已成为老鼠的住宅了,甜烈的酒与肥美的肉,只能满足鼠的口腹之福了,鼠虽无用,人的聪明智慧对它有什么办法?唉,天地之间,有些“圆颅趾方”的人,窃盗圣人的教诲,比老鼠为害更甚。如果时势不容正直的人,就在白天红日之下,佞人得以放纵阴私,无人过问。因此夏桀时鼠多而关龙逢被斩,殷纣时鼠多而比干被剖心,鲁国鼠多而孔丘被迫离开,楚国鼠多而屈原沉水自杀。以此推之,只知小人道长而不知用君子来纠正它,犹如一向遭鼠窃而不知用狸猫来抑制。放纵它的暴横，则五行七曜，也必定在天上反常了，岂只是单单祸害于人间。

我因养狸猫而得其治世之道，因此对养狸做了详细的记录，珍藏于手箱内，以后把这些道理告诉给在位的正直的人。

林简言

林简言，字欲讷，福建省福清县人。唐宣宗六中进士，官至漳州刺史。著有《汉武封禅论》等。

纪鸮鸣[①]

东渭桥有贾[②]食于道者，其舍之庭有槐焉，耸干舒柯，布叶凝翠，若不与他槐等。其舍既陋，主人独以槐为饰。当乎夏日，则孕风贮凉，虽高台大屋，谅无惭德，是以徂[③]南走北，步者乘者，息肩于斯，税驾[④]于斯，亦忘舍之陋。

长庆[⑤]元年，简言去鄜[⑥]，得息其下，观主人德槐之意[⑦]，亦高台大室者也。洎二年，去夏阳[⑧]，则槐薪矣。屋既陋，槐且为薪，遂进他舍。因问其故，曰："某与邻，俱贾食者也。某以槐故，利兼于邻[⑨]。邻有善作鸮鸣者，每伺宵晦[⑩]，辄登树鸮鸣，凡侧[⑪]于树，若小若大，莫不凛然惧悚[⑫]，以为鬼物之在槐也，不日而至也。又私于巫者，俾[⑬]于鬼语：'槐不去，鸮不息。'主人有母者且瘵[⑭]，虑祸及其母，遂取巫者语，后亦以稀宾致困。"

简言曰："假为鸮鸣，灭树殃家，甚于真鸮，非听之误耶[⑮]？然屈平謇谔[⑯]，非不利楚也，靳尚一鸮鸣而三闾放[⑰]；杨震讦谟[⑱]，非不利于汉也，樊丰一鸮鸣而太尉死[⑲]。求[⑳]之于古，主人亦不为甚愚。"

注释

① 本文选自《文苑英华》卷三七三。鸮鸣：迷信说法，鸮鸣为不祥之兆。鸮，即猫头鹰。

② 贾(gǔ)：卖。

③ 徂：往，到。

④ 税驾:休止,停宿。

⑤ 长庆:唐穆宗李恒年号。

⑥ 鄜(fū):地名,在陕西省中部,今为富县。

⑦ 德槐之意:对槐树感恩戴德的那片心意。

⑧ 夏阳:地名,在今陕西韩城市南部。

⑨ 兼:加倍。

⑩ 宵晦:夜晚昏暗。

⑪ 凡侧:各个侧面,即树稍四侧。

⑫ 悚:恐惧。

⑬ 俾:使。

⑭ 瘵(zhài):指肺结核病。

⑮ 听:听从。

⑯ 謇谔:正直敢言的样子。

⑰ 靳尚:楚怀王佞臣,曾向楚怀王进谗,屈原因之被流放。三闾:此指诗人屈原,因他曾任三闾大夫。

⑱ 杨震:东汉时名医。讦谟:宏谋、筹略。

⑲ 樊丰:东汉安帝时宦官,他向安帝进谗,杨震因此被免官,不久自杀。太尉:此指杨震,杨震官至太尉。

⑳ 求:寻求。

译文

在东渭桥路边有个卖饭的人,他家庭院中有棵槐树,树身高耸,枝柯舒展,树叶密布,凝聚一片翠绿,好像其他槐树不能与它相比。他的户庭简陋,主人只以槐树遮丑,每当盛夏,则生风遮凉,即就是与高台大屋相比,想来也无惭色。因此南北往来的人,不论步行的还是骑马的,在这里休息,在这里住宿,也忘记了户庭的简陋。

长庆元年,我去鄜县,在槐树下休息,看主人对槐树感恩戴德,把它看得简直跟高台大屋一模一样。到二年,我去夏阳,则槐树已被砍倒当薪柴了,屋舍简陋,槐树也已成为薪柴,于是改住其他客舍。因问其主人砍树的缘故,主要回答说:“我与邻居,都是卖饭的。我因槐树的缘故,获利是邻居的二倍。邻居有个善学猫头鹰叫的人,每逢夜晚晦暗的时候,就爬上树去学猫头鹰叫。在树梢四侧,叫声时小时大,听的人没有不心中恐惧的,还以为槐树上有鬼,不日就要作祟。又私下买通巫者,叫巫者制造鬼语:‘槐不去,鸮不息。’主人的母亲患有肺结核,怕这场灾祸应在母亲身上,就听了巫婆的话,把树砍掉了。后来也因为住宅减少而使家里受困。”

简言说:“假装猫头鹰叫,使其砍掉槐树并且殃及其家,比真猫头鹰还厉害,岂非听从巫者的过错吗?但屈原正直敢言,并不是对楚国不利,靳尚一效猫头鹰叫就使屈原遭到流放;杨震密谋筹略,并不是对汉朝不利,樊丰一效鸮鸣就使杨震死于贬所。看看古代的类似事例,主人也不算太愚蠢。”

林慎思

林慎思(? —880),号伸蒙子,福建长乐人。《续孟子》一书,系其模仿《孟子》体制而作,共十四篇。下面一则寓言即选自其《宋臣》篇。此外,还著有《伸蒙子》。

鲁民教子采薪

子[①]知鲁民善教子取薪乎?南山百里有薪也,北园百步有薪也。命子曰:“汝采薪,欲山乎?园乎?”其子曰:“园近,愿采诸园。”鲁民曰:“汝勿以近为易而采也,勿以远为难而不采也。且近,是我家之薪;远,是天下之薪也。我家之薪,人不敢采之。以[②]天下之薪尽,则我家之薪存焉。天下之薪,汝胡不先采之?以我家之薪尽,则天下之薪何有哉?”

注释

① 子:指宋臣。这则寓言,是“孟子”向“宋臣”讲的。

② 以:此,这。

译文

你知道鲁国有一个人善于教他儿子打柴的故事吗?距他家百里之遥的南山上有柴,距他家只有百步的北园里也有柴。鲁人对儿子说:“你打柴,想到南山呢?还是想到北园?”儿子说:“北园近,我愿意到北园打柴。”鲁人说:“你不要因为北园近就觉得容易而到北园去打柴,也不要因为南山远就觉得艰难而不去那里打柴。再说,北园虽近,但那里的柴是属于我们家的;南山虽远,但那里的柴是大伙的。我们家的柴,没人敢动。先到南山打柴,这样,属于大伙的柴打完了,我们家的柴还在,你为什么不先到南山打柴?如果先打我们家的柴,这样,我们家的柴打完了,那南山的柴还不早就被人家打完了?”

韦绚

韦绚(802？—?),字文明,京兆(今陕西西安市)人。长庆二年春,自襄阳到夔州,谒刘禹锡,求为门生,从学数年。大和五年前后,为西川节度使李德裕巡官。大中十年前后,任江陵少尹。咸通中,官至义武军节度使。他任江陵少尹时,追述长庆间在夔州闻刘禹锡所谈,编为《刘宾客嘉话录》一卷。所记皆唐代史实及诗人、画家、书法家的遗闻轶事,亦间有异梦志怪。材料较丰富,多为《新唐书》所采用。

钟响磬鸣①

洛阳有僧,房中磬子,日夜辄自鸣。僧人以为怪,惧而成疾,求术士百方禁之,终不能已。

曾绍夔素与僧善。夔来问疾,僧具以告。俄击斋钟,磬复作声。绍夔笑曰:"明日设盛馔,余当为除之。"

僧虽不信绍夔言,冀②或有效,乃力置馔以待。绍夔食讫,出怀中错,鑢③磬数处而去。其声遂绝。

僧问其所以,绍夔曰:"此磬与钟律合④,故击彼此应。"僧大喜,其疾便愈。

注释

① 本文选自《刘宾客嘉话录》。磬(qìng):佛寺中钵形的铜乐器,拜神时敲击用。

② 冀:希望。

③ 鑢(lù):原指措锉刀一类的工具,这里作动词,即用鑢磋磨。

④ 律合:谓共鸣。律,音律,这里实际是指固有频率。合,相同。

译文

洛阳有一个和尚,他房子里的石磬,不论白天黑夜,不经人敲,每每就响起来。和尚以为有妖魔作怪,吓得生了病。他请了一些精通法术的人,到寺里除妖降怪,但磬的不敲自鸣仍然未能制止。

曾绍夔素来与这个僧人友好。他前来探望和尚的病情,和尚将其染病的原因告诉了他。不一会儿,寺里正好敲击斋钟,磬又自动响起来。曹绍夔笑着对僧人说:“请你明日摆好盛宴,我当为你除妖。”

僧人虽然不大相信绍夔能够除妖的话,但总希望有点效果,就尽力办置了一桌丰盛的筵席。绍夔吃完以后,拿出怀中的锉刀,在磬石上磋磨了几个地方,然后扬长而去。从此,这只磬便不再自鸣了。

僧人去询问原因,曹绍夔说:“这只磬和寺院里的钟固有频率相同,所以那边敲钟就能引起磬的共鸣。”僧人听了非常高兴,病也马上好了。

陆龟蒙

陆龟蒙(？—881?)，字鲁望，姑苏(今江苏省苏州市)人。曾任苏、湖二州从事，后隐居甫里，自号甫里先生，江湖散人，又号天随子。

陆龟蒙是晚唐著名的文学家、诗人，与皮日休并驾齐驱，有皮陆之称。他写的诗文，对晚唐统治者的腐败无能，作了很多揭露和批判。有《甫里集》《笠泽丛书》等。

蠹　化[①]

桔之蠹，大如小指，首负特角，身蹙蹙然[②]，类蝤蛴[③]而青、翳[④]叶仰啮，如饥蚕之速，不相上下，人或枨[⑤]触之，辄奋[⑥]角而怒，气色桀骜[⑦]。

一旦视之，凝然弗食弗动。明日复往，则蜕为蝴蝶矣。力力拘拘[⑧]，其翎未舒[⑨]。襜黑鞲苍[⑩]，分朱间黄。腹填而椭[⑪]，绥纤[⑫]且长。如醉方寤[⑬]，羸枝[⑭]不扬。

又明日往，则倚薄[⑮]风露，攀援[⑯]草树，耸空翅轻[⑰]，瞥然[⑱]而去。或隐蕙隙，或留篁端，翩旋轩虚[⑲]，飏曳纷拂[⑳]，甚可爱也。须臾，犯蝥网而胶之[㉑]，引丝环缠[㉒]，牢若桎梏；人虽甚怜，不可解而纵矣。

噫！秀其外，类有文也；嘿[㉓]其中，类有德也；不朋而游，类洁也；无嗜而食，类廉也。向使前不知为桔之蠹，后不见触蝥之网，人谓之钧天帝居[㉔]而来，今复还矣。天下，大桔也；名位，大羽化[㉕]也；封略[㉖]，大蕙篁也。苟灭德忘公，崇浮饰傲，荣其外而枯其内，害其本而窒[㉗]其源，得不为大蝥网而胶之乎？观吾之《蠹化》者，可以惕惕。

注释

① 本文选自《笠泽丛书》。蠹：蛀虫，这里指蝴蝶的幼虫。

② 蹙蹙然:蜷缩的样子。

③ 蝤(qiú)蛴:天牛的幼虫,色白身长。

④ 翳:隐藏。

⑤ 枨(chéng):以物触物。

⑥ 辄:马上,立即。奋:举,竖起。

⑦ 桀骜:不驯服。

⑧ 力力拘拘:行动迟缓不灵的样子。

⑨ 翎:羽毛,此处借指蝴蝶的翅膀。舒:展开。

⑩ 襜(chān):原指系在衣服前面的围裙,此处指蝴蝶的背部。韝(gōu):原指衣袖,此处指蝴蝶的翅膀。苍:青色。

⑪ 瑱(tiàn):充实。椭:椭圆形。

⑫ 緌:原指帽带,此处指蝴蝶头部触须。纤:细。

⑬ 方:刚刚。寤:醒过来。

⑭ 羸(léi):柔弱。枝:指肢体。

⑮ 倚:借助、凭借。薄:靠近。

⑯ 攀援:沿着一种东西向上爬。

⑰ 耸空:凌空。翅:动词,扇动它的双翅。

⑱ 瞥然:眨眼的功夫。

⑲ 翩旋:轻快旋转的样子。轩虚:高空。

⑳ 轻飏:飘扬摇曳的样子。纷拂:纷繁摆动的样子。

㉑ 蝥(máo):蜘蛛。胶:粘住。

㉒ 环缠:缠绕。

㉓ 嘿:同“默”。

㉔ 钧天:天的中央。帝居:天帝的住处。

㉕ 羽化:这里指昆虫的蛹蜕化为会飞的虫子。

㉖ 封略:封疆。略,疆界。

㉗ 窒:阻塞。

译文

桔树的蛀虫像小拇指那么大，头上长着一只角，身子一伸一缩地蠕动，有点像天牛的幼虫蝤蛴，而颜色略青。它隐藏在树叶下面，仰着身子吃叶儿，就像饿蚕吃桑叶那么快。有人拿东西触动它，它就竖着角发怒，显得桀骜不驯。

有一天，看它呆板发僵，不吃也不动。明日再去看，它已经变成一只蝴蝶了。身体拘拘挛挛，翅膀还没有展开。它的背部是黑色的，翅膀是青色的，夹杂着一些红的和黄色的斑点。肚子饱饱的，像个椭圆形，头上触须细而长。好像酒醉初醒，柔弱的肢体不能飞扬。

又过了一天再去看，它已能够迎风近露，攀援草木。只见它耸身而起，凭借那轻巧的翅膀，直上天空，转瞬之间，飞向那遥远的地方。它一会儿隐蔽在蕙兰花丛中，一会儿停留在竹梢上，回旋高飞，在空中上下飘荡，它那翩然起舞的姿态，很是妩媚可爱。一会儿，它不小心碰在蜘蛛网上，被粘住了。蜘蛛吐出丝来，牵引环绕，牢牢地缠住它。它好像戴上了镣铐，动弹不得。人们虽然觉得它可怜，可是无法解开它，让它自由飞走。

唉！它外表秀美，好像有文才；它内心沉默，好像有德行；不结伴而游，好像很高洁；食物无嗜好，好像很清廉。假使不知道它以前是蛀虫，也不知后来触蜘蛛网，人们还会以为它是天帝住处来的，今又回天帝那儿去了。天下，有如一个大桔子；名利地位，有如大的羽化；封疆，有如大的蕙兰竹林。如果灭德忘公，崇尚浮夸，以骄傲为荣，外表荣茂而内体枯槁，损害了根本堵塞了源流，能不为大蜘蛛网粘住吗？读我写的《蠹化》的人，可以警惕呀！

招 龙[①]

昔豢龙氏[②]，求龙之嗜欲，幸而中焉。得二龙而饮食之。龙之于人固异类，以其若[③]己之性也，席其宫沼，百川四溟[④]之不足游；甘其饮食，洪流大鲸之不足味。弛弛然[⑤]，扰扰然[⑥]，其爱弗去。

一旦值[⑦]野龙，奋然而招之曰："尔奚为者！茫洋乎[⑧]天地之间，寒而蛰[⑨]，阳而升[10]，能无劳乎？诚从吾居而宴安[11]乎！”

野龙矫首[12]而笑之曰：“若何龊龊[13]乎如是耶？赋[14]吾之形，冠角而被鳞[15]；赋吾之德，泉潜而天飞；赋吾之灵，呼云而乘风；赋吾之职，抑骄而泽枯。观乎极[16]之外，息乎大荒之墟[17]，穷端倪[18]而尽变化，其乐不至耶？今尔苟容于蹄涔[19]之间，惟沙泥之是拘，惟蛭螾[20]之与徒，率乎嗜好，以希[21]饮食之余，是同吾之形，异吾之乐者也。狎于人，啗[22]其利者，呃其喉，胾[23]其肉者，可以立待。吾方哀而援之以手，又何诱吾纳之陷穽[24]耶？尔不免矣！”

野龙行未几，果为夏后氏之醢[25]。

注释

① 本文选自《笠评丛书》。

② 豢(huàn)：喂养。豢龙氏：传说中以善于喂养龙著称的人。

③ 若：顺。

④ 四溟：四海。古人以为中国四面环海。

⑤ 弛弛然：放松的样子。

⑥ 扰扰然：纷乱的样子。

⑦ 值：遇到。

⑧ 茫洋：犹彷徉，翱翔、遨游之意。

⑨ 蛰：冬眠。

⑩ 阳而升：天气暖和又上升到天上。

⑪ 宴安：清静、安逸。

⑫ 矫首：抬头、昂首。

⑬ 龊龊(chuò chuò)：拘谨的样子。

⑭ 赋：禀赋，这里是自然生成的意思。

⑮ 冠角而被鳞：冠字作动词用，冠角，以角为冠。被，同“披”。就是头上长角，身披鳞甲。

⑯ 无极：没有穷尽。

⑰ 大荒:最荒远的地方。墟:土丘,这里泛指地方。

⑱ 穷:尽。端倪:头绪、边际。

⑲ 蹄涔:蹄印子里的积水,形容水量极少。涔,雨。

⑳ 蛭(zhì):水蛭、山蛭等环节动物。螾:同"蚓"。徒:同类。

㉑ 希:求。

㉒ 啗:同"啖",吃。

㉓ 胾(zì):大块的肉。这里当动词用,把肉切成块的意思。

㉔ 穽(jǐng):同"阱",陷坑。

㉕ 醢(hǎi):肉酱。

译文

从前,有一个养龙的人,摸索龙的嗜好和愿望,侥幸成功了。他得到两条龙,就将它们养起来。龙和人本来是不同类,因为人能顺着它的脾气,于是它就安心被养在宫沼里,以为江河湖海不值得游玩;觉得人喂的食物十分可口,以为大海中的鲸鱼也提不起它的口味。有时放松身体,懒洋洋的,有时则不安静,忙忙碌碌的。它很喜欢这个环境,不愿意到别的地方去。

有一天,它碰上了野龙,就兴奋地对野龙说:"你这是干什么呢?在广阔无际的天地间遨游。冬天冷了,就到洞穴中躲起来,大地还阳了,再升上天空,这能不劳累吗?还不如跟我住在一起清静安逸些。"

野龙抬起头来笑着说:"你怎么狭隘到这种地步?大自然赋予我健美的身体:头顶峥嵘的龙角,身披闪闪的鳞甲;大自然赋予我美好的德性;既能潜入水底,又能飞腾于高空;大自然赋予我的智慧:呼气成云,御风而行;大自然赋予我的天职:能抑制如火的骄阳,能滋润干枯的大地。我能看到无穷的宇宙之外;我栖息在洪荒的旷野之中,走遍天涯海角,阅尽一切变化。这不是最大的快乐吗?现在,你窝窝囊囊地呆在小小的水塘之中,只好受泥沙的拘限,只能与蚂蟥、蚯蚓作伴,顺乎人的嗜好,求得一些残羹剩饭。你和我的形体虽则相同,和我的乐趣却完全不一样啊!和人亲近,吃人的利益,被人掐住喉管、切成肉块的事情马上就要发生了。我现在同情你的处境正向你伸出援助之手，你为什么反引诱我，想将我引入陷阱中去呢？你不能免除这种灾难了。”

野龙走了不久，那被豢养的龙果然被夏后氏剁成肉酱了。

甿作甿怖[①]

瓯、越间[②]好事鬼，山椒[③]水滨多淫祀[④]。其庙貌[⑤]：有雄而毅、黝而硕[⑥]者，则曰将军；有温而愿[⑦]、皙[⑧]而少者，则曰某郎；有媪[⑨]而尊严者，则曰姥[⑩]；有妇而容艳[⑪]者，则曰姑。

其居处则敞之以庭堂，峻之以陛级，左右老木，攒植森拱[⑫]，萝茑[⑬]翳于上，鸱鸮[⑭]室其间；车马徒隶[⑮]，丛杂怪状。

甿作之，甿怖之，走畏恐后，大者椎牛[⑯]，次者击豕[⑰]，小不下犬鸡。鱼椒之荐[⑱]，牲酒之奠[⑲]，缺乎家可也，缺乎神不可也。一朝懈怠，祸亦随作，耋孺[⑳]畜牧栗栗然[㉑]。疾病死丧，不日适于[㉒]其时也，而自惑其生，悉归之于神。

…………

土木其形[㉓]，窃吾民之酒牲，故无以名[㉔]；土木其智[㉕]，窃吾君之禄位，如何可议？禄位颀颀[㉖]，酒牲甚微，神之飨[㉗]也，孰云其非！视吾之碑，知斯文之孔[㉘]悲！

注释

① 本文选自《笠泽丛书·野庙碑》，题目为编者所加。甿(méng)：农民。

② 瓯、越间：今浙江东南和两广一带。

③ 山椒：山顶。

④ 淫祀：不合礼制的祭祀，指供祭鬼神的庙太滥。

⑤ 庙貌：指神像。

⑥ 黝而硕：又黑又大。

⑦ 愿：老实。

⑧ 皙:白。

⑨ 媪:老妇。

⑩ 姥(mǔ):老母。

⑪ 容艳:容貌美丽。

⑫ 攒植森拱:密植茂盛。

⑬ 萝茑(niǎo):女萝和茑。都是寄生的蔓生植物。

⑭ 鸱鸮(chī xiāo):猫头鹰。

⑮ 徒隶:随从差役,指庙中的侍从偶象。

⑯ 椎牛:杀牛。

⑰ 击豕:杀猪。

⑱ 椒:指椒酒,用椒浸制的酒。荐:供献。

⑲ 奠:祭,向鬼神献上祭品。

⑳ 耋(dié):老年人。孺:小孩儿。

㉑ 栗栗然:战战兢兢地。

㉒ 适于:恰好碰到。

㉓ 土木其形:神像的形体是用土木做成的。

㉔ 固无以名:本来是没有道理的。

㉕ 土木其智:指官吏们的智慧才能跟泥塑木雕的神像一样 。

㉖ 颀颀(qí):本指长,此处引申为高厚。

㉗ 飨(xiǎng):通“享”,享受。

㉘ 孔:甚。

译文

瓯、越一带的人,喜好供奉鬼神,在山顶和水边修建了许多不合礼制的庙宇。对那庙里的神像:凶猛刚毅、又黑又大的,就称作将军;温良老实、面白年少的,就叫作某郎君;神态尊严而又威严的老妇,就叫做老母;年轻而漂亮的妇人,就称为仙姑。

人们给它们修建了宽敞的庭院殿宇，筑起了高高的阶台，两旁的老树，种得密，长得盛，女萝和茑在上边盘绕，猫头鹰在上筑了巢；庙里还到处雕塑和彩绘着神鬼的车马随从，奇形怪状，阴森恐怖。

农民亲手做了这些偶像，农民又害怕这些偶像。祭祀的时候，大的宰牛，稍次的杀猪，小的也不小于鸡狗。鱼椒、三牲、白酒等祭品，家里缺乏还可以，祭祀鬼神时缺乏就不行了。哪一天祭祀不认真，祸患也就随着发生了。为了以后祭祀丰盛，老人小孩儿恐惧不安地去饲养牲畜。偶尔有人得病死亡，不认为是恰值时疫或寿数已尽，而自己愚弄自己，统统归于鬼神。

…………

仅有其形的土木偶像，窃取了我们百姓的酒肉祭品，本来是没有道理的；有理智的土木偶像，窃取我们国君的禄位，却该怎样评议！官高禄厚，而祭品甚微；神来享受这微薄的祭品，谁能说他不对？看看我写的碑文，就知道我写这篇文章时内心是何等悲愤！

来鹄

来鹄，豫章（治所在今南昌市）人，家徐孺子亭边，林园自乐。咸通年间（861—874），举进士不第。广明中（880—881），避地荆襄。中和间（881—885）客死于维扬逆旅，主人收葬之。他为文师法韩柳，诗思清丽，存诗一卷。

猫虎说[①]

农民将有事于原野[②]，其老曰："遵故实[③]以全，其秋庶[④]可望矣。"乃具所嗜，为兽之羞[⑤]，祝而迎曰："鼠者，吾其猫乎！豕者，吾其虎乎[⑥]！"其幼戚曰："迎猫，可也；迎虎，可乎？豕盗于田，逐之而去；虎来无豕，馁[⑦]将若何？抑[⑧]又闻，虎者，不可与之全物，恐其决[⑨]之之怒也；不可与之生物，恐其杀之之怒也。如得其豕，生而且全，其怒滋[⑩]甚。射之擭[⑪]之，犹畏其来，况迎之耶？噫，吾亡无日矣[⑫]！"

或有决于乡先生[⑬]，先生听然[⑭]而笑曰："为鼠迎猫，为豕迎虎，皆为害乎食也。然而贪吏夺之，又迎何物焉？"由是知其不免，乃撤所嗜，不复议猫虎。

注释

① 本文选自《唐文粹》卷四十七。

② 事：农事。野：田野。

③ 故实：可以效法的旧事。

④ 庶：希望之词，幸。

⑤ 羞：同"馐"，食品。

⑥ 祝词意谓：有了鼠害，我就迎猫；有了豕害，我就迎虎。豕，猪，此处盖指野猪。

⑦ 馁:饿。

⑧ 抑:况且。

⑨ 决:咬断。

⑩ 滋:更加。

⑪ 擭(huò):用装有机关的捕兽木笼捕取。

⑫ 无日矣:没有多久了。

⑬ 乡先生:村塾老师。

⑭ 听(yīn)然:笑的样子。

译文

农民在田野上将有农事活动,老年人说:“按照旧的规程办事才比较稳妥,秋季丰收才有希望。”就准备了兽嗜好的东西,作为兽的食品。迎兽时祝告:“有了鼠害,我就迎猫;有了豕害,我就迎虎!”年轻人悲伤地说:“迎猫,是可以的;迎虎,行吗?野猪损坏禾苗,把它赶走了。老虎来找不到野猪,它饿了怎么办?何况听人说:老虎,不能给它全物,恐怕它将全物咬断后发怒;不能给它活的动物,恐怕它将活着的动物咬死了发怒。如果得到野猪,既是活的又是全的,它发怒更甚了。用箭射它,用装有机关的捕兽笼子捕它,尚且怕它再侵扰,更何况要迎它呢!唉,我离死亡没有多久了!”

有人为此事请教乡先生,乡先生笑了笑说:“为鼠害而迎猫,为野猪害而迎虎,都是因为妨害粮食的丰收。但是贪官污吏夺了我们的粮食,又迎何物呢?”人们由此知道丰收果实被夺是难免的,就撤掉兽所喜好的食品,不再商议迎猫迎虎的事了。

皮日休

皮日休(834? —883?),字袭美,一字逸少,外号闲气布衣、醉吟先生、鹿门子等,湖北襄阳人,出身寒微。咸通八年(867)进士,曾官著作郎、太常博士、毗陵副使。后参加黄巢农民起义军,为翰林学士,可能在起义失败后被杀害。他的诗文富有现实主义批判精神,对晚唐政治的腐败黑暗,作了尖锐的揭露和批判。有《皮子文薮》十卷,其中有不少小品文和寓言故事。

悲挚兽[①]

汇泽[②]之场,农夫持弓矢行其稼穑[③]之侧。有苕[④],顷为农夫息其傍,未久,苕花纷然,不吹而飞,若有物娭[⑤]。视之,虎也,跳踉哮㘚[⑥];视其状,若有所获负[⑦],不胜其喜之态也。农夫谓虎见己将遇食而喜者,乃挺矢匿形[⑧],伺其重娭,发贯[⑨]其腋,雷然而踣[⑩]。及视之,枕死麇[⑪]而毙矣。

注释

① 本文选自《皮子文薮》。挚,通“鸷”,凶猛。

② 汇泽:沼泽。

③ 行:巡视。稼穑(sè):庄稼。

④ 苕:芦苇。

⑤ 娭(xī):同“嬉”,玩耍、游戏。

⑥ 跳踉:跳跃。哮㘚(hǎn):咆哮。

⑦ 获负:擒获。

⑧ 挺矢:拔出箭。匿形:把自己隐蔽起来。

⑨ 贯:穿过。

⑩ 踣(bó):仆倒。

⑪ 麇(jūn):同“麕”,兽名,即獐子。

译文

在一个河溪汇集的沼泽地带,有个农民拿着弓箭在庄稼地里巡逻。那里有一片芦苇,这时,农民在旁边休息。他没有碰芦花,也不吹风,芦花却忽然乱纷纷地飘落下来,好像有什么东西在那里边玩耍。他仔细一看,原来是一只老虎,正在那里跳跃吼叫;看它的样子,好像是抓到了什么食物,显露出非常高兴的样子。农夫以为它发现了自己,表现出碰到食物时的喜悦,便立即把箭搭在弓弦上,把自己隐蔽起来,等候它再次玩耍的时候,一箭发射出去,正中老虎的胸腋。老虎雷鸣似地吼叫一声,倒在地上。走上前去一看,老虎的头靠在一只死獐子的身上已经死了。

樵　斧[①]

腰间插大柯[②],直入深溪[③]里。
空林伐一声,幽鸟相呼起。
倒树去李父[④],倾巢啼木魅[⑤]。
不知仗钺者[⑥],除害谁如此!

注释

① 选自《皮子文薮·奉和鲁望樵人十咏》。

② 柯:斧柄,这里借指斧。

③ 溪:小河沟,这里泛指沟壑。

④ 李父:老而大的李树。旧传千年古树可以成妖。

⑤ 木魅:旧指树木之妖。

⑥ 仗钺者:指掌权者。仗,持,拿。钺,古兵器,状如大斧。

译文

一个樵夫,腰间插着大斧,深入荒山野林。随着树林中伐木的声音,鸟儿都叫着飞走了。樵夫砍倒了千年老树,树妖被消灭了。不知道那些掌权的人,谁能像樵夫这样为民除害!

张彦远

张彦远(815—875),字爱宾,原籍河东(今山西永济县)。唐代画论家。乾符中,官至大理寺卿。所作《历代名画记》十卷,是中国美术史上,一部重要画论和画史著作。另有《书法要录》十卷。

画龙点睛[①]

武帝崇饰[②]佛寺,多命僧繇[③]画之……金陵安东寺四白龙,不点睛,每云:“点睛即飞去。”人以为妄诞,固[④]请点之。须臾,雷电破壁,两龙乘云腾去上天,二龙未点睛者见在。

注释

① 本文选自《历代名画记》卷七。

② 武帝:梁武帝萧衍,公元502—548年在位。崇:崇尚,爱好。

③ 僧繇(yáo):张僧繇,古代著名画家。

④ 固:执意坚持。

译文

梁武帝喜欢装饰佛寺,大多让著名画家张僧繇去寺院绘画。……僧繇在金陵安东寺画了四条白龙,但没有点眼睛。他常说:“点了眼睛,就会飞去。”人们都认为他的话荒诞,执意坚持请他点睛。果然,刚一点睛,顷刻之间雷鸣电闪,两条白龙破壁而出,腾云驾雾,飞上了高高的天空。没有点眼睛的两条龙,却仍然留在墙上。

罗隐

罗隐(833—909),本名横,字昭谏,自号江东生。新登(今浙江桐庐),余杭(今属浙江)人。屡试不第。五十五岁时投奔镇海节度使钱镠,任钱塘令、著作令等职。唐亡后,钱镠对后梁称臣,隐为给事中。《谗书》是他自编的早年的作品集,其中尤以小品文成就突出。鲁迅指出:"罗隐的《谗书》,几乎全部抗争和愤激之谈。"有些篇章真是嬉笑怒骂,挥笔成趣,显示了他对现实的强烈批判精神和杰出的讽刺才能。清人辑有《罗昭谏集》。

说天鸡①

狙氏子②不得父术,而得鸡之性焉。其畜养者冠距③不举,毛羽不彰,兀然④若无饮啄意,洎⑤见敌,则他鸡之雄也;伺晨⑥,则他鸡之先也,故谓之天鸡。

狙氏死,传其术于子焉。且反先人之道⑦,非毛羽彩错⑧、嘴距铦⑨利者,不与其栖⑩。无复向时司晨之俦⑪、见敌之勇;峨冠⑫高步,饮啄而已。吁⑬!道⑭之坏也是有夫!

注释

① 本文选自《谗书》。

② 狙(jū)氏子:养猴人的儿子。狙,猕猴。《庄子·齐物论》中称一个养猴子的人为狙公。

③ 距:鸡趾后面突出像脚趾的部分。

④ 兀然:痴呆的样子。

⑤ 洎(jì):及,到。

⑥ 伺晨:守候早晨,也就是司晨之意。

⑦ 道:方法。

⑧ 彩错:色彩错杂,形容羽毛美丽。

⑨ 铦(xiān):锋利。

⑩ 不与其栖:意谓不在畜养之列。

⑪ 俦:同辈。

⑫ 峨冠:鸡冠高耸。

⑬ 吁:感叹词。

⑭ 道:养鸡之道。这里是双关语,也可以理解为用人之道。

译文

一个养猴人的儿子没有学到他父亲养猴的技能,却懂得了鸡的天性。他喂养的鸡,鸡冠和鸡爪都不十分突出,羽毛的色彩也不鲜明,痴呆呆地,好像连饮水啄食的愿望都没有。一旦遇到敌手,它却是众鸡中的强者;早晨报晓,也在别的鸡前头,因此被称为"天鸡"。

这个人死了,临死前把他的养鸡术传授给他的儿子。他的儿子却违背了父亲的养鸡之道:不是羽毛美丽、嘴爪锋利的,就不在畜养之列。因此,所养的鸡不再是先前那种早晨啼叫最早,遇敌凶猛善斗的鸡了;只是昂首阔步,饮水啄食罢了。唉!方法败坏了,才出现了这种情况啊!

槎客喻[①]

乘槎者既出君平[②]之门,有问者曰:"彼河之流,彼天之高,宛宛转转[③],昏昏浩浩[④],有怪有灵,时颠时倒,而子浮泛其间,能不手足之骇[⑤]、神魂之掉者乎?"对曰:"是槎也,吾三年熟其往来矣!所虞者吾之寿命不如也,不虞[⑥]槎之不安而不反[⑦]人间也。及乘之,波浪激射,云日气候,黯然[⑧]而昏,燿然[⑨]而昼,乍搨[⑩]而傍,乍荡而骤[⑪],或落如沉,或触如斗[⑫],茫洋乎不知槎之所从者不一也[⑬]。吾心未尝为之动。心一动,则手足之不能利[⑭]矣。不在洪流槁木[⑮]之为患也。苟人能安其所据[16],而不自乱者,我未见其有颠越[17],不必槎[18]。"

注释

① 本篇选自《谗书》。槎客:古代神话传说中有往来天上的木筏,槎客指驾槎往来天上的人。槎(chá),用竹木编成的筏。

② 君平:指严君平,名遵,西汉隐士。传说他知道往来天上的木筏到达天上的时间。

③ 宛宛转转:婉转曲折。

④ 昏昏浩浩:广大而又昏暗的样子。

⑤ 骇:惊怕。

⑥ 虞:忧虑。

⑦ 反:同"返"。

⑧ 黯然:昏暗的样子。

⑨ 燿然:明亮的样子。

⑩ 搧:打击,此处指与水相击。

⑪ 乍荡而骤:忽然荡起来急驶。

⑫ 或触如斗:有时碰到了什么东西,就像相斗一样。

⑬ 茫洋:恍恍忽忽的样子。不一:不一而足。

⑭ 利:敏捷。

⑮ 槁木:枯木,代指槎。

⑯ 据:依据,依托。

⑰ 颠越:跌倒。

⑱ 不必槎:不是只有槎是这样的。

译文

乘槎的人从严君平家里出来以后,有人问他:"那天河里的水流那么急,那天空是那么高,道路曲折婉转,旅途广大无边而又昏暗,有妖怪有神灵,时而颠簸又时而颠倒，而您乘舟泛浮其间，能不手足害怕而发抖、显得失神落魄吗？”乘槎者回答说：“这个筏子，三年来我乘它往来已经熟悉了！所考虑的是我的寿命有多长，而不忧虑槎的不安全而不能返回人间。当我驾上它，波浪激射，云遮日出，气候无常，有时候昏暗得好像夜晚，有时明亮得如同白昼，有时忽然与水相击，有时忽然荡起来急驶，时而降落如沉海底，时而相撞犹如相斗，恍恍忽忽的随槎产生的可惊可怖的情景不一而足。我的心却始终不曾为之惊动。心一动，手脚就不敏捷利索了，如果出问题并不在洪流与筏子。假使人能够安心于他所依托的东西而自己不手忙脚乱，我没有见到有跌倒倾仆的。不是只有槎是这样的。”

荆　巫[①]

荆楚人淫祀者旧矣[②]。有巫颇闻于乡闾[③]。其初为人祀也，筵席寻常[④]，歌迎舞将[⑤]；祈疾者健起，祈岁者丰穰[⑥]。其后为人祈也，羊猪鲜肥，清酤满卮[⑦]；祈疾者得死，祈岁者得饥。里人忿焉，而思之未得。

适有言者曰：“吾昔游其家，其家无甚累，故为人祈，诚心罄乎中[⑧]，而福亦应乎外。其胙[⑨]必散之。其后男女蕃息[⑩]焉，衣食广大焉，故为人祈，诚不得罄于中，而神亦不歆[⑪]乎外。其胙者入其家。是人非圣而后愚，盖牵于心，不暇及人[⑫]耳。”

以一巫之用心尚尔[⑬]，况异于是者乎！

注释

① 本文选自《谗书》。荆巫：荆地的巫。荆，今湖南、湖北一带。巫，以祈祷鬼神为职业者。

② 淫祀：本指不合封建礼制的祭祀，此处指民间祭祀。旧：久。

③ 乡闾：乡、闾是古代基层行政单位。

④ 寻常：普通、平常。

⑤ 歌迎舞将:用歌舞迎送。将,送。

⑥ 丰穰(ráng):丰收。

⑦ 清酤:清酒。卮:盛酒的器皿。

⑧ 罄:尽。中:内心。

⑨ 胙(zuò):祭祀时用的肉。

⑩ 蕃息:繁殖生长。

⑪ 歆:享。古代谓祭祀时神灵先享其气。

⑫ 不暇及人:没有时间顾及别人。

⑬ 尚尔:尚且如此。

译文

荆楚一带民间祭祀的风俗流传已经很久了。有个巫师在当地很有名望。开头,他为人祭祀,筵席极平常,只用歌舞迎神送神,祈求治病的人能够恢复健康,祈求好年成的人,能够得到丰收。以后,他替人祭祀,要鲜肥的猪羊、满杯的美酒,祈求治病的人反倒死亡,祈求好年成的人反而遭到饥荒。乡里人对此很气愤,却没有想清其中的道理。

恰好,有个明底细的人说:"我从前曾到他家去过,他家里没有多少拖累,因此替人祭祀,内心十分虔诚,神灵也就相应地降福。那祭肉也一定散给大家吃。后来,他生养的儿女多了,吃穿费用增大了,因此替人祭祀,内心就不够虔诚了,神灵也不来享受祭品的香气。他把祭肉也收到自己家里。这个巫师不是先前圣明后来愚蠢了,大概是被私事牵挂着,没有时间顾及别人吧。"

一个巫师用心处事不同而前后效果迥异,何况不同于巫师这种职业的人呢!

张固

张固，生卒里籍不详。《新唐书·艺文志》小说家著录其《幽闲鼓吹》1 卷，共 25 篇，记唐宪宗及宣宗间遗事。

钱可通神[1]

唐张延赏判一大狱[2]，召吏严辑[3]。明旦见案上留小帖云："钱三万贯，乞[4]不问此狱。"张怒掷之。明旦复帖云："十万贯。"遂止不问。子弟乘间侦[5]之，张曰："钱十万，可通神矣，无不可回[6]之事，吾惧祸及，不得不止。"

注释

① 本文选自《幽闲鼓吹》。

② 大狱：大的案件。

③ 辑：通"缉"，搜捕捉拿。

④ 乞：请求。

⑤ 侦：探听。

⑥ 回：挽回。

译文

唐时，张延赏审理一起重大案件，他叫衙役严加搜捕，捉拿罪犯归案。第二天一早，他见桌上留了一张小纸条："送上铜钱三万贯，请求不要过问此案。"张延赏气得把它扔掉了。再过一天，桌子上又留下一张纸条："铜钱十万贯。"张延赏就停止侦缉，对此案搁置不问了。他的子弟探听搁置不理的原因，张说："钱上十万，便可买通神仙，没有不可挽回的事情，我害怕祸及自己，不得不停止啊！"

无能子

无能子，姓名里籍不详。著《无能子》3卷，其书原本42篇，现存34篇，多系老庄之言。据书序称，他生活在晚唐战乱之际，唐僖宗光启三年(887)曾寓左辅。

鸩 说[①]

鸩与蛇相遇，鸩前面啄之，蛇谓曰："世人皆毒子[②]矣。毒者，恶名也。子所以有恶名者，以食我也。子不食我则无毒，不毒则恶名[③]亡矣。"

鸩笑曰："汝岂不毒于世人哉？指我为毒，是欺也。夫汝毒于世人者，有心啮人也。吾怨汝之啮之，所以食汝，示刑[④]也。世人审[⑤]吾之能刑汝，故畜吾以防汝；又审汝之毒染吾毛羽肢体，故用杀人。吾之毒，汝之毒也。吾疾恶而蒙其名尔。然杀人者，人也[⑥]；犹人持兵而杀人也。兵罪乎？人罪乎？则非吾之毒也明矣。世人所以畜吾而不畜汝，又明矣。吾无心毒人，而疾恶得名，为人所用。吾所为，能全身者也。全身而甘恶名，非恶名矣。汝以有心之毒，盱睢[⑦]于草莽之间，伺人以自快。今遇我，天也。而欲诡辩苟免耶？"蛇不能答，鸩食之。

夫昆虫不可以有心[⑧]，况人乎？

注释

① 本文选自《无能子·鸩说》。

② 毒子：以你为毒。

③ 亡：通"无"。

④ 示刑：表示惩罚。

⑤ 审:审度、察知。

⑥ 杀人者,人也:用鸩酒杀人的,是恶人。

⑦ 盱睢(xū suī):张目仰视。

⑧ 有心:“有心之毒”的省略。

译文

鸩和蛇相遇,鸩就前去啄蛇。蛇对鸩说:“世间的人都认为你最毒。说你毒啊,这是个不光彩的恶名。你之所以有这恶名,是因为吃我的缘故。你不吃我就没有毒,不毒则恶名就自然消失了。”

鸩微微一笑,说:“世上的人难道不认为你有毒吗?你指责我毒,是骗人的。你对世人有毒,存心咬伤人。我怨恨你咬人,因此吃掉你以示惩罚。世上的人审度我能杀死你,因此养了我来防范你;又察知你的毒污染了我的毛羽肢体,所以也用来毒杀他人。我的毒实际是你身上的毒,我因嫉恶如仇,而蒙受了不好的名声。但是以我的毒杀人的,是恶人;这犹如人拿了兵器杀了人,是兵器的罪呢?还是人的罪呢?我对人无毒害,是明显的。世上的人所以养我而不养你,更证明了这一点。我无心毒害人,而嫉恶如仇反得恶名,这是被人利用了。我这样做,能够保存自己的身子。能够保存自己的身子而甘愿承担恶名,其实并不是真正的恶名。你是居心叵测地毒害人,躲藏在丛草之中张目仰视,伺机咬人,引以为快。今天遇到我,这是天意啊,而你还想用诡辩侥幸免死吗?”蛇理屈词穷,被鸩吃掉了。

那些昆虫都不能有有心之毒,存心害人,何况人呢?

薛用弱

薛用弱(生卒年不详),唐小说家,河东(今山西永济县)人。长庆中任光州刺史,大和中自仪曹郎出守弋阳。著有小说《集异记》,多记隋、唐两代奇闻异事,间有文人轶事,后代诗人多引用之。该书于《新唐书·艺文志》著录为3卷,《郡斋读书志》著录为2卷,《宋史·艺文志》作1卷,今传一卷本与二卷本皆16条。事迹略见《新唐书·艺文志三》及皇甫枚《三水小牍》。今有中华局点校本行世。

萧颖士①

兰陵②萧颖士,杨府功曹③。秩满④南游,行侣共济瓜洲⑤。

舟中有二少年,熟视颖士,相顾曰:“此人逼肖鄱阳忠烈王也。”颖士是鄱阳曾孙,即自款陈⑥。二子曰:“吾识尔祖久矣。”颖士以广众中,未敢询访。

俟及岸,方将启请,而二子忽遽负担而去。颖士必谓非仙则神,虔心响瞩⑦而已。

明年,颖士北归,止于盱眙⑧邑长⑨之署。方与邑长下帘昼坐,自门遽白云:“某吏于某处擒获发冢盗,共五六人。”登命召入,皆反接其手,束缚甚固,旅之于庭⑩。而颖士悬认⑪江中二少年,亦缧绁⑫于内。颖士惊曰:“斯二人非仙则神!”因具述曩事。邑长即令先穷二子,须臾款伏⑬,佐验明著⑭,皆云:“我之发丘墓,今有年矣!”颖士即以前说,再令询之。皆曰:“我尝开鄱阳王冢,大获金玉。当门有贵人,颜色如生,年方五十,髭须斑白,僵卧于石榻⑮。姿态正与颖士相类,无少差异。我舟中遇子,又知萧氏,固是鄱阳胤⑯也。因此启言,我岂有他术哉?”

用弱尝闻人之绍续,其或三五世,则必有一人有肖其祖先之形态者,斯岂验欤？

注释

① 本文选自《集异记》。萧颖士(717—768)，唐代散文家，字茂挺，兰陵人。唐开元时进士，曾任秘书正字、扬州功曹参军等职。

② 兰陵：在今山东枣庄峄城镇东。

③ 扬府功曹：在扬州府任功曹官。功曹即功曹参军，掌管官园、祭祀、礼乐、学校等。

④ 秩满：官吏任期届满。

⑤ 瓜洲：在今江苏镇江对岸。

⑥ 款陈：诚恳地陈述。

⑦ 响瞩：向往和注视。

⑧ 盱眙：在今江苏盱眙县东北。

⑨ 邑长：县长。

⑩ 庭：院子。

⑪ 悬认：远远地认出。悬，远。

⑫ 缧绁：拘系犯人的绳索，引申为捆绑。

⑬ 款伏：承认罪过。

⑭ 佐验：证据。明著：确切明显。

⑮ 榻：狭长的床。

⑯ 胤(yìn)：后代。

译文

兰陵人萧颖士，在扬州府任功曹参军。他任期满后，出外南游，同行的人共同乘船渡过瓜洲。

船上有两个年轻人，仔细地端详颖士，二人相对而视说：“这人特别像鄱阳忠烈王。”颖士是鄱阳忠烈王的曾孙，就如实相告。那两个年轻人说：“我们早就认识你祖先了。”颖士因为正处在稠人广众之中，未敢询问原因。

等到船靠了岸，正要请求面谈时，那两个年轻人却匆忙地带着东西而去。颖士认定他们不是仙，就是神，他以虔诚的心情目送他们远去。

第二年，颖士南游北归，暂歇在盱眙县令的官衙。他放下帘子正与县令闲坐谈天，突然门外报告说：“某吏在某处抓住一伙掘墓贼，共有五六个人。”县令叫立即押进来。那几个掘墓贼都背绑着手，捆绑得很牢固，排列在院子里。颖士远远地认出了去年渡江时见过的那两个年轻人，也被绑在中间。颖士吃惊地说：“这两个人不是仙就是神呀！”于是就把去年渡江的事向县令讲了一遍。县令立即叫先审问那两个年轻人。一会儿，他们都招认了，证据也很确凿。他俩都说：“我们挖坟盗墓，到如今有些年头了！”颖士把以前渡江的事提出，再加审问。他俩都说：“我们曾经掘过鄱阳王的大坟，得到很多金银珠宝。墓里迎面有个地位显贵的人，脸上的颜色就跟活人一样，年纪大约五十岁，髭须鬓发斑白，僵直地卧在石榻上。他的风姿神态正跟萧大人一模一样。我们在船上遇见大人，又知道您姓萧，自然是鄱阳王的后代了，所以才说了那句话，我们哪能有什么仙道法术呢？”

我曾听说人的后代，或者三代五代，就一定有一个人长得像他祖先的面貌，萧颖士容貌极似鄱阳王，这难道不是证明吗？

马总

马总(生卒年不详),字会元,唐代学者,官至户部尚书,赠右仆射,谥懿。所编《意林》一书,是一部辑录周秦至魏晋以来诸家的杂记,保存了一些难得的资料。今存五卷。下面一则,即为《意林》引《淮南子》之作。

郢人自卖其母

郢人自卖其母,而语买者曰:“此母①老矣,望善饴②之。”此大不义而欲为小义。

注释

① 母:这里是对老妇的通称。

② 饴(sì):以食食人,通“饲”。

译文

有个楚国人,亲自出面卖他的母亲,却告诉那买主说:“这女人老了,希望你给她吃好点。”这是做了大逆不道的事,却想在小事情上讲点仁义。

牛肃

牛肃(生卒里籍不详),唐小说家。生平无考。据《新唐书·艺文志》著录,撰有《纪闻》十卷。该书多记唐玄宗、肃宗时神怪异闻及士大夫轶事。《纪闻》盛传于唐宋之间,且有注本,后散佚。

孔　雀[①]

罗州[②]山中多孔雀,群飞者数十为偶。雌者尾短无金翠。雄者生三年有小尾,五年成大尾,始春而生,三四月后复雕[③],与花萼同荣衰;然自喜其尾而甚妒,凡欲山栖,必先有置尾之地,然后止焉。

南人生捕者,候甚雨,其尾沾而重,不能高翔;人虽止,且爱其尾,恐人所伤,不复騫[④]翔也。

注释

① 本文转引自陈耀文《天中记》。

② 罗州:唐州名,州治在廉江,在今广东廉江县北。

③ 雕:通"凋",凋落,凋谢。

④ 騫:通"骞",鸟飞,飞举。

译文

罗州的山里,有许多孔雀,它们经常几十只生活在一起。雌孔雀的尾巴比较短,也没有金色和翠色。雄孔雀生下三年才长出小尾巴,经过五年才长成大尾巴。只有在春天才吐出漂亮的羽毛,仅过三四个月又衰落、枯萎了,它们的尾巴几乎同花朵一起开放,同时凋落。但雄孔雀都珍惜自己的尾巴,并忌妒别个孔雀的尾巴。它们在山里栖息的时候，总是先选择好放置尾巴的地方，然后才休息。

南方捕捉孔雀的人，等候下了大雨，它的尾巴被水淋湿很重，不能高飞；人虽然走到跟前，它因为喜爱尾巴，恐怕被人损坏了尾屏，不再高飞，自然被人活活捉住。

冯贽

冯贽(约唐昭宗天祐初,即904年前后在世),金城人,尝取家藏异书,撰《云仙杂记》十卷。或云,该书系宋人王铚伪造,即冯贽亦无其人。

山鸡自爱①

山鸡自爱其色,终日映水,目眩则溺死。

注释

① 本文选自《云仙杂记》卷十。

译文

山鸡喜欢自己的毛色漂亮,整天在清澈的塘水边看自己的倒影。看着看着,目眩头晕,一头栽进深邃的塘水里,淹死了。

无名氏

无名氏，唐人，有《广古今五行记》。

纥干狐尾[①]

并州[②]有人姓纥干，好剧。承间在外有狐魅，遂得一狐尾，缀着衣后，至妻旁，侧坐露之。其妻私心疑是狐魅，遂密持斧，欲斫之。其人叩头云："我不是魅。"妻不信。走，遂至邻家，邻家又以刀杖逐之。其人惶惧告言："我戏剧，不意专欲杀我。"此亦妖由人兴矣。

注释

① 本文选自《太平广记·妖妄》。

② 并州：唐并州相当今山西阳曲以南、文水以北的汾水中游地区。

译文

并州有个姓纥干的人，喜欢开玩笑。当时并州一带闹狐魅，那人得到一条狐狸尾巴，就用线缀在衣服后边，走到妻子身旁，侧着身子坐下，故意把狐狸尾巴露出来。他妻以为是狐魅化作丈夫形象欺骗自己，就暗中操起一柄利斧，想砍他。他向妻子磕头告饶说："我不是狐魅！"他妻子根本不信。他惶恐地跑到邻居家里躲避，邻居家里人又操起刀，拿起棍棒驱赶他。他浑身发抖地连连哀求说："我是在开玩笑，没料到你们当真要杀死我。"这也说明妖怪是由人兴起的。

杨夔

杨夔，唐末五代人，余不详。

较　贪[1]

弘农子[2]游下山之阴，遇乡叟巾不完，屦[3]不全，负薪仰天，吁而复号[4]。因就讯[5]诸："抑丧而未备[6]乎？抑有冤而莫诉乎？何声之哀而情之苦耶？"叟致薪而泣曰："逋[7]助军之赋，男狱于县，绝粮者三日矣。今将省之[8]。前日之逋，已货其耕犊矣[9]；昨日之逋，又质[10]其少女矣；今田瘠而频播之莫稔[11]，货之靡售[12]。且以为助军之用，岂一一于军哉[13]？今十未有二三及于戎费[14]，余悉为外用。又黠吏[15]贪官，盈缩万变。去无所之，住无所资，非敢怀生，奈不死何[16]！"弘农子闻其言，且助其叹，退而省[17]，于世万类中最为民害者，莫若虎之暴，将赋之以警贪吏，庶[18]少救民病。

是夕，梦鸷兽[19]而人言曰："尔欲警于贪，将以吾为首，虽尔之絜[20]，奈辱我之甚乎？"余曰："贼人之畜[21]，以自饱腹，尔不为贪哉？"兽曰："不豢不农[22]，何以给生[23]？苟不捕野[24]，无实吾嗛[25]。吾以其饥而求食之，苟或一饱，则晏然匿迹[26]，不为谋矣。岂尔曹智以役[27]物，豢之、畜之、畋[28]之、渔之，以给其茹[29]也；桑之[30]、育之、经之、营之[31]，以供其用也。一物之可求，一货之可图，汲汲[32]为谋，孜孜[33]系心，如壑如溪，莫满莫盈。岂与吾获一饱则晏然熟寝而欲比方哉？"弘农子惊而寤，谛[34]而思：若然，则人不如兽也远矣。

注释

① 本文选自《文苑英华》卷三七四。

② 弘农子：作者自称。东汉名臣杨震是弘农人，因此后来杨姓就以弘农为

郡望。弘农,郡名,治所在弘农(今河南灵宝北)。

③ 屦(jù):麻、葛等制成的单底鞋。

④ 吁:叹息。号:大哭。

⑤ 讯:问。

⑥ 备:完备。

⑦ 逋(bū):拖欠。

⑧ 省之:看望他。

⑨ 货:卖。犊:小牛。

⑩ 质:抵押。

⑪ 稔:收成。

⑫ 货之靡售:没有货可卖。

⑬ 岂一一于军哉:难道都是用在军费上了吗?

⑭ 戎费:军费。

⑮ 黠吏:狡猾的吏胥。

⑯ 奈不死何:不死奈何?(死不了有什么办法?)

⑰ 省:反省。

⑱ 庶:庶几,或许可以。

⑲ 鸷兽:凶猛的兽,指虎。

⑳ 洯:同“洁”,此为廉洁之义。

㉑ 畜:牲畜。

㉒ 豢:喂养。农:种田。

㉓ 给生:维持生命。

㉔ 野:野物。

㉕ 嗛(qiǎn):猴类颊中藏食处,这里指虎嘴。

㉖ 晏然:平静安逸的样子。匿:隐藏。

㉗ 役:驱使。

㉘ 畋:打猎。

㉙ 茹:吃。

㉚ 桑之:种桑养蚕。

㉛ 经之、营之:筹划营谋。

㉜ 汲汲:心情急切的样子。

㉝ 孜孜:努力不懈。

㉞ 谛:仔细。

译文

弘农人杨夔到下山的北面去游玩,遇到一位农村老头儿,戴的头巾穿的鞋子都很破烂,背着木材,叹息了一阵子又大哭起来。杨夔就走近询问他:"究竟是死了人埋葬费用不够呢?还是有冤莫申呢?为什么哭声是那么悲哀而感情是那么痛苦?"老头子放下木材哭泣着说:"因拖欠支援军队的粮食,儿子被关在县里狱中,没有吃饭已经有三天了。现在我要去看望他。前天拖欠的粮,已卖了耕地的小牛支付;昨天拖欠的粮,又以小女儿抵押;现在土壤瘠贫,虽然播种了几次但都没有收成,又没有东西可卖。何况拿来支援军队的,难道都是用在军费上了吗?现在用于军费的不到二三成,其余都挪作他用。又加上贪官污吏,手段狡猾而盈缩万变。要逃离没有地方可去,要留下又无生活出路,并非我贪生,死不了有什么办法?"弘农子听了他的话,和他一块儿叹息。回去后他反复思索,觉得世界上万类中对民为害最大的,就数老虎的暴虐,就准备写虎的残暴用以警告贪残的吏胥,希望稍微减轻一点农民的负担。

这天晚上,他梦见老虎和人一样说着话,它说:"你想警告贪残的吏胥,以为我是贪残之首,虽然你廉洁,岂不污辱我太甚了吗?"我说:"伤害人家的牲畜,用以填饱你肚子,你不是很贪心吗?"老虎说:"我不豢养牲畜,不耕种田地,拿什么维持生命?假使不捕野物,就没有东西填我的嘴。我因为饥饿而求腹内充实,假使肚子饱了,就安逸地隐藏起来,不再另作打算了。岂像你们用智谋心计役使万物,喂养、畜养、打猎、捕鱼,拿来供吃用;种桑、育蚕、筹划营谋,以供使用。只要有一物可求,一货可图,就心情急切、努力不懈地追求,欲望像沟壑,如山溪,不能填满,不能盈足。岂能与我只要吃饭肚子就平静安逸地熟睡相比吗?”弘农子吃了一惊就醒了,仔细思量:像这样的话,则人远不如老虎了。

皇甫氏

皇甫氏，唐末人，事迹无考。所著《原化记》，内容以志怪为多，《太平广记》选入不少。篇幅一般较短，但如《胡芦生》等，虽记怪异，仍欲以实事为证，与《玄怪录》之全示人以虚幻者稍异。与其他相沿袭者亦不多。

画琵琶[①]

有书生欲游吴地，道经江西，因风阻泊船。书生因上山闲步，上有一坡，见僧房院开，中有床，床塌；门外小廊数间，傍有笔砚。书生攻画[②]，遂把笔，于房门素壁上，画一琵琶，大小与真不异。画毕，风静船发。

僧归，见画处，不知何人，乃告村人曰："恐是五台山[③]圣琵琶。"当亦戏言，而遂为村人传说，礼施求福甚效。

书生便到扬州，入吴经年，乃闻人说江西路僧室有圣琵琶，灵应非一。书生心疑之。因还江西时，令船人泊船此处，上访之。僧亦不在，所画琵琶依旧，前幡花[④]香炉。书生取水洗之尽。僧亦未归。

书生夜宿于船中，至明日又上。僧夜已归，觉失琵琶，以告，邻人大集，相与悲叹。书生故问，具言前验："今应有人背着[⑤]，琵琶所以潜隐。"书生大笑，为说画之因由，及拭却之由。僧及村人信之，灵圣亦绝耳。

注释

① 本文选自《太平广记》卷三一五引《原化记》。《太平广记》自"泊船"以上原缺二十二字，今据《唐人说荟》补入十四字。

② 攻画：会画画，对绘画有研究。攻，同"工"字。

③ 五台山：在山西五台县东北。道家、释家均以五台为圣地，有关于五台

的种种神话传说，过去经常到此处朝山进香，所以此处说“五台山圣琵琶”。

④ 幡花：神像前面的彩饰之类。

⑤ 背着：指做了不好的事情，违反了神的意旨。

译文

有个书生将往扬州游历，路过江西，遇上大风，他便将船停下来，独自上山游逛，他走上山坡，见一寺院大门开着，僧房内有床和小木榻，僧房外面，有几间厢房，厢房旁边摆着毛笔和砚台。书生擅长绘画，就拿起笔，在房门白墙壁上，画了一把琵琶，大小形状都与真的一样。画完，风已经平息，他便乘船走了。

和尚回僧院后，看见画的琵琶，却不知道是谁画的。就对村里人说：“这大概是五台山的神琵琶吧！”他是随便说说罢了，谁料就被村中人传开了。人们向它献礼，请求赐福，据说十分灵验。

书生到扬州过了一年，听人说江西僧室有神灵的琵琶，显灵不止一次。他心里怀疑，因此回江西时，叫船家在这里泊船，上山寻访。和尚还是不在，他画的琵琶依然如故。琵琶前面有彩幡香炉等供神的陈设。他用水把画的琵琶洗掉，和尚还没回来，他只好回到船上过夜。

书生晚上住在船上，第二天又上僧院。和尚当晚回寺后，发现琵琶不见了，第二天就告诉村人。一时聚集了好多人，人人叹息。书生走来故意询问，大家都说琵琶以前神验的事，并说：“大概有人违背了神灵的意旨，做了坏事，所以圣琵琶潜隐了。”书生听了大笑，并详细叙述了自己画琵琶、揩琵琶的经过，和尚和村中人都相信他的话，琵琶的灵圣从此也就绝迹了。

张　老[1]

荆湘有僧寺，背山近水。水中有龙，时或雷风大作，损坏树木。寺中有撞钟张老者，术士[2]也，而僧不知。张老恶此龙损物，欲禁杀之，密为法。

此龙已知,化为人,潜告僧曰:“其实龙也,住此水多年,或因出,风雨损物,为张老所禁,性命危急,非和尚救之不可。倘救其命,奉[3]一宝珠,以伸报答,某即移于别处。”

僧诺[4]之。夜唤张老,求释之。张老曰:“和尚莫受此龙献珠否?此龙甚穷,唯有此珠;性又吝[5]恶。今若受珠,他时悔无及!”僧不之信,曰:“君但为我放之。”

张老不得已,乃放。龙夜后送珠于僧,而移出潭水,张老亦辞僧去。

后数日,忽大雷雨,坏此僧舍,夺其珠;果如张老之言。

注释

① 本文选自《太平广记》卷四二四引《原化记》。

② 术士:精通法术的人。

③ 奉:奉献。

④ 诺:答应。

⑤ 吝:吝啬。

译文

湖南、湖北交界处有座寺院,依山傍水。水中有一条恶龙,有时兴风作浪,雷雨大作,损坏树木。寺里有个敲钟的张老头儿,是位有法术的隐士,和尚并不知道他有法术。张老憎恶这条龙,嫌他损坏庄田,准备禁杀它,就暗暗地施展法术。

这条恶龙已知张老暗暗地施展法术,摇身一变,变成人,偷偷地进入寺院哀告和尚说:“我确实是条龙,在这里水中住了多年,有时因为外出,就引起风雨,损坏树木。如今被张老用法术困住,性命危在旦夕,只有你慈悲的和尚才能救我的命。你倘若救了我的命,我情愿奉献一颗宝珠,用来报答救命之恩,我从此就迁移到别处去。”

和尚答应了恶龙的请求。晚上他把张老唤来,要求他释放恶龙。张老说:

"长老是否接受了恶龙授的珠？这条龙很穷，只有这颗宝珠；它生性又极为吝啬。现在你如果接受了它奉献的宝珠，将来会后悔不及的?"和尚不相信张老的话，说："你只管为我放了它。"

张老不得已，只好放掉恶龙。当天夜里，恶龙果真如约将宝珠送交僧人，并移出潭水。张老也告辞和尚离开寺院。

几天以后，忽然一场大雷雨，损坏了和尚住的房子，恶龙夺回它的宝珠，果然像张老预言的那样。

齐己

齐己(生卒年不详),诗僧,益阳(今湖南益阳市)人。生活在唐末五代。性放逸。《全唐诗》编其诗为十卷。

扑满子[①]

祇[②]如满我腹,
争[③]知满害身。
到头须扑[④]破,
却散与他人。

注释

① 扑满子:蓄钱瓦器,有入孔而无出孔,钱满则打破取出。
② 祇(zhǐ):只,仅仅。
③ 争:犹“怎”。
④ 扑:敲,击。

译文

只知道钱币充满了我的肚子,
殊不知钱满了就会伤害到自身。
到头来还不是要被打破,
里面的钱却都给了别人。

冯翊子子休

冯翊子子休，生卒年不详。《新唐书·艺文志》著录《桂苑丛谈》1卷，下注撰人冯翊子子休。《郡斋读书志》卷六云："当是五代人。李邯郸云：姓严。"故《四库全书总目提要》卷一四二谓"疑冯翊子其号，子休其字也。"此书在28条，除其中条兼及南北朝外，其余皆记唐代故事。内容颇涉怪异，如谓王梵志生于树瘿等，皆富有传奇色彩。

崔张自称侠[1]

进士崔涯、张祜下第后，多游江淮。常嗜酒，侮谑时辈[2]；或乘其饮兴，即自称豪侠[3]。……

岁余，薄有资田。一夕，有非常人装束甚武[4]，腰剑手囊[5]。囊中贮一物，流血殷于外。入门谓曰："此非张侠士居也？"曰："然。"张揖客甚谨。

既坐，客曰："有一仇人之恨，十年矣，今夜获之，喜不能已[6]。"因指囊曰："此其首也。"问张曰："有酒店否？"命酒[7]饮之，饮讫曰："去此三四里有一义士，予欲报之，若济此夕[8]，则平生恩仇毕矣，闻公气义[9]，能假币十万缗[10]否？立欲酬之[11]，是予愿毕，此后赴汤蹈火，誓无所惮。"张深喜其说，且不吝啬，即倾囊烛下[12]，筹其缣素中品之物，量而与焉[13]，客曰："快哉！无所恨也。"遂留囊首而去，期以却回。

既去，及期不至，五鼓绝声[14]，杳无踪迹。又虑囊首彰露，以为己累。客且不来，客无所出。乃遣家人开囊视之，乃豕首[15]也。因方悟之而叹曰："虚其名，无其实，而见欺之若是，可不戒欤！"由此豪侠之气顿衰矣。

注释

① 本文选自《桂苑丛谈》。崔：崔涯，晚唐诗人。一生落魄，狂放不羁，人称“狂生”。自命为侠士。《全唐诗》存诗十二首。张：张祜，字承吉，清河（今河北清河县）人。终身布衣，狂放不羁，以侠客自命，性爱山水，故多山寺题咏之作，尤以宫词著称。杜牧《登池州九华楼寄张祜》云：“谁人得似张公子，千首诗轻万户侯！”有《张祜诗集》，存诗四百六十八首。这是一则极有影响的故事，为我国著名讽刺小说《儒林外史·张侠客虚设人头会》所本。

② 侮谑时辈：看不起，戏弄同时代的读书人。

③ 自称豪侠：认为自己是豪侠，到底是个什么样的豪侠，他们自己也不明确。

④ 甚武：装束得很英武。

⑤ 腰剑手囊：腰里挂剑，手中提囊。

⑥ 已：止。

⑦ 命酒：叫人取酒来。

⑧ 若济此夕：如果今夜办成了这件事。

⑨ 气义：讲义气，好行豪侠之事。

⑩ 缗（mín）：一千文为一缗。按，十万缗，数目太大，张祜这个薄有资力的人，不可能有如此多的钱，缗字或衍。若去掉缗字，十万钱合一百缗，数目也就不小了。

⑪ 立欲酬之：想马上报答他。

⑫ 倾囊烛下：在烛光之下，把所有的钱都拿出来了。

⑬ 筹其缣素中品之物，量而与焉：钱不够，将缣、素以及能换钱的物品都拿了出来，如数作价，给了那人。

⑭ 五鼓绝声：指五更以后，天马上明了。唐制，大城市夜中击鼓，以报更次。

⑮ 豕首：猪头。

译文

崔涯、张祜考进士落榜后，在江淮一带游历。经常饮酒作乐，戏弄同时代的读书人；或乘酒兴，以豪侠自诩。……

过了一年多，张祜积累了一些钱财。一天晚上，有个不平常的人来找张祜，他装束得很英武。腰挎宝剑，手提口袋。口袋里盛的东西正向外渗出点点鲜血。他一进门就高声问道："这可是张侠士的府第么？"张祜说："是的。"他揖让客人，态度十分恭敬。

客人坐下以后，对张祜说："有一个仇人，结怨已经十年了。今日抓获他，真是理兴奋不已呀！"客人以手指口袋说："这就是他的脑袋！"说完，他又问："这里有酒店吗？"张祜叫人取酒请他喝。客人饮完后说："离这里三四里路，有一义士，我想报答他。如果今夜办成了这件事，我今生所要报的恩仇也就了结了！听说您很讲义气，能借给我十万（缗）钱吗？想马上报答他，以了却我的夙愿，今后我为侠士赴汤蹈火，绝无畏惧！"张祜听了他的话，十分高兴，更不吝啬，就在烛光之下，把自己所有的钱都拿了出来，钱还不足数，就将缣、素以及能换钱的物品都拿了出来，如数作价，给了来人。客人赞扬道："痛快！我如今再无遗憾了！"他把盛人头的口袋留下，并与张祜约定：钱送到，人即返回。

客人走后，到约定时间没有返回，等到五更过后，仍然杳无踪迹。张祜忧虑口袋里的人头会暴露，连累自己。客人不来，又无办法可想，就叫人打开口袋看，却原来是一个血淋淋的猪头。张祜这才如梦方醒，知道受人欺骗。他叹息着说："徒有虚名而无实际本领的人，才会这样被人欺蒙。这能不引以为戒吗？"从此以后，他的豪侠之气马上衰退了。

方竹柱杖[1]

太尉朱崖公两出镇于浙右。前任罢日，游甘露寺，因访别于老僧院。公曰："弟子奉诏西行，祗别和尚。"老僧者熟于祗[2]接，至于谈话，多空教所长，不甚对以他事。由是公怜而敬之。

煮茗[3]既终，将欲辞去，公曰："昔有客遗筇竹[4]杖一条，聊与师赠别。"亟令取之，须臾而至。其杖虽竹而方，所持向上，节眼须牙，四面对出，天生可爱；且朱崖所宝之物，即可知也。

别后不数岁，再领朱方。居三日，复因到院，问前时柱杖何在。曰："至今宝之。"公请出观之，则老僧规圆而漆之矣。公嗟叹再弥日，自此不复目其僧矣。

大尉多蓄古远之物，云是大宛国人所遗竹，惟此一茎而方者也。

注释

① 本文选自《桂苑丛谈》。

② 祗(zhī)：恭敬。

③ 茗：茶。

④ 筇(qióng)竹：竹名，即邛竹。《史记·大宛列传》："臣在大夏时见邛竹杖、蜀布。"张守节正义："邛都邛山出此竹，因名邛竹，节高实中，或寄生，可为杖。"

译文

唐朝宰相李德裕曾经两次在浙江任职。第一次任职期满时，他游甘露寺，顺便同那里的老僧话别。他说："我这次奉到诏命西行，只和你告别。"甘露寺的老僧善于接人待客，态度和蔼，对人恭敬。他与人谈话，只谈一般佛经教义，不大答对其他问题。因此，李德裕对他十分尊重。

李德裕喝罢茶，将要告辞时，对老僧说："过去有人送我一根筇竹杖，现在我把它转赠给你，聊作临别纪念。"就叫人取它，一会儿就拿来了。这手杖虽然是竹子的，却呈四棱形，把手向上，竹节上生的小竹箨，四面对称，天然可爱。这是李德裕平素喜爱的东西，其珍贵程度可想而知。

几年以后，李德裕再次出任浙江。过了三天，他又到甘露寺僧院，问起他以前赠的竹杖在什么地方。回答说："至今宝藏着。"他请老僧将竹杖拿出来再看时,方竹杖的棱棱角角已被削光磨平,成了司空见惯的圆筒形,外面还厚厚地涂了一层漆!他一再叹息,整天都不愉快。从此以后,他不再去看这老僧了。

李德裕喜欢收藏古董,在西域大宛国赠给他的竹杖中,只有这一根是方的。

王定保

王定保(870—?),五代十国南汉文学家。南昌人。唐昭宗光化三年登进士第。梁贞明三年拥戴刘龑称帝,建南汉,官至宁远军节度使、中书侍郎同平章事。有《唐摭言》15卷,比较完备地记述了唐代的科举制度;又记述了一百多个唐代文学家的遗闻轶事,提供了许多有关唐代文人的生平、性格和文学活动的珍贵史料;唐代诗人的零章断句为别集所失载者,也多赖以保存。

冬烘先生①

郑侍郎熏主文②,误谓颜标乃鲁公③之后。时徐方未宁④,志在激劝忠烈,即以标为状元⑤。

谢恩⑥日,从容问及庙院⑦,标曰:"标寒进⑧也,未尝有庙院。"熏始大悟,塞默⑨而已。

寻为无名子⑩所嘲曰:"主司⑪头脑太冬烘,错以颜标作鲁公。"

注释

① 本文选自《唐摭言·误放》,题目为标者所加。冬烘:形容糊涂浅陋。

② 郑熏:字子溥,唐懿宗朝多次任吏部侍郎。侍郎:尚书各部均置侍郎,是辅佐尚书的官职。主文:任主考官。

③ 鲁公:即颜真卿,唐代政治家、书法家。字清臣,京兆万年(今陕西西安市)人。累官至监察御史,又为太平太守。安禄山叛乱时,他与从兄颜杲卿共同起兵抵抗,附近十七郡同时响应,推真卿为盟主,合兵二十万,使安禄山的叛兵不敢急攻潼关。后至京,官至太子太师,封鲁郡公,世称颜鲁公。李希烈叛乱,朝廷派他前往劝谕,希烈多方诱胁,终不屈,被缢杀。

④ 徐方未宁:公元 868 年在桂林久戍而不能归的徐州、泗州兵卒八百人发生兵变,当时尚未平定。

⑤ 状元:封建社会科举考试殿试第一者为状元。

⑥ 谢恩:旧时科举,考中后要向主考官谢恩,称主考官为恩师。

⑦ 庙院:古代豪权势要祭祀祖先的祠堂称庙院。

⑧ 寒进:即贫贱的读书人。

⑨ 塞默:闭口不语。

⑩ 寻:不久。无名子:不知名的人。

⑪ 主司:主管的官员,即主考官。

译文

吏部侍郎郑熏任主考官,误以为颜标是颜鲁公的后人。当时徐州一带发生兵变,尚未平定,想要激励忠烈,即点颜标为状元。

谢恩那一天,他见到颜标,问起家庙情况。颜标答道:"晚生本来是家境贫寒的读书人,家中根本没有庙院。"这时郑熏才恍然大悟,不再提起鲁公的事。

不久,郑熏被一位埋名隐姓的人嘲笑说:"主司头脑太冬烘,错把颜标作鲁公。"

王仁裕

王仁裕，五代时人，生卒里籍不详。所著《玉堂闲话》，多记唐代轶事。

械　虎[①]

襄梁间多挚兽[②]。州有采捕将，散设槛穽[③]取之，以为职业。忽一日报官曰："昨夜槛发，请主帅移厨[④]。"命宾寮[⑤]将校往临之。

至则虎在深穽之中。官寮宅院，民间妇女，皆设幄幙[⑥]而看之。其猎人先造一大枷[⑦]，仍具钉锁，四面系絙[⑧]，施[⑨]于穽中，即徐徐以土填之。鸷兽将欲出井，即迤逦合其荷板[⑩]。虎头才出，则蹙[⑪]而钉之。四面以索趁[⑫]之而行，看者随而笑之。

此物若不设机械，困而取之，则千夫之力，百夫之勇，何以制之？势穷力竭而取之，则如牵羊拽[⑬]犬，虽有巉[⑭]牙利爪，焉能害人哉！夫欲制强敌才是，亦当如是乎！

注释

① 本文选自《太平广记》卷四三二引《玉堂闲话》。械：指桎梏，此处作动词用，即把它械系起来。

② 襄：州名，唐辖境，相当今湖北襄阳、谷城一带地方。梁：州名，唐辖境，约今城固以西汉水流域。鸷兽：指虎。

③ 槛：关野兽的笼子。穽：陷坑。

④ 移厨：此指请吃虎肉。

⑤ 寮：通"僚"，官吏。校：低级军官。

⑥ 幄幙：帐篷。幙，同"幕"。

⑦ 枷：加在罪犯颈上的刑具，此指类枷的东西，能枷在虎颈上。

⑧ 縆:粗索。

⑨ 施:指放下井去。

⑩ 迤逦:曲折连绵,此处是“慢慢地连续地”的意思。荷:扛,担负。

⑪ 蹙:迫促。

⑫ 趁:拉展。

⑬ 拽(zhuài):用力拉。

⑭ 纖:细。此指“尖锐”的牙。

译文

襄州、梁州一带地方老虎很多,州内有专门打虎的人,他们在老虎出没的地方挖了陷阱,设置了关野兽的笼子,打虎是他们的职业。忽然有一天他们报告官府说:“昨晚野兽触发了机关,被捉住了,请长官去品尝虎肉。”州官就叫官吏、幕僚、军官一起去参观。

到了现场,他们看见虎落在很深的陷坑里。官宦人家,民间妇女,都搭了帐篷参观。那些猎人预先制造了一个大枷,枷上钉锁具备,枷的四角拴了粗绳,放入陷阱中,就慢慢地用土填陷阱。老虎快出陷坑时,就小心连续地将承虎的板子合上。虎头刚一出坑,就很快将枷的钉锁钉上,四面用绳索拉紧。参观的人都笑了。

老虎如果不是事先设置了机械,将它困在陷阱中捉它,就是有千夫之力、百夫之勇,拿什么制服它?势穷力竭而捉取它,就像牵羊拖犬般容易,它虽有尖锐的牙锋利的爪,怎能伤害人呢!想要制服强敌的人,也应当像这样!

南人捕雁[①]

雁宿于江湖之岸,沙渚之中,动计千百,大者居中,令雁奴围而警察[②]。

南人有捕雁者,俟[③]其天色阴暗,或无月时,于瓦罐中藏烛,持棒者数人,屏气潜行[④]。将欲及之,则略举烛,便藏之。雁奴惊叫,大者亦惊。顷之复定。又欲前举烛,雁奴又惊,如是数四。大者怒啄雁奴。

秉烛者徐徐逼之,更举烛,则雁奴惧啄,不复动矣。乃高举其烛,持棒者齐入群中,乱击之,所获甚多。

注释

① 本文选自《太平广记》卷四六二引《玉堂闲话》。

② 雁奴:为雁群作警戒的雁。警察:放哨。

③ 俟(sì):等待。

④ 屏气:屏住气息。潜行:走路时隐藏行迹,不使发现。

译文

大雁在僻静的江湖岸边沙滩上过夜,他们成群结队,动以千计。雁的头领宿在群雁中间,命令雁奴放哨。

南方采捕大雁的人,等待天色阴暗,或者没有月光的时候,领头的人把烛火暗藏在瓦罐中,其余的人手提棍棒。他们屏住呼吸,悄悄地行走。快接近雁群时,拿蜡烛的人猛然点着蜡烛高高举起,随后又迅速地用瓦罐罩住。担任警戒的雁奴发现烛火一闪,立即惊叫起来,雁的头领也被惊醒了。很快雁群又安定下来。捕雁的人继续轻轻向前移动着,又猛然举烛,再迅速罩住,结果又引起雁奴的惊叫,这样接二连三的搅扰、欺骗,雁的头领反以为雁奴无事生非,愤怒地将雁奴啄一顿。

拿烛的人慢慢逼近雁群,再次举烛,雁奴害怕头领啄它,不敢惊叫报警了。这时拿烛的人将烛火高高举起,手持棍棒的人借着烛光一齐冲入雁群,轮起大棒向昏睡的大雁打去,捕获了很多大雁。

郑文宝

郑文宝(952—1012),字仲贤,宁化(今福建宁化县)人。初仕南唐后主李煜,官校书郎。宋太宗太平兴国八年(983)进士,除修武主簿,累官兵部员外郎,后因病归襄城别墅。能诗,善篆书,又工鼓琴。有文集及《江表志》《南唐近事》《江南余载》等书。

《南唐近事》,是一本轶闻笔记书。

打草惊蛇①

王鲁为涂宰②,渎物为务③,会部民连状诉主簿贪④。鲁乃判曰:"汝虽打草,吾已惊蛇。"

注释

① 本文选自《类说》二一。

② 王鲁:唐时人,官当涂(现安徽省马鞍山市)县令,他和部属皆有贪赃枉法、受贿舞弊行为。宰:县令。

③ 渎:通"赎",贪污。务:事务。

④ 会:适逢。部:旧时按察区域名。主簿:管理文书簿籍的官。

译文

王鲁任当涂县令时,专门搞贪污财物的勾当。恰巧碰上所辖地区的居民连上状纸告发他的主簿贪污受贿。王鲁在状纸上批道:"你们打的是草,我这伏在草丛里的蛇已受惊!"

李昉

李昉(925—996),字明远,深州饶阳(今属河北)人。北宋文学家、学者。生于后唐庄宗同光三年,卒于宋太宗至道二年。后汉乾祐进士,仕后汉、后周两朝。归宋,三入翰林。拜平章事。卒谥文正。其文浅近易晓,著有文集50卷。在太平兴国年间,李昉等奉太宗之命,主编《太平御览》《太平广记》《文苑英华》(与《册府元龟》合称“宋四大奇书”),引书浩繁,保存了大量古籍佚文,搜集了很多有学术价值的资料。其中寓言资料颇丰,不乏佳作。

蒲元[①]识水

君性多奇思[②],于斜谷为诸葛亮铸刀三千口。刀成,自言汉水钝弱[③],不任淬[④];用蜀江爽烈[⑤],……乃命人于成都取江水。君以淬刀,言杂涪[⑥]水,不可用。取水者捍言不杂。君以刀画水,言杂八升。取水者叩头云:“于涪津覆[⑦]水,遂以涪水益[⑧]之。”

注释

① 选自《太平御览·兵部》。蒲元:三国时蜀人。

② 奇思:奇特的才智。

③ 钝弱:钝,不锋利;弱,脆弱。

④ 淬(cuì):即淬火,工件热处理的方法,通称蘸火。

⑤ 爽烈:清亮刚烈。

⑥ 涪(fú):即四川省的涪江。

⑦ 覆:倾倒。

⑧ 益:增补。

译文

蒲元的才思过人。他在斜谷给诸葛亮铸三千把刀。刀成之后，他说汉江水淬的刀刃钝脆，不能用汉江水淬火；用蜀江水淬火就能使刀锋锋利无比。……于是就命人到成都去取蜀江水。水取来后，蒲元用它淬刀，立即说这水掺入了涪江水，不可使用。取水人争辩说没有掺假。蒲元用刀在水里一划说，掺入了八成涪水。取水的人连忙叩头说："我路过涪江渡口时，不小心把水弄洒了，于是就用涪江水补充它。"

多言何益[1]

子禽问曰："多言有益乎？"

墨子曰："虾蟆蛙蝇，日夜而鸣，舌干擗[2]，然而不听。今鹤鸡时夜而鸣，天下振动。多言何益？唯其言之时也。"

注释

① 选自《太平御览》卷三九〇《人事部》。

② 擗（pì）：析，剖开。

译文

子禽问道："说话多有什么好处吗？"

墨子回答说："癞蛤蟆和青蛙，日夜鸣叫，口干舌燥，也无人听。仙鹤、公鸡按时鸣叫，报告夜晚和黎明，一鸣使天下震动。说话多有什么好处呢？只有在该说话时说话，才有好处。"

文莹

北宋僧人。俗姓不详，生卒不详。公元10世纪人。字道温，浙江钱塘人，居荆州金銮寺。工诗文。著有《湘山野录》三卷，《续录》一卷。其中所记皆北宋杂事，少数故事可看作寓言。

自来旧例

杨叔贤郎中①，眉州②人。言顷有太守初视事，大排乐。乐人口号③云："为报吏民须庆贺，灾星移去福星来！"守大喜，问："口号谁撰？"优人答曰："本州自来旧例，止此一首。"

注释

① 杨叔贤：名异。郎中：官名，即尚书侍郎。

② 眉州：今四川省眉山县。

③ 乐人口号：乐人，弹唱的优人；口号，古代帝王、官僚宴饮所唱的颂诗。

译文

杨叔贤郎中，是四川眉山县人。他说新近有一位新太守刚上任，人们大排乐队欢迎。乐人在颂诗中唱道："为了报答官吏和百姓，需要庆贺，灾星消失，福星降临！"太守大喜，问："这首颂诗是谁作的？"优人回答说："这是本州历来的惯例，只有这么一首！"

道原

道原，宋真宗景德元年(1004)吴(今江苏省苏州吴县)之僧人。备录佛祖法语，名曰《传灯录》，亦名《景德传灯录》。其中许多内容用来教喻佛门弟子。寓言，是佛家教育门徒的常用形式。《景德传灯录》中颇多寓言故事。

摇头摆尾

元安辞临济去。

济曰："门下①有个赤稍鲤鱼，摇头摆尾向南方游去，不知向谁家齑瓮②里淹杀？"

注释

① 门下：门庭之下。

②齑(jī)瓮：齑，切碎的腌菜；齑瓮，腌菜瓮缸。

译文

元安辞别了临济离去。

临济说："门庭之下，有一条红尾巴梢的鲤鱼，摇头摆尾地向南方游去，不知道要向谁家的腌菜瓮里被腌杀呢？"

梅尧臣

梅尧臣(1002—1060),字圣俞,宣城(今属安徽)人。北宋诗人。官至都官员外郎。其诗质朴无华,内容较深刻。有《宛陵先生集》。

十九日出曹门见水牛拽车[①]

只见吴牛事水田,
只见黄牛负车轭[②]。
今牵大车同一群,
又与骡驴走长陌[③]。
卬[④]头阔步尘蒙蒙[⑤],
不似绥耕泥洦洦[⑥]。
一一夜眠头向南,
越鸟心肠谁辨白[⑦]?

注释

① 选自《宛陵先生集》卷二十四。曹,曹州,在今山东曹县一带。水牛,即诗中所说“吴牛”。

② 轭(è):车上驾牲畜的部件。

③ 陌:路。

④ 卬(áng):同“昂”。

⑤ 蒙蒙:繁盛的样子。这里形容尘土多。

⑥ 不似绥(tuǒ)耕泥洦洦(mò mò):意谓远不如低着头在水田耕地那样快活。绥,通“妥”,下垂。洦洦,水浅的样子。

⑦ 越鸟心肠谁辨白：谁能知道，越鸟的心一直想着南方呢。古诗《行行重行行》中有云："胡马依北风，越鸟巢南枝。"意思是北地所产的马依恋北风，南方所产的鸟巢于南枝，都永不忘本，暗示物尚有情，何况于人。本诗末两句即用此典。

译文

只见水牛在水田里耕地，只见黄牛拉车。现在把水牛像骡马一样使唤，拉着车走在路上，与其仰着头在满是尘土的路上拉车，不如低头在水田耕地那样快活。一夜一夜水牛都头朝南睡觉，谁又能知道：它的心就像越鸟一样，一直在想着南方！

石介

石介(1005—1045),字守道,兖州奉符(今山东泰安县)人,北宋文学家。历任推官、军事判官、国子监直讲等职。有《徂徕石先生文集》20卷,中有少数寓言诗。

哀邻家[①]

邻家不选医,医无救病术。
朝一医工[②]入,暮一医工出。
有加而无瘳[③],皇皇[④]不安室。
吁嗟邻翁愚,予[⑤]为病者恤。
瞽医[⑥]一日更千人,
盲药何能疗沉疾[⑦]?

注释

① 选自《徂徕石先生文集》卷三。

② 医工:即医生。

③ 有加而无瘳(chōu):病情不断加重而不见好转。瘳,病愈。

④ 皇皇:心不安的样子。同"惶惶"。

⑤ 予:我。

⑥ 瞽医:盲医,庸医。瞽,眼瞎,引申指没有识别的能力。

⑦ 沉疾:重病。

译文

邻居家里有人病了，亲属病急乱投医，早上请个医生来，晚上又送一个医生走。病人病情不断加重不见好转，全家人都焦急不安。我叹息邻人的不理智，怜惜病人。是呀，请的是庸医，就算一天换千人，不对症下药怎么能治好病呢？

欧阳修

欧阳修(1007—1072),字永叔,号醉翁、六一居士,谥文忠。庐陵(今江西省吉安市)人。北宋著名文学家、史学家,诗文革新运动的领袖。他的散文、诗、词成就卓著。著有《欧阳文忠公集》及《新唐书》《新五代史》等。

《归田录》2卷,凡116则,是笔记散文集,多记朝廷轶事及士大夫谈谐之语,略及寓言故事。

熟能生巧①

陈康肃②公善射,当世无双,公亦以此自矜。

尝射于家圃,有卖油翁释担而立,睨③之,久而不去。见其发矢,十中八九,但微颔④之。

康肃问曰:“汝亦知射乎?吾射不亦精乎?”

翁曰:“无他,但手熟尔!”

康肃忿然曰:“尔安敢轻吾射!”

翁曰:“以我酌⑤油知之。”乃取一葫芦置于地,以钱覆其口,徐以杓酌油沥之⑥,自钱孔入而钱不湿。因曰:“我亦无他,惟手熟尔。”

康肃笑而遣⑦之。

此与庄生所谓解牛、斫轮者⑧何异?

注释

① 选自《归田录·卖油翁》。

② 陈康肃:名尧咨,谥号康肃,北宋人。《宋史》载其诗。

③ 睨:斜视,表轻蔑。

④ 颔:下巴,此处指点头。

⑤ 酌:斟酌、量;此处指倒油。

⑥ 杓:同“勺”,勺子。沥:液体向下滴注。

⑦ 遣:打发。

⑧ 解牛、斫轮者:见《庄子》寓言故事《庖丁解牛》《轮扁斫轮》。

译文

陈康肃关于射箭,举世无双,他也以此自夸。

他曾在自家花园里射箭,有个卖油老头放下担子站在一旁斜着眼睛看,很久也不离去。老头看他射箭十有八九命中,却只是微微点点头。

康肃问道:“你也懂得射箭吗?我的箭术不是很精了吗?”

老头说:“这没什么,只不过手熟罢了。”

康肃生气地说:“你怎么敢小看我的射技?”

老头回答说:“就凭我倒油的经验懂得这个道理的。”于是,老头便取出一个葫芦放在地上,又把一个铜钱放在葫芦口上,慢慢地用勺子把油倒进去。只见油一条线似地从钱眼里流入而钱眼一点不湿。并且说:“我也没有别的诀窍,只是手熟罢了。”

康肃笑着打发那卖油老头走了。

这跟庄生所说的庖丁解牛和轮扁斫轮的道理有什么不同呢?

钟莛说①

甲问于乙曰:“铸铜为钟,削木为莛,叩钟则铿然而鸣。然则声在木乎?在铜乎?”

乙曰:“以莛叩垣墙②,则不鸣;叩钟,则鸣。是声在铜。”

甲曰:“以莛叩钱积③,则不鸣。果在铜乎?”

乙曰:“钱积实、钟虚中④,是声在虚器之中。”

甲曰："以木若⑤泥为钟，则无声，声果在虚器之中乎？"

注释

① 本文选自欧阳修的《六一笔记》。莛(tíng)：草茎，此处指敲钟的木柄。说：辩说性的文体。

② 垣墙：矮墙。

③ 钱积：聚积的铜钱。

④ 实：充实无空间。虚中：中间虚空。

⑤ 若：或者。

译文

甲向乙问道："用铜铸钟，用木做柄，敲钟就发出铿锵的声音，那么，声音发自木呢还是发自铜呢？"

乙说："用木柄敲矮墙就不会发出声响，敲铜钟就发出声响。这声音是发自铜钟了。"

甲说："用木锤敲聚积的铜钱，就不响。这声音果然是发自铜吗？"

乙说："聚积的铜钱是实的，而铜钟中间是空的，这声音是发自虚空的器物。"

甲说："用木头或者泥巴做的钟，就无声，这声音果然发自于虚空的器物吗？"

苏洵

苏洵(1009—1066),字明允,号老泉。苏轼、苏辙兄弟之父,世称“三苏”。古文八大家之一。二十七岁发愤攻读,为世人所乐道。历官教职。有《嘉祐集》。

我客至止

我客至止①,我迎至门。
来升我堂,来饮我樽②。
羞鳖不时③,詈④我不勤。
求我何多,请辞⑤不能。
客谓主人:“惟子我然⑥。
求子之多,责子之深,
期⑦子于贤。”

注释

① 止:语气助词。
② 樽:酒器,这里借指酒。
③ 羞鳖不时:意谓菜肴上得不及时。羞,同“馐”。
④ 詈(lì):责备。
⑤ 请辞:意谓拒绝其要求。辞,拒绝。
⑥ 然:这样。
⑦ 期:期望,希望。

译文

客人来了,我在门口迎接。客人坐在我的客厅里,喝着我招待的酒,因为上菜不及时,就责备我招待不周,对我提出了很多要求,我也不能拒绝他。客人对我说:“我对你要求多,苛责深,是因为我对你的期望高呀。”

僧普济

《五灯会元》,佛教书名。宋普济撰。其中取《景德传灯录》《天圣广灯录》《建中靖国绪灯录》《联灯会要》《嘉泰普灯录》五书,删繁就简,编为二十卷。其中有少量寓言。1982年中华书局有标点本。

普济,僧人,住灵隐寺。

丹霞烧佛[①]

唐元和[②]中,……(丹霞天然禅师)于慧林寺,遇天大寒,取木佛烧火向[③]。院主诃[④]曰:"何得烧我木佛?"师以杖子拨灰曰:"吾烧取舍利[⑤]。"主曰:"木佛何有舍利?"师曰:"既无舍利,更[⑥]取两尊烧。"

注释

① 选自《五灯会元》卷五《丹霞天然禅师》。

② 元和:唐宪宗李纯年号(806—820)。

③ 烧火向:意谓烧火取暖。

④ 诃:同"呵",怒斥,大声喝叱。

⑤ 舍利:亦称"舍利子"、佛骨。梵语"设利罗"。

⑥ 更:再。

译文

唐元和年间……丹霞天然禅师住在慧林寺,正碰上天气特别寒冷,他便拿木头佛像烧火取暖。寺院住持一见,便大声喝叱道:"你怎么能烧我们的佛像?"丹霞天然禅师用木棍拨着灰说:"我烧了它找佛骨。"寺院住持说:"木头佛像哪儿会有佛骨?”丹霞天然禅师说:“既然这尊佛像没有佛骨,再拿两尊佛像烧烧看。”

也须问过①

世尊②一日坐次,见二人舁③猪过,乃问:“这是个什么?”曰:“佛具一切智,猪子也不识?”世尊曰:“也须问过。”

注释

① 选自《五灯会元·释迦牟尼佛》。

② 世尊:对释迦牟尼的尊称。

③ 舁(yú):杠、举着、抬着。

译文

释迦牟尼一天正打坐,见两个人抬着猪走过,便问:“这个是什么?”回答说:“佛具一切智慧于一身,怎会不认识猪?”释迦牟尼说:“这也须问过才知道啊。”

司马光

司马光(1019—1086),字君实,陕州夏县(今山西省闻喜县)涑水乡人。北宋政治家与史学家。宝元进士,官至尚书左仆射、兼门下侍郎。因反对王安石变法,被迫退居洛阳。主持编撰《资治通鉴》,凡294卷,记叙了从公元前403年到公元959年共1362年的重大史事。号为"良史"。

请君入瓮[①]

或告文昌右丞周兴[②]与丘神勣[③]通谋。太后[④]命来俊臣[⑤]鞫[⑥]之。俊臣与兴方推事[⑦]对食,谓兴曰:"因多不承,当为何法?"兴曰:"此甚易耳!取大瓮,以炭四周炙之,令囚入中,何事不承?"俊臣乃索大瓮,火围如兴法。因起谓兴曰:"有内状[⑧]推兄,请兄入此瓮。"兴惶恐叩头伏罪。

注释

① 选自《资治通鉴·唐纪·则天皇后天授二年》。亦见唐张鷟《朝野佥载》(《太平广记》一二一、《新唐书》二〇二《周兴传》)。

② 文昌右丞:亦称"尚书右丞"。周兴:武则天时著名酷吏,万年(今陕西临潼县)人。主管刑狱陷害数千人。后罢官,为仇人所杀。

③ 丘神勣:武则天时的左金吾大将军,周兴的同僚。后因罪被杀。勣,通"绩"。

④ 太后:武则天。

⑤ 来俊臣:武则天时酷吏。大兴冤狱。任御史中丞。万年人。后因得罪武氏诸王被杀。

⑥ 鞫(jū):审讯。

⑦ 推事：推究诉讼，审理案件。

⑧ 内状：宫内批转的诉状。

译文

有人密告文昌右丞周兴和丘神勣勾结谋反，武后派来俊臣审理此案。来俊臣这时正在与周兴一起推究案情，同时一起进餐。来俊臣对周兴说："囚犯大多不认罪，应该用什么办法惩治他们呢？"周兴答道："这好办！取一个大瓮来，用炭火在四周加热，然后命令囚犯进入瓮中，他有什么口供不肯招认呢？"于是，来俊臣就找来一口大瓮，如法炮制。然后起身对周兴说："宫内批转一份诉状，要求审讯你，请兄进入这大瓮吧！"周兴吓得连忙磕头认罪。

虿 祝[①]

迂夫夜立于庭，拊树而虿螫其手[②]，捧手吟呼，痛彻于心。家人呼祝师[③]祝之。祝师曰："子姑勿有虿为惨烈，以为凡虫而藐之[④]曰'是恶[⑤]能苦我哉'，则痛已矣。"从之。少选而痛息，迺[⑥]谢祝师曰："尔何术而能攘[⑦]虿之毒如是其速也？"祝师曰："虿不汝毒也，汝自召[⑧]之；余不汝攘也，汝自攘之。夫召与攘者，非我术之所能及也，子自为之也。"

于是迂夫叹曰："嘻！利害忧乐之毒人也，岂直[⑨]虿尾而已哉！人自召之，人自攘之，亦若是而已矣。"

注释

① 选自《司马温公文集·迂书》。虿（chài）祝：虿，蝎类毒虫。祝，祷告。"虿祝"是"祝虿"的倒装。

② 拊（fǔ）：拍；螫（shì）：毒虫以毒刺人。

③ 祝师：以替人祷告为职业的人。祝，祷告。

④ 藐之：轻视它。

⑤ 恶：同“乌”，何。

⑥ 迺：同“乃”。

⑦ 攘(rǎng)：排除。

⑧ 召：招来。

⑨ 岂直：岂只。直，只。

译文

有一个迂夫夜晚站在院子里，用手拍树，被蝎子蜇了，他捧着手大声呼叫，疼痛难忍。家人叫来祝师为他祷告。祝师说：“你姑且不要认为蝎子厉害，把它当作一般的小虫子而藐视它，心里说：‘这么个小东西怎么能使我痛苦呢。’那么疼痛就停止了。”迂夫按照他的话去做，不一会儿疼痛消失，就感谢祝师说：“你有什么法术能如此迅速地排除蝎子之毒呢？”祝师说：“蝎子不毒害你，是你自己招来的；我不能排除你的痛苦，是你自己排除了它。自招与排除，不是我的法术所能达到的，是你自己这样做的啊！”

于是迂夫感叹说：“嘻！利害忧乐毒害人，岂只蝎尾蜇人啊！人自招来，自己排除它，也像这样罢了。”

拾　樵[1]

迂夫见童子拾樵于道，约曰：“见樵先呼者得之，后毋[2]得争也。”皆曰：“诺！”既而行，相与笑语戏狎[3]，至欢也。瞩然[4]见横芥[5]于道，其一先呼，而众童子争之，遂相挞[6]击，有伤者。

迂夫惕然[7]，亟[8]归而叹曰：“噫！夫天下之利大于横芥者多矣，吾不知戒而日与人游，恃其欢而信其约。一旦有先呼而斗者，能无伤乎？”

注释

① 选自《司马温公文集·迂书》。樵：柴。

② 毋：不要。

③ 狎（xiá）：亲昵，亲近。

④ 矞（xuè）然：惊视的样子。

⑤ 芥：草。

⑥ 挞（tà）：用鞭子棍子等抽打。

⑦ 惕然：警惕、害怕的样子。

⑧ 亟（jí）：急切。

译文

迂夫见一群儿童在路上拾柴，大家约定说："见到柴谁先呼叫归谁，后呼叫的就不要再争啦。"都说："对！"不一会儿向前走，大家互相说笑，显得十分亲热、欢乐。突然惊奇地发现路上横着一棵草，其中一个先呼叫，其他童子上来争抢，接着又互相打起来，有的受了伤。

迂夫显出惊惧的样子，急忙往回走而感叹说："噫！天下之利大于小草的多着呢，我不知道警惕而经常与人交游，依靠其欢乐而相信其协约，一旦有利先呼叫而大家争斗，能不造成伤害吗？"

饭　车[1]

天雨，迂夫出见饭车息于高蹊[2]者，指谓其徒曰："是车也将覆，不久矣！"行未十步，闻讙声[3]，顾见其车已覆。其徒问曰："子何用[4]知之？"迂夫曰："吾以人事知之。夫天雨道泞，而蹊独不濡[5]，又狭而高，是众人之所趣[6]也。而车不量其力，固狭擅高，久留不去，以妨众人之欲进者，其能无覆乎？祸有钜[7]于此者，奚饭车之足云？"

注释

① 选自《司马温公文集·迂书》。

② 高蹊:高高的山路。

③ 讙声:喧闹声。讙,通“喧”。

④ 用:因为。

⑤ 濡:湿。

⑥ 趣:同“趋”,奔向。

⑦ 钜:同“巨”,大。

译文

天下雨,迂夫外出见一辆饭车停在高高的山路上。他指着饭车对同行的人说:“这车不久就要翻倒的!”走不到十步就听到喧闹声,回头看那车子已倒了。同行的人问道:“您凭什么知道它会倒呢?”迂夫回答说:“我凭人事推知的。天下雨道路泥泞,而只有这条山路不湿,又狭又高,这就是众人共同奔向它的原因。而车子却不自量力,坚持在这狭窄而且高峻的道路上运行,而且久留不去,阻挡了许多要走这条道的人,岂能不翻车吗?祸害有比这更严重的,哪里只有饭车是如此呢?”

王安石

王安石(1021—1086),字介甫,号半山,江西临川人。北宋著名改革家和文学家。诗文收入《临川先生集》。他的作品“务为有补于世”,“以适用为本”。其中的寓言也是如此。

伤仲永

金溪民方仲永,世隶耕①。仲永生五年,未尝识书具。忽啼求之。父异焉,借旁近与之,即书诗四句,并自为其名。其诗以养父母、收族②为意。传一乡秀才观之。自是指物任诗立就,其文理皆有可观者。邑人③奇之,稍稍宾客其父,或以钱币丐④之,父利其然也,日扳⑤仲永环谒⑥于邑人,不使学。

余闻之也久。明道⑦中,从先人还家,于舅家见之,十二三矣。令作诗,不能称前时之闻。又七年,还自扬州,复到舅家问焉。曰:“泯⑧然众人矣!”

王子曰:“仲永之通悟,受之天也。其受之天也,贤于材人远矣。卒之为众人,则其受于人者不至也。彼其⑨受之天也,如此其贤也,不受之人,且为众人矣;今夫不受之天,固众人,又不受之人,得为众人而已耶?”

注释

① 隶耕:属于耕田人家。

② 收族:聚集同族人。

③ 邑人:同乡的人。

④ 丐:施与。

⑤ 扳:同“攀”。

⑥ 环谒:轮流拜见。

⑦明道：北宋仁宗年号。

⑧泯（mǐn）：消失。

⑨彼其：他。

译文

金溪县有个叫方仲永的人，家里祖祖辈辈都种田。他长到五岁时还未见过文具。有一天，他忽然哭着要。他父亲感到奇怪，就近借来给他。仲永立即写了四句诗，并且自拟了题目。这首诗以供养父母、聚集族人为中心。乡里的读书人传观了这首诗。从此，凡指定事物要他作诗，他都能立刻作成，而且文采、立意都不错。同乡的人都认为他是个神童，渐渐对他父亲也以礼相待，有人还拿钱向他求诗。他父亲把这当作有利可图，天天领着仲永轮流到同县人家里拜访，不让他再学习。

我听到这事已经很久了。仁宗年间，我跟父亲回家，在舅舅家看到了仲永，他已十二三岁了。叫他作诗，与从前的名声不相称。七年之后，我从扬州回家，又去舅舅家打听他，回答说："方仲永的才能已经消失，跟一般人没什么两样。"

我认为："方仲永聪明过人是先天的。他的天资比那些有才能的人高得多。最终成了普通人，那是他后天学的东西太少了。他天资高，很有才气，不注重后天的学习，尚且变成了普通人；天资差，本来就是普通人，又不重视后天学习，那就连普通人都不如了！"

幸身无事时①

幸身无事时，种种妄思量；
张三袴②口窄，李四帽檐长。
失脚落地狱，将峰投镬汤③。
谁知受热恼，却不解思凉。

注释

① 选自《王文公文集》卷五十《拟寒山拾得十九首》其八。

② 袴:同"裤"。

③ 镬(huò)汤:烹煮的刑具。镬,大锅。汤,热水。

译文

自身安全无事时,老爱胡思乱想。一会儿想着张三裤子窄,一会儿又说李四帽檐长。等到落到地狱,要被投到沸水锅里,这个时候热得痛苦不堪,连什么是凉快都想不起来了,哪还有心思去考虑其他呢。

沈括

沈括(1031—1095),字存中,北宋钱塘(今浙江省杭州)人。进士,官至翰林学士。博学多才,无所不通,是我国古代的著名学者。著有《梦溪笔谈》26卷、《补笔谈》2卷、《续笔谈》1卷、《长兴集》19卷等。

《梦溪笔谈》是沈括的一部科学杂著及见闻录,内容丰富,保存了大量的自然科学资料和历史资料。其中杂记部分有少量寓言。

恃胜失备[①]

有人曾遇强寇,斗。矛刃方接,寇先含水满口,忽噀[②]其面,其人愕然,刃已揕[③]胸。后有一壮士,复与寇遇,已先知噀水之事,寇复用之,水才出口。矛以洞[④]颈。盖已陈刍狗[⑤],其机已失,恃胜失备,其机已失,恃胜失备,反受其害。

注释

① 选自《梦溪笔谈·权智》。

② 噀(xùn):喷水。

③ 揕(zhèn):刺。

④ 洞:用如动词,穿透。

⑤ 已陈刍狗:语出《庄子·天运》。陈,陈列。刍狗,用干草扎成狗的形体,巫祝用之攘灾,用过必弃,不可再用,否则必遭殃。

译文

有人曾遇到强盗,互相打起来。矛与刀刚接触,强盗把事先含的一口水忽然喷到他的脸上,那人正惊愕间,强盗的刀刃已刺进他的胸膛。

后来有个壮士又遇上那强盗,他早就知道强盗喷水的诡计,强盗又故伎重演,水才喷出口,壮士的长矛已穿透了他的脖颈。这和用过的“刍狗”一样,用过一次,天机已泄露,如果故伎重演,还想依仗它取胜,失去戒备,反倒会受它的害。

做贼心虚[1]

陈述古密直知建州浦城[2]县日,有人失物,捕得莫知的为盗者。述古乃绐[3]之曰:“某庙有一钟,能辨盗,至灵[4]。”使人迎置后阁祠之[5],引群囚立钟前,自陈:“不为盗者摸之则无声;为盗者摸之则有声。”述古自率同职[6],祷钟甚肃。祭讫,以帷围之,乃阴使人以墨涂钟。良久,引囚,逐一令引手入帷摸之,出乃验其手。皆有墨,唯有一囚无墨。讯之,遂承为盗。盖恐钟有声,不敢摸也。

注释

① 选自《梦溪笔谈·权智》。

② 陈述古:陈襄,字述古,宋神宗时为侍御史。密直:官名。知:主持。建州浦城:县名,今福建省浦城县。

③ 绐(dài):欺骗。

④ 至灵:特别灵验。

⑤ 后阁:官署侧门。祠:祭祀。

⑥ 同职:同僚。

译文

陈述古作为枢密院直学士在建州浦城知县任上时,有人丢了东西,捉到了一些嫌疑犯。陈述古欺骗他们说:“某庙里有一口钟,能辨认盗贼,十分灵验。”于是他派人把钟抬到官署的后院,并祭祀起来。然后把这群罪犯带来站在钟前,自己对犯人说:“不做盗贼的人,摸这口钟时就无声;做盗贼的人摸它就有声。”

陈述古亲自率领同僚,对钟严肃地祈祷。祭完之后,用帐子把钟围起来,暗中使人用墨汁涂钟,过了好一会儿,领着盗贼让他们逐个把手伸进帐子里摸钟。出来后就检验他们的手,结果,他们的手上都有墨,只有一个囚犯手上没有墨。经审讯,就承认自己是盗贼。原来他害怕钟响,不敢去摸。

王令

王令(1032—1059),字逢原,广陵(今江苏扬州)人。北宋诗人。诗风雄健,颇受王安石的赏识,但才高命短。其作品编为《广陵先生文集》,中有少量寓言诗、寓言故事。

马　说

东郭[①]之儿,生而未尝逢马,意其四足而甚大者皆牛也。他日,适市而逢马焉,惊而呼曰:“是牛,何以是班班[②]也?”其闻者笑之。语诸市人,而市人笑之。东郭之儿自失[③]焉,归而语诸长者,则马也。以是不语者三日。

东郭之先生,闻而过之曰:“孺子[④]亦有所失乎?”曰:“非也。吾常以马为牛,既知其为马矣。吾惭而未言,将无以见市人也!”先生曰:“噫!马信为马矣,孺子以为牛,孺子之过也。市人乃能笑孺子者,是以马云也。苟不以马而以他使是非,几不能不以牛为马,其于孺子有间乎?孺子殆[⑤]未之学耳,市人固不足惭也。”

注释

① 东郭:地名。

② 班班:整齐强壮。

③ 自失:茫然若有所失。

④ 孺子:小儿。

⑤ 殆:只。

译文

东郭地方有一个小孩，生来未曾遇见过马。他臆想凡是有四只蹄子长得高大的都是牛。有一天，他到集市上去碰到一匹马，就惊叫说："这牛，为什么这样漂亮强壮呀？"周围听的人都笑他。他又对市人说，市人也笑他。东郭的小孩显出茫然不知所措的样子。他回去告诉年长的人，长者说这就是马。他因此三天不说话。

东郭的一位先生，听到这事就专程去对小孩说："孩子也有所失吗？"回答说："不是的。吾常把马当作牛，既然已知道它是马了，我羞愧而未说，将无脸见市人的面啊！"先生说："噫！马真的是马，你认为是牛，这是你的不对。市人笑话你的原因，是因为说的是马。如果不说马而拿别的东西让他们判断是非，几乎不能不以牛为马，这与你有区别吗？你仅仅只是未学罢了，对市人是没什么可羞愧的。"

医　谕

一邑之一医举[①]十人，一人实能，而九人名不能[②]。能者常任医，不能者常任人。任医者如何？曰："某病也，是必砭；某病也，是必药。"曰："砭楚[③]而药苦奈何？"曰："病必砭药而已，如为置楚苦，则死未可讳也。"任人者如何？曰："某病也，是宜砭；某病也，是宜药。"曰："砭甚楚，如何药，易之。"曰："是亦药可也，恶[④]在其必砭？"曰："药甚苦，且奈何？"曰："是亦有甘者尔，恶在其必苦？"以故而不能者常为用，能者常不用。

他日，邑长病，畴咨左右而可者[⑤]，召其九人之一人焉，更数月而病无损[⑥]，又召其一人焉，则又无损。更五六而不及能者。然后叹曰："邑无医，后之者不尚前，不若复召初为医者。"已而召之。

噫！是人也，何不思？使其有可疗之道，则前固用之矣，不待数月而后，徒已也。如为无益，虽召之，将如病何？一日困且惫，其子有为能者言，则骂之曰:“医召固在我,是故恶出夫彼[7]?”

吁!乃人也,何其瘳[8]?其于未死也幸!

注释

① 举:总共、全部。

② 名不能:有名而无实能。

③ 砭楚:针刺痛苦。楚,痛楚。

④ 恶:同“乌”,为什么。

⑤ 畴咨:访求,打听。可者,能治病的人。

⑥ 损:减轻,好转。

⑦ 是故句:这为什么要他提出来?

⑧ 瘳(chōu):病愈。

译文

一县的医生总共十人,其中一人有真本领,而九人徒有虚名。实能者常凭医术,不能者常听任病人摆布。凭医术的人怎么样呢?回答说:“某人病了,一定要用针刺来治;某人病了,一定要用药物治疗。”又问:“针刺疼而吃药苦怎么办呢?”回答说:“有病一定得针刺、吃药才能好,如果为了避免痛苦,那么死就不可避免了。”听任病人的医生怎么样呢?回答说:“某人病了,这宜于用针灸;某人病了,这宜于用药。”病人问:“针刺很疼,如果可以用药,就请更换。”回答说:“这也可以用药,为何一定要针刺呢?”又问:“药很苦,将怎么办?”回答说:“这也有甜药,何必吃苦药?”因此,不能治病的医生常被人请用,能治病的医生常不被人请。

有一天,一邑的长官病了,向手下的人打听能治病的医生,招来没有实能的九人中的一个。几个月之后病不见好转,又招来其中的一个,结果病还是不见好转。后来又换了五六个而仍然没有找到能治病的医生。长官感叹说:“全县没有医生,后来的超不过前边的,不如再请最初的医生。”不久又请了他。

噫！人啊，为何不想一想？假使他有可治病的办法，那他从前早就用了，不会等到数月之后再用，用了也是白用。如果是无益，即使招他，对病有什么作用呢？

一天困乏疲惫，他的一个儿子替能治病的医生说了话，他就骂儿子说："请医生本来决定于我，为什么提他？"

唉！这人呀，怎么能治好病呢？他没有病死就算很幸运了！

道旁老父言

道旁老父，髯而黑瘠，天甚寒，衣破上而露下，王子遇而嗟[①]之。老父曰："小子何为嗟？"答曰："翁耆[②]矣，衣食不足以胜寒饿，筋力已疲，不能得日休。小子不肖[③]，窃有志，故敢以嗟。"

父曰："子来前，吾语尔！夫畜者求食刍[④]，犬者怀菹[⑤]。然则尸之者，宜若然耶！且不知吾辈又尸之谁也。无乃亦宜牛马其思欤[⑥]？"答曰："太平之世，明天子在上，四民[⑦]各获其利，衣食所不及者，游惰之民尔。虽然，公胡为至是？"父曰："时运凶，有田不足以偿租负[⑧]，子孙散去，不能见保。然则老人者尚有罪耶？"谢之曰："公无多怨，岁饥尔，奈之何！"父怒曰："饥可罪耶？授人之羊，匪牧是思[⑨]；十羊而来，九丧而归，曰'羊病死，奚牧之罪[⑩]'，然则可乎？小子未可与语也。又何志之耶！"投其杖而去。追而谢[⑪]之，弗复应。

注释

① 嗟：嗟叹。

② 耆（qí）：老。

③ 不肖：不成器，不贤。

④ 畜者求食刍：喂牲畜寻找牧草。刍，牲口吃的草。

⑤ 菹（zū）：此处指切碎的肉。

⑥ 无乃句:恐怕也应该有牛马一样的想法吧?

⑦ 四民:士、农、工、商。

⑧ 偿租负:抵偿田租。

⑨ 匪牧句:不想放牧的事。匪,非。

⑩ 奚牧之罪:意谓不是放牧人的罪过。

⑪ 谢:道歉。

译文

路旁有一位老人,两颊长须,又黑又瘦。天很冷,衣服、裤子破破烂烂,王令遇到他不禁嗟叹。老人说:“小伙子为什么感叹?”回答说:“您老年纪大了,衣不能避寒,食不能充饥,筋疲力尽,天天不能休息。我不成器,私自认为有志气,所以才感叹。”

老人说:“你上前来,我对你说!喂牲口的寻找牧草,喂狗的想着切碎的肉。主持饲养的人,应该那样啊!不知道我们的命运谁掌握。恐怕也应像牛马一样求得一口吃的吧?”王令回答说:“太平盛世,圣明的天子在上,士、农、工、商各得其利,衣食不足的,都是些游手好闲的懒汉。话虽这么说,敢问您为什么到这个地步?”老人说:“运气不好,田地的收入不足以偿还拖欠的田租,子孙离散,无人供养。那么老人还有罪吗?”王令向他道歉说:“您不要多埋怨,收成不好,使您受饥,有什么办法呢!”老人生气地说:“饥饿有罪吗?接受了人家的羊,却不想做牧羊的事;来时有十只羊,回去时剩下九张羊皮,说‘羊病死了,不是牧羊人的罪过’,这样行吗?小伙子你不配我跟你交谈,又有什么志气呢!”老人扔下手杖走了。王令追着向他道歉,他不再理睬。

刘斧

刘斧,生卒年月不详,约宋神宗熙宁中前后在世。事迹亦无考。字里,人称刘斧透才。著有《青琐事议》前后集各10卷,所记皆宋代怪异事迹,介于传奇与通俗小说之间。其中略有寓言。

王安石独游[1]

王荆公介甫,时处金陵,一日,幅巾[2]杖屦,独游山寺,遇数客盛谈文史,词辩纷然。公坐其下,人莫之顾。有一客徐问公曰:“亦知书否?”公唯唯而已。复问公何姓,公拱手答曰:“安石姓王。”众人惶恐,遽[3]惭俯而去。

注释

① 选自《青琐高议》(《说郛》本引)。

② 幅巾:古代男子用绢一幅(布帛宽二尺二寸为幅)束发,称为“幅巾”。

③ 遽(jù):突然,匆忙。

译文

王安石当时闲住在金陵。有一天,他头上扎着幅巾,手拄拐杖,脚穿麻鞋,独自一人游山上的古寺。他在山上遇到几个书生正在谈论文史,众说纷纭。王安石坐在旁边,没人理睬。其中一个书生慢条斯理地问道:“你也识字吗?”王安石唯唯地应着。又问王安石姓什么?王安石拱手答道:“安石姓王。”众人听了非常惊恐,惭愧得急忙低头离去。

苏东坡

苏东坡(1037—1101),字子瞻,号东坡,眉山(今四川省眉山县)人。北宋杰出文学家,唐宋八大家之一。宋仁宗时进士,官至翰林学士、龙图阁大学士等职。一生政见与新旧两派均不合,多次遭贬。卒谥文忠。工诗文,善书画,著述甚丰,有《苏东坡集》《东坡志林》等。苏东坡同时又是个寓言家,其寓言散见于《东坡志林》及散文杂著中。寓言集《艾子杂说》,前人认为苏东坡所撰,后人多持异议。可能是宋人假托的。苏东坡倡言"托物以讽,庶几有补于国",常用寓言作为说理论辩、针砭时弊的工具。

扣盘扪烛[1]

生而眇[2]者不识日,问之有目者。或告之曰:"日之状如铜盘。"扣之而得其声;他日闻钟,以为日也。或告之曰:"日之光如烛。"扪烛而得其形;他日揣籥[3],以为日也。

注释

① 这篇节选自《东坡全集·日喻》。扣:敲。扪(mén):抚摸。

② 眇(miǎo):原指一只眼瞎,这里指双目失明的人。

③ 揣籥(yuè):揣,揣度,摸。籥,古代一种管形乐器。

译文

一个生来就双目失明的人,从来没见过太阳,就向眼睛好的人请教。有人对他说:"太阳的形状像个铜盘。"瞎子敲敲铜盘,听到了它发出的声音。有一天他听到了钟声,就以为是太阳。又有人对他说:"太阳的光像蜡烛。"瞎子抚摸蜡烛而知道了它的形状。又有一天,他摸到了一只籥,以为这就是太阳。

北人学没[1]

南方多没人,日与水居[2]也。七岁而能涉,十岁而能浮,十五而能没矣。夫没者岂苟然[3]哉?必将有得于水之道[4]者。日与水居则十五而得其道。生不识水,则强壮,见舟而畏之。故北方之勇者,问于没人而求其所以没,以其言试之河,未有不溺[5]者也。

注释

① 选自《东坡全集·日喻》。没(mò):潜水。

② 居:相处,打交道。

③ 苟然:偶然。

④ 道:规律。

⑤ 溺:淹死。

译文

南方会潜水的人很多,因为他们天天跟水打交道。他们七岁就能淌水,十岁就能浮水,十五岁就能潜水。潜水的人难道是偶然得来的吗?必然是先掌握了水性,天天跟水打交道,十五岁就掌握了潜水的规律。生来就不识水性,即使到了成年,看见船也会害怕的。北方勇敢的人向会潜水的人请教潜水技术,然后他就按照人家所教导的话,跳到了河里去试验,结果,没有不淹死的。

去瘿而死[1]

国之有小人,犹人之有瘿。

今夫瘿，必生于颈而附于咽，是以不可去。有贱丈夫[2]者，不胜其忿而决去之[3]，夫是以去疾而得死。

汉之亡，唐之灭，由此故也。

注释

① 选自《苏东坡全集·大臣论上》。瘿（yǐng）：中医指生长在脖子上的一种囊状的肉瘤子。

② 贱丈夫：目光短浅的人。

③ 不胜：不堪。忿：忿恨。决：断物，这里是割的意思。

译文

国家有小人，就像人脖子上长有肉瘤一样。

肉瘤，必定长在脖颈而又附在咽喉上，因此不便于摘除。有一个目光短浅的人，不堪忍受肉瘤之苦就割掉它，结果他因肉瘤去掉了，自己也死了。

汉代的灭亡，唐朝的崩溃，都是由于这个缘故啊！

谢医却药[1]

有病寒而欬[2]者，问于医，医以为蛊[3]，不治，且杀人。取其百金而治之。

饮以蛊药，攻伐其肾肠，烧灼其体肤，禁切其饮食之美者。期月[4]，而百疾作，内热恶寒，而欬不已，累然[5]真蛊者也。

又求诸医，医以为热，授之以寒药；且朝吐之，莫[6]夜下之，于是始不能食。惧而反之，则钟乳、乌喙[7]，杂然并进，而漂疽痈疥眩瞀之状[8]，无所不至。

三易医，而疾愈甚。

里老父[9]教之曰：“是医之辠[10]，药之过也！子何疾之有？人之生也，以气为主，食为辅。今子终日药不释口，臭味乱于外，而有毒战于内，劳其主，隔其辅，是以病也。子退而休之，谢医却药，而进所嗜[11]，气完而食美矣。则夫药之良者,可以一饮而效。”

从之,期月而病良已。

注释

① 选自《苏东坡全集·盖公堂记》。谢医却药:辞退医生,拒绝药物。

② 欬:“咳”的异体字,咳嗽。

③ 蛊(gǔ):寄生虫。

④ 期月:一整月。

⑤ 累然:疲惫的样子。

⑥ 莫:同“暮”。

⑦ 钟乳、乌喙:皆中药名。

⑧ 疽痈(jū yōng):化脓性炎症。眩瞀(xuàn mào):目眩眼花。

⑨ 里老父:乡里父老。

⑩ 辠:“罪”的异体字。

⑪ 嗜:特殊的爱好。

译文

有一个患风寒而咳嗽的病人,他向医生询问,医生认为是寄生虫病,不治的话,将会死亡。便拿了他很多钱给他治病。

医生用治寄生虫的药给他服,用药攻伐他的肾脏、肠胃,烧炙他的体肤,禁止他吃美味佳肴。一个月过去了,百病齐发,内热、怕冷、咳嗽不止,形体消瘦疲惫,真像个害寄生虫病的人。

又求另一个医生,医生认为是内热病,用寒药给他服用。结果早晨呕吐,晚上泄肚,于是开始不能进食。他害怕了,反过来服用热药,把钟乳、乌喙等药杂乱地一起吃下去,身上出现痈疽、疥疮、目眩眼花的症状,无病不有。

三次换医生,病愈加厉害。

乡里有位老年人开导他说:“这是医生药物的过失!你有什么病呢?人的

生命,以气为主,食物为辅。如今你整天药不离口,臭味混乱于体外,而百药之毒攻战于体内,伤了元气,隔绝了食物,所以你有病。你休息休息,不见医生,不吃药,吃你自己特别喜爱的东西,元气充足,吃东西也就觉得有味了。这就是最好的药,就可以收到药到病除之效。”

他按照老人的话去做,过了一个月,病就好了。

黠　鼠[①]

苏子夜坐,有鼠方啮[②],拊[③]床而止之。既止复作,使童子烛之,有橐[④]中空,嘐嘐聱聱[⑤],声在橐中。

曰:“嘻!此鼠之见闭而不得去者也。”发而视之,寂无所有,举烛而索,中有死鼠。

童子惊曰:“是方啮也,而遽[⑥]死耶?向为何声,岂其鬼耶?”

覆而出之,堕地而走。虽有敏者,莫措其手。

苏子叹曰:“异哉!是鼠之黠也。”

注释

① 选自《东坡全集·黠鼠赋》。黠鼠:狡猾的老鼠。黠:狡猾。

② 啮:咬,啃。

③ 拊:拍打。

④ 橐:口袋。

⑤ 嘐(jiāo)嘐聱(áo)聱:皆为象声词。

⑥ 遽:疾速。

译文

苏子夜晚闭目打坐,有一只鼠在啃东西,他拍拍床制止老鼠。停了一会老鼠又啃起来,苏子就让童子用蜡烛照,只见有一只口袋是空的,啃东西的声音就是从这口袋中发出的。苏子说："嘻！这老鼠被关在口袋里，逃不脱了。"打开口袋一看，一点响声也没有，也不见什么东西，举起蜡烛寻找，发现其中有一只死老鼠。童子惊叫道："这老鼠正在啃东西，怎么这么快就死了？刚才是什么声音，难道是它的鬼吗？"

从口袋里把它倒出，刚一落地它就逃跑了。即使敏捷的人也措手不及。

苏子感叹地说："奇怪啊！这老鼠真够狡猾的。"

牧羊而梦为王[①]

人有牧羊而复者，因羊而念马，因马而念车，因车而念盖[②]。遂梦曲盖[③]鼓吹[④]，身为王公。

夫牧羊之与王公，亦远矣；想之所因[⑤]，岂足怪乎？

注释

① 选自《东坡全集·梦斋铭》。

② 盖：古代车子上的伞形车篷。

③ 曲盖：曲柄的车盖。

④ 鼓吹：乐器合奏。

⑤ 所因：所依据的。

译文

有一个牧羊而返的人，由羊想起马，由马而想起车，由车而想起车篷。于是梦见自己乘坐着曲盖的马车，前边有乐队吹奏，自己成了王公大人。

牧羊人与王公大人相差太远了。这不过是他的梦想，难道有什么值得奇怪吗？

威无所施[①]

忠、万、云安多虎[②]。有妇人昼日置二小儿沙上，而浣[③]衣于水者。虎自山上驰来，妇人仓皇沉水避之，二小儿戏沙上自若。虎熟视久之，至以首抵触，庶几[④]其一惧；而儿痴竟不知怪，虎亦卒去。

意虎之食人，必先被[⑤]之以威，而不惧之人，威无所以施欤！

注释

① 选自《东坡全集·书孟德传后》。

② 忠、万：县名，今四川省。云安：今四川省云阳县。

③ 浣（huàn）：洗。

④ 庶几：希望。

⑤ 被：加。

译文

四川忠县、万县、云阳一带多有老虎出没。有一个妇女，白天把小孩放在沙滩上而自己在河边洗衣服。老虎从山上跑来，妇女仓皇沉入水中躲避，两个小孩在沙滩上玩得自由自在。老虎看了很久，甚至用头碰撞，希望小孩害怕；但是小孩竟痴呆呆的不知惊怪，老虎也终于离开了。

推想虎之吃人，必定先对人施加威风，而不害怕的人，它的威风也就无处施展了。

海屋添筹[①]

尝有三老人相遇，或问之年[②]。

一人曰："吾年不可记，但忆少年时与盘古有旧[③]。"

一人曰："海水变桑田时，吾辄下一筹。尔来[4]吾筹已满十间屋。"

一人曰："吾所食蟠桃，弃其核于昆仑山下，今已与昆仑山齐矣！"

以余观之，三子者，与蜉蝣、朝菌[5]何以异哉！

注释

① 选自《东坡志林》。"海屋添筹"：在大海的屋里添加筹码。

② 年：年龄。

③ 有旧：老交情。

④ 尔来：自那时以来。

⑤ 蜉蝣、朝菌：小虫名，生命极短。

译文

曾有三位老人相遇，有人问他们的年岁。

一位老人说："我的年龄已经忘了，但还记得年轻时跟盘古有过老交情。"

另一位老人说："每当沧海变桑田时，我就放一个筹码，我的筹码已充满十间房屋了。"

第三位老人说："我所吃的蟠桃，桃核扔在昆仑山下，如今已堆积得与昆仑山一样高了。"

依我看，这三位老人，与朝生暮死的蜉蝣、朝菌有什么区别呢？

螺蚌相语[1]

中渚有螺蚌，相遇岛间。

蚌谓螺曰："子之形如峦之秀，如云之孤。纵使卑朴，亦足仰德。"

螺曰："然，云何珠玑[2]之宝，天不授我，反授汝耶？"

蚌曰："天授于内，不授于外。启予口，见予心。汝虽外美，其如内何？摩顶放踵[3]，委曲而已！"

螺乃大惭，掩面而入水。

注释

① 选自《苏轼文集》卷七十三。

② 珠玑：珠子。玑，不圆的珠子。

③ 摩顶放踵：从头顶到脚跟都摩伤了。放，到。

译文

河中的小洲上生活着螺和蚌，有一次它们在岛上相遇。

蚌对螺说："您的形象像山峦秀丽，又像云朵般孤傲。纵然身体不高，也足以使我仰观您的德行。"

螺说："是啊，可是为什么大自然不把珍珠给我，反而给了您呢？"

蚌说："大自然只把珍珠交给心灵美的生物，不授予外表好看的家伙。张开我的口，就能看到我的内心。你虽然外表美，可内心如何呢？从头顶到脚跟，弯弯曲曲罢了。"

螺听了大为惭愧，急忙掩面钻进水里。

子瞻患赤眼[①]

余患赤目，或言不可食脍[②]。余欲听之，而口不可，曰："吾与子为口，彼与子为眼，彼何厚，我何薄？"以彼患而废我食，不可。子瞻不能决。口谓眼曰："他日我痼[③]，汝视物，吾不禁也。"

注释

① 选自《东坡志林》五卷本卷一。

② 脍：细切的鱼或肉。这里当泛指肉食。

③ 痼（gù）：久病。

译文

我得了红眼病，有人说不能吃肉食。我打算照那人说的办，嘴巴却不答应，说："我给你当嘴巴，他给你当眼睛，你为什么对他好，对我不好？因为他得了病就不让我吃肉，不行。"我一时决定不了。嘴巴对眼睛说："往后我要得了病，你看东西，我决不干涉。"

傍人门户[①]

桃符仰视艾人[②]而骂曰："汝何等草芥，辄[③]居我上？"

艾人俯而应曰："汝已半截入土，犹争高下乎！"

桃符怒，往复纷然不已。门神解之曰："吾辈不肖，方傍人门户，何暇争闲气耶！"

注释

① 选自《东坡志林》。亦题"桃符与艾人"。

② 桃符：旧俗，元旦用桃木板写上神荼、郁垒两神名，挂于门旁，以示辟邪。艾人：端阳节，用艾草扎成人形，立门旁，除毒气。

③ 辄：常，总是。

译文

桃符抬头看着艾人骂道："你是什么草芥，总是在我之上？"

艾人俯下身子答道："你已经半截入土了，还跟我争高低吗？"

桃符大怒，双方争吵不休。门神解劝道："我辈不成器，正在依靠他人门户过日子，还有何闲暇闹闲气啊！"

措大吃饭[①]

有二措大相与言志。

一云:“我平生不足,惟饭与睡耳。他日得志,当饱吃饭了便睡,睡了又吃饭。”

一云:“我则异于是。当吃了又吃,何暇复睡耶!”

注释

① 选自《东坡志林》。措大:亦叫“醋大”,穷酸。

译文

有两个穷酸读书人,一起谈论自己的志向。

其中一个说:“我这辈子不满足处,只有吃饭和睡觉罢了。有朝一日得志,我定要吃饱了再睡,睡醒了再吃。”

另一个说:“我跟你不同。我必定要吃了再吃,哪里还有闲暇睡觉呢?”

方轨八达之路[①]

覆盆水于地,芥浮于水,蚁附于芥。茫然不知所济。

少焉,水涸,蚁即径[②]去。见其类出涕曰:“几不复与子相见!”

岂知俯仰之间[③],有方轨八达之路乎?念此可以一笑。

注释

① 选自宋代朱弁撰《曲洧(wěi)旧闻·东坡信笔自书》。方轨:两车并行。八达:四通八达。

② 径:径直。

③ 俯仰之间：低头仰面之间，比喻时间很短。

译文

一杯水倒在地上，小草浮在水面，一只蚂蚁附在小草上，茫然不知从哪里渡水。

不一会儿，水干了，蚂蚁立即径直跑了。它看见它的同类就流着眼泪说："差点再也看不到你们了！"

蚂蚁哪里知道低头、抬头之间就会看到四通八达的大道呢？想到这里，可以一笑。

戴嵩画牛[1]

蜀中有杜处士，好书画，所宝以百数。有戴嵩牛一轴，尤所爱，锦囊玉轴，常以自随。一日曝书画[2]，有一牧童见之，拊[3]掌大笑。曰："此画斗牛也。斗牛力在角，尾搐[4]入两股间。今乃掉尾[5]而斗，谬矣！"处士笑而然之。

古语有云："耕当问奴，织当问婢。"不可改也。

注释

① 选自俞剑华《画论类编》。戴嵩：唐代画家，善画水牛。

② 曝：晒。

③ 拊：拍。

④ 搐(chù)：抽缩。

⑤ 掉尾：摇尾。

译文

四川有个姓杜的处士，喜好书画，珍藏的名书画以百计算。其中有戴嵩画的牛一幅，他尤为珍爱，用锦囊做画套，用玉石做画轴，随身携带。有一天他晾晒书画，有个牧童看见了戴嵩画的牛，拍掌大笑道："这画的是斗牛。斗牛力量用在角上，尾巴紧缩在两腿间。如今画的摇尾而斗，不对！"处士笑笑认为说得对。

古人说："耕地要请教农民，织布要请教婢女。"这话很对呀！

河豚鱼说①

河之鱼，有豚其名者，游于桥间，而触其柱，不知远去。怒其柱之触己也，则张颊植鬣②，怒腹而浮于水，久之莫动。飞鸢③过而攫④之，磔⑤其腹而食之。

好游而不知止，因游而触物，不知罪己，妄肆其忿⑥，至于磔腹而死，可悲也夫！

注释

① 选自《柳河东集》附录《读柳子厚三戒》。

② 颊：面颊，这里指鱼鳃。植：立。鬣（liè）：鱼鳍。

③ 鸢：老鹰。

④ 攫：用爪抓。

⑤ 磔（zhé）：分裂肢体。

⑥ 妄肆其忿：放肆地发泄愤怒。

译文

河里有一条名叫豚的鱼，在桥间戏游，不小心撞在桥柱上，还不知离开。它生气桥柱撞了自己，于是就张开鳃竖起鳍，肚子鼓起浮在水面上，很久不动。老鹰从它上面飞过，用利爪抓它，撕破它的腹部，而且把它吃了。

喜好游乐而又不知道停止，因游乐而撞上了别的东西，不知道责备自己，还狂妄地发泄它的愤怒，以至于被老鹰裂体而死，可悲啊！

乌贼鱼说[①]

海之鱼,有乌贼其名者,呴水而水乌[②]。戏于岸间,惧物之窥已也,则呴水以自蔽,海乌[③]视之而疑,知其鱼而攫之。

呜呼,徒知自蔽以求全,不知灭迹以杜疑,为窥者所窥,哀哉!

注释

① 选自《柳河东集》附录。

② 呴水:喷水。乌:黑色。

③ 海乌:应是"海鸟"。

译文

海里有一种鱼,名叫乌贼,它一喷水,水就变成黑色。它在海岸边游戏,怕别的东西偷看,就不断喷水来遮蔽自己。海鸟看到海水变成了黑色,心中起疑,知道是乌贼鱼作怪,就把它抓走了。

唉,它只知道自蔽求全,不知道灭迹而杜绝嫌疑,反而被偷看者所发现,可悲啊!

二　虫[①]

君不见:水马儿,步步逆流水,大江东流日千里,此虫趯趯[②]长在此。君不见,鹨滥堆,决起随冲风[③],随风一去宿何许[④],逆风还落蓬蒿中。二虫愚智俱莫测,江边一笑无人识。

注释

① 选自《苏轼诗集》卷二十一。二虫,即诗中所说的水马儿和鹨滥堆。水

马儿,水虫名,亦叫“水马”。鹈滥堆,即鹈,也叫“阿滥堆”,一种小鸟。

② 趯趯(tì tì):跳的样子。

③ 决(xuè)起随冲风:一下子飞起来,随着大风而去。决,通“赽”,迅速冲风,猛烈的风。

④ 许:通“所”,处所。

译文

你也许不知道:水马儿这种虫,步步都是逆着水流,大江东去一日千里,这种虫还是在当地生活生长。你也不知道鹈滥堆这种鸟,凭借大风一下飞起,随风一去不知今后睡在哪里,逆着风就会落在芦苇中。两种动物谁聪明不知道,江边一笑没有人理会。

《艾子杂说》

《艾子杂说》,又名《东坡居士艾子杂说》共有故事39则,并由一个幽默多智的艾子(托为战国齐宣王时近臣)贯穿全书,作为故事的当事人或评论者。相传为北宋苏东坡所撰,近人颇多怀疑,或以为宋人假托,或断为明人所托。但是,在材料不足的情况下,还无法断定苏东坡与《艾子杂说》毫无关系。鉴于上述,此处将《艾子杂说》单列一个章节。

《艾子杂说》,是中国最早的寓言专集,也是笑话与寓言相结合的成功之作。其风格与《东坡志林》相近,体现了作者嘲讽世情、讽刺时病的特点,对明代的寓言《郁离子》《艾子后语》等产生了直接影响。

蛤蟆夜哭

艾子浮于海,夜泊岛峙①。中夜闻水下有人哭声,复若人言,遂听之。其言曰:"昨日龙王令,应水族有尾者斩。吾鼍②也,故惧诛而哭,汝蛤蟆无尾何哭?"复闻有言曰:"吾今幸无尾,但恐更理会科斗时事也。"

注释

① 岛峙:海洋中突出水面的石岛。

② 鼍(tuó):鳄鱼类动物。通称猪婆龙。

译文

艾子在大海上航行,晚上停泊在一座石岛旁。半夜,听到水下有人的哭声,又像人在说话,于是就听了听。其中一个说:"昨天龙王下令,对水族中长尾巴的一律处死。我是鳄鱼,有尾,所以害怕杀头而哭泣。你是蛤蟆,没有尾巴,为什么哭泣?"又听到一个声音说:"我如今幸而没有尾巴,但我担心再追究到我做蝌蚪时的事上呀!”

齐王赐药

艾子事[①]齐王,一日,朝而有忧色。宣王怪而问之。对曰:“臣不幸,稚[②]子属疾。欲谒[③]告,念王无与图事者,所朝;然心实系焉。”王曰:“盍[④]早言乎?寡人有良药。”稚子顿服,而巳[⑤]卒。他日,艾子忧甚戚。王问之故,慼[⑥]然曰:“卿[⑦]丧子可伤,赐黄金以助葬。”艾子曰:“殇[⑧]子不足以受君赐,然臣将有所求。”王曰:“何求?”曰:“只求前日小儿得效方。”

注释

① 事:侍奉。

② 稚子:幼儿。

③ 谒:拜见。

④ 盍:“何不”的合音。

⑤ 巳(sì):十二时辰之一,相当于九时至十一时。

⑥ 慼:“戚”的异体字。

⑦ 卿:封建时代,君对臣的称谓。

⑧ 殇:未成年就死去。

译文

艾子侍奉齐王。有一天上朝时,脸上现出忧愁的神色。宣王奇怪,就问他。他回答说:“我不幸,孩子病了。我拜见王并想告假,又考虑到王没有可商量大事的人,所以来朝见王,但心里实际上在想着孩子。”王说:“你何不早讲呢?我有好药。”接着叫人取来赐给艾子。艾子拜谢而归。给他的孩子吃了,巳时就死了。后来的一天,艾子十分悲伤。宣王问清原因,便忧愁地说:“你死了儿子，应当伤心，赐你一些黄金来帮助安葬。”艾子说：“儿子早夭，不值得接受君王的恩赐；不过臣下我另有所求。”王问：“要什么？”艾子说：“我只要前几天您赐给我儿子吃了并见效的药方。”

辛垣衍

秦破赵于长平[①]，坑众四十万，遂以兵围邯郸。诸侯救兵列壁[②]，而不敢前，邯郸垂亡。平原君[③]无以为策，家居愁坐，顾府吏而问曰：“相府有何未了公事？”吏未对，辛垣衍[④]在坐，应声曰：“唯城外一伙窃盗未获耳。”

注释

① 长平：古城名，故址在今山西省高平县西北。战国时，秦将白起破赵兵，坑杀赵兵四十万于此。

② 列壁：壁垒并列，言其多。

③ 平原君：战国赵惠文王之弟赵胜，号平原君。

④ 辛垣衍：辛垣为复姓，名衍。战国时魏人。

译文

秦国在长平打败了赵国的军队，活埋战俘四十万，紧接着又用兵包围了赵国国都邯郸。诸侯所派的救兵壁垒并列，却不敢上前助战，邯郸眼看着就要被攻破。平原君束手无策，在家发愁，他看着手下的官吏问道：“相府里还有什么公事未办？”官吏未及回答，在座的辛垣衍应声说：“只有城外一伙盗贼还未抓获罢了。”

一蟹不如一蟹

艾子行于海上，见一物圆而褊[①]，且多足，问居人[②]曰：“此何物也？”曰：“蛸蛑[3]也。"

既又见一物圆徧多足,问居人曰:"此何物也?"曰:"螃蟹也。"

又于后得一物,状貌皆若前所见而极小,问居人曰:"此何物也?"曰:"彭越[4]也。"

艾子喟然[5]叹曰:"何一蟹不如一蟹也。"

注释

① 徧(biǎn):通"扁"。

② 居人:住在海边的人。

③ 蝤蛑(qiú móu):又称"梭子蟹"或"讲话农业蟳(xún)"。

④ 彭越:即"蟛蜞",体似蟹而小。

⑤ 喟然:感叹的样子。

译文

艾子在海滩上行走,看见一种体圆而扁,而且又有很多脚的动物,问居住在海边的人说:"这是什么动物?"回答说:"这是蝤蛑啊!"

过了一会儿,又看见一物圆扁多足,又问住在海边的人说:"这是什么东西?"回答说:"这是螃蟹。"

过后又看见一种动物,长得都像前边所见过的动物,不过很小,再问住在海边的人说:"这是什么?"回答说:"这是蟛蜞。"

艾子叹口气说:"为什么一蟹不如一蟹呢?"

挽牵折半

艾子见有人徒行,自吕梁托舟人以趋彭门者[1],持五十钱遗[2]舟师。

师曰:"凡无赍[3]而独载者人百金。汝尚少半,汝当自此为我挽牵至彭门,可折半直[④]也。”

注释

① 吕梁：指江苏省铜山县境内的吕梁山。彭门：即彭城，今江苏省铜山县治。

② 遗：赠送。

③ 赍(jī)：所带的行李。

④ 可折半直：可折合一半的价钱。直同“值”。

译文

艾子见一个步行的人，从吕梁托撑船人捎他去彭门，拿五十钱送给船夫。

船夫说：“凡无行李而单身坐船的人，收一百钱。你还缺少一半，你应当从这替我拉纤到彭城，就抵你缺的那一半船钱。”

齐王筑城

齐王一日临朝，顾谓侍臣曰：“吾国介于数强国间，岁苦支备[①]，今欲调丁壮，筑大城，自东海起，连即墨[②]，经大行，接轘辕[③]，下武关，逶迤[④]四千里，与诸国隔绝，使秦不得窥吾西，楚不得窃吾南，韩、魏不得持吾之左右，岂不利邪？今百姓筑城，虽有少劳，而异日不复有征戍侵虞[⑤]之患，可以永逸矣；闻吾下令，孰不欣跃而来耶？”

艾子对曰：“今旦大雪，臣趋朝，见路侧有民，裸露僵踣[⑥]，望天而歌；臣怪之，问其故。答曰：‘大雪应候[⑦]，且喜明年人食贱麦，我即今年冻死矣！’正如今日筑城，百姓不知享永逸者在何人也。”

注释

① 支备:调度战备。

② 即墨:战国时地名,在今山东平度县东南。

③ 轘辕:山名,在今河南省偃师县东南。

④ 逶迤:曲折连绵。

⑤ 征戍:远征、守边。侵虞:侵犯戒备。

⑥ 僵踣(bó):僵硬,跌倒。

⑦ 应候:顺应节令。

译文

齐王有一天临朝,回头看着他的侍臣说:"我国处于几个强国中间,整年苦于调遣战备。如今我想征调一批壮丁,修建一座大城,从东海起,连接即墨,经太行山接轘辕,下武关,曲折绵延四千里,与列强隔绝,使强秦不能窥伺我国西方,楚国不得偷犯我国南方,使韩国、魏国不得控制我国左右,这岂不是大好事吗? 如今百姓筑城,虽然稍有劳累,但过后就不再有远征戍边和遭受侵犯的忧患,可以一劳永逸;百姓听到我的命令,谁不欢欣雀跃呢?"

艾子回答说:"今天早晨下大雪,我来上朝,见路边有个百姓,光着身子快冻僵了,还在望着天空歌唱;我感到奇怪,问他原因。他回答说:'大雪顺应节令,高兴的是明年人们能吃到便宜麦子,我却在今年就冻死了!'这正像如今所说的筑大城,等到筑好,百姓却不知道享受永久安逸的将是什么人啊!"

鬼怕恶人

艾子行水涂[①],见一庙,矮小而装饰甚严。前有一小沟,有人行至,水不可涉。顾庙中,而辄取大王像横于沟上,履[②]之而去,复有一人至,见之,再三叹之曰:"神像直有如此亵慢[③]!"乃自扶起,以衣拂饰,捧至座上,再拜而去。须臾,艾子闻庙中曰："大王居此以为神，享里人祭祀，反为愚民之辱，何不施祸患以谴之？"王曰："然则祸当行于后来者。"小鬼又曰："前人以履大王，辱莫甚焉，而不行祸；后来之人敬大王者，反祸之何也？"王曰："前人已不信矣，又安祸之！"艾子曰："真是鬼怕恶人也！"

注释

①涂：同途，道路。

②履：践踏。

③直：通"值"。亵慢：轻慢，冒犯。

译文

艾子走水路，看见一座庙，虽矮小但装饰得很庄严。它的前边是一条小沟，有人走到跟前，水深淌不过去，回到庙中，就取来大王的神像，横在沟上，踩在上面走过。又有一个人走来，看到神像，再三感叹说："神像怎么能如此冒犯！"于是亲自把它扶起，用衣服擦去灰尘，收拾一番，捧上神座，拜了两拜而去。片刻，艾子听见庙里一个声音说："大王住在此地为神，享受乡下人的祭祀，反受愚人之辱，为什么不施加祸患来责罚他们呢？"大王说："灾祸应降给那个后来的人。"小鬼又问："前人用脚践踏大王，您受辱没有比这更严重了，而对他不降灾，后来的人敬重大王，反倒要降灾于他，这是为什么？"王回答说："前边的那个人早已不信鬼神了，又怎能降灾于他？"

艾子说："的确是鬼怕恶人啊！"

以凫为鹘[①]

昔人将猎而不识鹘，买一凫而去。原上兔起，掷之使击，凫不能飞，投于地；又再掷，又投于地。至三四。凫忽蹒跚[②]而人语曰："我鸭也。杀而食之，乃其分[③]，奈何加我以掷之苦乎？"

其人曰："我谓尔为鹘，可以猎兔耳，乃鸭耶？"

凫举掌而示，笑以言曰："看我这脚手，可以搦[④]得他兔否？"

注释

①凫（fú）：野鸭。鹘（hú）：鹰类的鸟，可饲养捕猎。

②蹒跚（pán shān）：走路东倒西歪的样子。

③分：职分，本分。

④搦（nuò）：按住。

译文

过去有一个人想打猎而不认识鹘鸟，却买了一只野鸭而去。原野上跑来一只兔子，他把野鸭抛起使它捕猎野兔。但是野鸭不能飞，坠落于地；二次又抛，又坠落于地。以至于三四次。野鸭忽然蹒跚地学着人的声音说："我是野鸭子。被人杀了吃是我的本分，怎么把我抛来扔去地让我受此苦呢？"

猎人回答说："我当你是鹘，可以捕猎兔子，谁知竟是野鸭子！

野鸭伸出蹼爪给人看，笑着说："看我这脚爪，可以抓住兔子吗？"

腹胀过而休

昔有龙王，逢一蛙于海滨，相问讯后，蛙问龙王曰："王之居处何如？"

王曰："珠宫贝阙[①]，翚飞[②]璇题[③]。"

龙复问："汝之居处何若？"

蛙曰："绿苔碧草，清泉白石。"

复问曰："王之喜怒如何？"

龙曰："吾喜则时降膏泽[④]，使五谷丰稔[⑤]；怒则先之以暴风，次之以震霆，继之以飞电，使千里之内，寸草不留。"

龙谓蛙曰："汝之喜怒何如？"

曰:“吾之喜则清风明月,一部鼓吹[⑥];怒则先这以努眼[⑦],次之以腹胀,然后至于胀过而休。”

注释

①珠宫贝阙:用珍珠贝壳建造的宫殿。

②翚飞:俗称飞檐,近代建筑学称“翚飞式”。

③璇题:美玉装饰的出檐。题,物体的一端,这里指椽露出檐外的一头,俗称“出檐”。

④膏泽:指雨露滋润。

⑤丰稔(rěn):庄稼成熟丰收。

⑥鼓吹:吹鼓乐。

⑦努眼:张大眼睛。

译文

从前,龙王在海边遇到了一只青蛙,相互问候之后,青蛙问龙王说:“您的住处怎么样?”

龙王说:“住的是用珠玉宝贝建造的宫殿,飞檐华丽,出檐用美玉装饰。”

龙王反问道:“你的住处怎么样?”

蛙说:“有嫩绿的苔藓,碧绿的青草,清清的泉水,雪白的莹石。”

蛙又问道:“龙王您喜怒时怎么样?”

龙王说:“我高兴时就降下雨露滋润庄稼,使五谷丰收;恼怒了,就先刮大风,打雷闪电,使千里之内寸草不留。”

龙王对青蛙说:“你喜怒时又是怎样的?”

青蛙说:“我高兴了,就在清风明月中,像吹鼓乐那样鼓噪;发怒了,就先突出眼珠,鼓起肚子,然后肚子胀过就罢休了。”

米从何来

齐有富人,家累千金。其二子甚愚,其父又不教之。

一日,艾子谓其父曰:“君子虽美,而不通世务,他日曷能克其家①?”

父怒曰:“吾之子敏,而且恃多能②,岂有不通世务耶?”

艾子曰:“不须试之他,但问君子之所食者米从何来,若知之,吾当妄言之罪③。”

父遂呼其之问之。

其子嘻然笑曰:“吾岂不知此也!每以布囊取来。”

其父愀然④而改容曰:“子之愚甚也!彼米不是田中来?”

艾子曰:“非其父不生其子。”

注释

①曷:怎么。克:胜任。

②恃:自负,依仗。

③妄言:胡说。

④愀(qiǎo)然:悲伤的样子。

译文

齐国有一个富翁,家中累积千金。他的两个儿子很笨,作父亲的又不教导他们。

有一天,艾子对那做父亲的说:“您的儿子虽然长得好看,但不通世务,将来怎能担当起这个家?”

那父亲生气地说:“我的儿子聪敏,而且多才多艺,岂能不通世务?”

艾子说:“不必拿其他试验,只问您儿子所吃的米从何来,若知道这一点,我情愿承担胡说八道的罪名。”

父亲于是把儿子叫来问这件事。

儿子得意地说:“我怎能不知道这个米都是从布袋里取出来的。”

父亲悲伤而且变了脸色说:“你愚蠢透顶了！那米不是从田地里来的吗?”

艾子说:“不是这样的父亲生不了这样的儿子。”

自道我是

艾子有从禽之僻[①],畜一猎犬,甚能搏兔。艾子每出,必牵犬以自随。凡获兔,必出其心肝以与之食,莫不饫足[②]。故凡获一兔,犬必摇尾以视艾子,自喜而待其饲也。

一日出猎,偶兔少,而犬饥已甚。望草中二兔跃出,鹰翔而击之。兔狡,翻覆之际,而犬已至,乃误中其鹰,毙焉,而兔已走矣。

艾子匆遽[③]将死鹰在手,叹惧之次[④],犬亦如前摇尾而自喜,顾艾子以待食。

艾子乃顾犬而骂曰:“这神狗[⑤]犹自道我是里[⑥]!”

注释

①从禽之僻:追捕鸟兽的癖好。从,追赶。僻,通“癖”。

②饫(yù)足:吃饱。饫,饱食。

③遽(jù):匆忙,突然。

④次:中间。

⑤神狗:莫名其妙的狗。

⑥自道我是里:自己称自己是对的。里,同“哩”。

译文

艾子有追捕鸟兽的癖好。他养了一条猎犬,善于捉兔子。艾子每次外出,一定要牵着猎犬相随。凡捉到兔子,一定挖出心肝给它吃,没有不让它吃饱的。所以凡是捕获一只兔子,犬必定摇着尾巴盯着艾子,自鸣得意地等待艾子喂它。

有一天艾子出猎,偶遇兔子稀少,而犬又饿得厉害。望见草丛中跳出两只兔子,猎鹰飞起追击它。兔子狡猾,来回躲闪之间,犬已赶到,竟误伤了猎鹰,猎鹰死了,而兔子早已逃窜了。

艾子急忙把死鹰拿在手中,感叹愤恨之间,犬又像以前那样摇尾而自喜,注视着艾子等待给它吃。

艾子看着猎犬骂道:"这莫名其妙的狗还自以为是哩。"

亚宰奇画[①]

齐有二老臣,皆累朝[②]宿儒大老[③],社稷倚重。一曰冢相,凡国之大事,乃关预焉。一日,齐王下令迁都。有一宝钟重五千斤,计人力须五百人可扛。时齐无人,有司[④]计无所出,乃白亚相[⑤]。久亦无语,徐曰:"嘻!此事亚相何不能了也?"于是令有司曰:"一钟之重,五百人可扛。人忽均凿作五百段,用一人五百日扛之。"有司欣然承命。艾子适见之,乃曰:"冢宰奇画,人因不及。只是搬到彼,莫却费锢鏴[⑥]也无?"

注释

①冢宰:古官名,相当于宰相。画:同"划",谋划。

②累朝:连续几个朝代。

③宿儒大老:年老而有学问的人。

④有司:分设的专职官员。

⑤亚相:副宰相。

⑥锢鏴(gù lù):熔铸。

译文

齐国有两个老臣,都是经历了几个朝代的有学问的人。国家倚重他们。

其中一个叫冢相,凡国家大事,他都参与。一天,齐王下令迁都,有一座宝钟,重五千斤,估计要五百人才能扛走。当时齐国缺乏人力,专职官员又想不出办法,就告诉亚相。亚相很久没说什么,后来才慢慢地说:"嘻!这事我亚相为什么不能处理呢?"于是对有关部门官员下令说:"一座钟的重量,五百个人可以扛动。叫人很快把它平均凿成五百段,让一个人花五百天扛走它。"有司官员欣然答应。艾子刚好看见了这事,就说:"冢相的妙计,一般人当然比不上。只是把它搬到那里以后,不知还须要费多少功夫把它们熔铸在一起呢?"

肉食者鄙

艾子之邻,皆齐之鄙人[①]也。

闻一人相谓曰:"吾与齐之公卿,皆人而禀三才之灵者[②],何彼有智,而我无智?"

一曰:"彼日食肉,所以有智;我平日食粗粝[③],故少智也。"

其问者曰:"吾适有粜粟[④]钱数千,姑与汝日食肉试之。"

数日,复又闻彼二人相谓曰:"吾自食肉后,心识明达[⑤],触事有智,不徒有智,又能穷理。"

其一曰:"吾观人脚面,前出甚便,若后出岂不为继来者所践?"

其一曰:"吾亦见人鼻窍[⑥],向下甚利,若向上,岂不为天雨注之乎?"

二人相称其智。

艾子叹曰:"肉食者其智若此。"

注释

①鄙人:鄙陋之人。

②禀:天赋。三才:即"三材",天、地、人。

③粗粝:粗米。

④粜(tiào)粟：卖出粮食。粜，卖出。

⑤心识(zhì)明达：聪明通达。识，通“志”。

⑥窍：孔洞。

译文

艾子的邻居，都是齐国的鄙陋之辈。

有一天，艾子听到一个邻居对另一个说：“我跟齐国的公卿，都是禀赋天地、人三才的灵气的人，为什么他们有智慧，而我就没有呢？”

另一个说：“那些人天天吃肉，所以有智慧；我们平日吃粗茶淡饭，所以缺乏智慧。”

那个问话的说：“我刚好有卖米的数千钱，姑且让我们每天吃些肉试一试。”

几天以后，艾子又听到那两个人一个告诉一个：“我自从吃肉以后，变得聪明通达起来。处事有智慧，不仅有智慧，还能穷尽事物的道理。”

一个说：“我注意到人的脚往前走很方便，如果向后走岂不是被后来的人践踏了吗？”

另一个说：“我也看见人的鼻孔向下很很方便，如果鼻孔向上，岂不被雨水灌进去了吗？”

两个人互相夸耀起自己的智慧来了。

艾子感叹道：“食肉者的智慧就像这样啊！”

公孙龙[①]夸事

公孙龙见赵文王，将以夸事眩[②]之。因为王陈“大鹏九万里”[③]、“钓连鳌[④]”。文王曰：“南海之鳌，吾所未见也。徒以吾赵地所有之事报子。寡人之镇阳，有二小儿，曰东里，曰左伯，共戏于渤海之上。须臾，有所谓鹏者，群翔于水上。东里遽入海以捕之，一攫[⑤]而得。渤海之深，才及东里之胫。顾何以贮也？于是挽左伯之巾以囊焉。左伯怒，相与斗之。久不已。东里之母，乃拽[⑥]东里回。左伯举太行山掷之，误中东里之母，一目眛[⑦]焉。母以爪剔出，向西北弹之，故太行中断；而所弹之石，今为恒山也。子亦见之乎？"公孙龙逡巡[⑧]丧气，揖而退。弟子曰："嘻！先生持大说以夸眩人，宜其困也。"

注释

①公孙龙：姓公孙，战国时赵国人，名家代表人物。

②眩：通"炫"，夸耀。

③大鹏：《庄子·逍遥游》中所描写的大鸟。

④鳌：传说中的大海龟。

⑤攫：抓取。

⑥拽（zhuài）：拖、拉。

⑦眛：昏暗。

⑧逡巡：迟疑不决。

译文

公孙龙朝见赵文王，想用一些浮夸的事在文王面前炫耀一番。因此给文王讲了大鹏一飞九万里和有人一连钓了六只大海龟的故事。文王说："南海大龟我从未见过。只以我们赵国所发生的事来回答你。我们镇阳有两个小孩，一个叫东里，一个叫左伯，一起在渤海边玩耍。一会儿，有一群大鹏在海面上飞翔。东里急忙跳入海里去捕捉它们，一下抓到了一只。渤海水深才到东里的小腿。但用什么来装它呢？于是就拉下左伯的头巾把它装起来。左伯很生气，就跟东里打起来，打了好长时间还不住手。东里的母亲拉东里回去。左伯举起太行山向东里投去，误中东里的母亲，她的一只眼睛看不清了。就用手指把太行山从眼睛里剔出来，朝西北方向弹去，所以太行山从中间摔断了；她弹得远的山石，就是如今的恒山。您也见到这件事了吧？"公孙龙听了不知如何是好，灰心丧气，作个揖退下。他的弟子说："先生拿大话炫耀于人，陷入困境，是在所难免的。"

明年同岁

艾子行，出邯郸道上，见二媪相与让路。一曰："媪[①]几岁？"曰："七十。"问者曰："我六十九，然则明年，当与你同岁矣。"

注释

①媪(ǎo)：老年妇女。

译文

艾子出了邯郸城，看见两个老太太在互相让路。一个问："您多大年纪了？"另一个回答："七十岁。"问话的说："我六十九岁，不过，到了明年，我就会跟你同岁了。"

营丘士[①]

营丘士，性不通慧。每多事，好折难[②]而不中理。

一日，造[③]艾子问曰："凡大车之下，与橐驼[④]之项，多缀铃铎，其故何也？"艾子曰："车驼之物甚大，且多夜行，忽狭路相逢，则难于回避，以借鸣声相闻，使预得回避尔。"

营丘士曰："佛塔之上，亦设铃铎，岂谓塔亦夜行而使相避邪？"艾子曰："君不通事理，乃至如此！凡鸟鹊多托高以巢，粪秽狼藉。故塔之有铃，所以警鸟鹊也，岂以车、驼比邪？"

营丘士曰："鹰鹞之尾，亦设小铃，安有鸟鹊巢于鹰鹞之尾乎？"艾子大笑曰："怪哉，君之不通也！夫鹰隼[⑤]击物，或入林中，而绊足绦[⑥]线，偶为木枝所绾[⑦]，则振羽之际，铃声可寻而索也，岂谓防鸟鹊之巢乎？"

营丘士曰："吾尝见挽郎[⑧]秉铎而歌，虽不究其理，今乃知恐为木枝所绾，而便于寻索也。艾子愠[9]而答曰："挽郎乃死者之导也，为死人生前好诘难，故鼓铎以乐其尸耳！"

注释

①营丘士：营丘地方的书生。营丘，古邑名，在今山东省昌乐县东南。

②折难：辩难。用言论去说服或诘难对方。

③造：造访；往、到。

④橐驼：即骆驼。

⑤隼（sǔn）：似鹰而小，性凶猛。也叫鹘（hú）。

⑥绦（tāo）："绦"的异体字。即丝绦，用丝编织的绳子或带子。

⑦绾（wǎn）：系，钩联。

⑧挽郎：给死者送葬在前面引路的。

⑨愠（yùn）：怨怒。

译文

营丘有一个书生，生性不聪明，每每多事，喜欢诘难别人，但又不明事理。

有一天，他去拜访艾子并问道："凡大车下面与骆驼的脖颈上都系着铃铛，这是为什么？"艾子说："车和骆驼都是庞然大物，而且多在夜间行路，突然在狭窄的道路上相遇，就很难回避，因此，借着铃声使对方听到，及早回避罢了。"

营丘的书生又问："佛塔顶端也装有铃铛，难道说塔也夜间行路而用鸣声要对方回避吗？"艾子说："您不通事理竟然到如此地步！凡是鸟鹊都依托高处筑巢，粪便满地，所以塔顶装有铃铛，是用来惊吓鸟鹊的，怎么能跟大车、骆驼相比呢？"

营丘书生又问："鹰鹞的尾巴上也系有小铃，哪里有鸟鹊在鹰鹞的尾部筑巢的呢？"艾子大笑说："奇怪啊，你真不通事理啊！鹰隼追击猎物，有时飞入山林而被丝绳绊住爪子，有时偶然被木枝挂住，在扇动翅膀时，人们可顺着铃声找到它，难道这是防止鸟鹊筑巢吗？"

营丘书生又问:“我曾看见送葬引路的挽郎一路敲着铃铛,一边唱着挽歌,虽不懂其中的道理,如今才知道他是担心被树枝绊住而便于人们寻声找到他啊!但我不知道绊住挽郎脚的是皮带呢?还是线带呢?”艾子生气地答道:“挽郎是为死者引路的人,因为死者生前好与人辩难,所以才敲着铃铛来使死者感到快乐!”

口是祸之门

艾子病热,稍昏,梦中神游阴府,见阎罗王升殿治事。有数鬼抬一人至,一吏前白之曰:“此人在世,唯务持人阴事[①],恐取财物;虽无过者,一巧造端[②],以诱陷之,然后摘使准法。合[③]以五百亿万斤柴于镬[④]汤中煮讫[⑤]放。”

王可之,令付狱。有一牛头捽[⑥]执之而去,其人私谓牛头曰:“君何人也?”

曰:“吾镬汤主也,狱之事皆可主之。”

其人又曰:“既为狱主,固首主也,而豹皮裩[⑦]若此之弊!”

其鬼曰:“冥中无此皮,若阳人焚化方得,而吾名不显于人间,故无焚贶[⑧]者。”

其人又曰:“某人外氏猎徒也,家常有此皮,若蒙狱主见悯,少减柴数,得还,则焚化十皮,为狱主作裩。”

其鬼喜曰:“为汝去‘亿万’二字,以欺其徒,则汝得速还,兼免沸煮之苦三之二也。”

于是叉入镬煮之。其牛头者,时来相问,小鬼见如此,必欲庇之,亦不敢令火炽,遂报柴足。

既出镬,束带将行,牛头曰:“勿忘皮也。”

其人乃回顾曰:“有诗一首奉赠云:‘牛头狱主要知闻,权在阎王不在君;减刻官柴犹自可,更求枉法豹皮裩。’”

牛头大怒,叉入镬汤,益薪煮之。

艾子既寤,语于徒曰:“须信口是祸之门。”

注释

①务：尽力从事。持：挟制。阴事：隐私。

②造端：制造事端。

③合：应当。

④镬：古代的鼎或锅。

⑤讫：完结。

⑥捽（zuó）：揪住。

⑦裩（kūn）：同“裈”，指有裆的裤子。

⑧贶（kuàng）：送给。

译文

艾子发高烧，头脑昏昏沉沉，梦中到了阴间，看到阎罗王升堂办事。有几个鬼抬着一个人进来，其中一个鬼上前报告阎罗王说：“这人在阳间时，专门抓别人的隐私，恐吓人家，索取财物；即使没有过错的人，一经他巧妙地捏造事端，诱人上当，然后，抓住人家的把柄，迫使人家按照他的要求行事。应当用五百亿斤干柴把它放在镬汤中煮，煮完再放他回去。”

王答应了，命令交给监狱执行。有一个牛头鬼把他揪去。那人私下问牛头说：“您是什么人？”

回答说：“我是主管狱中镬汤之刑的人，狱中之事都可以作主。”

那人又说：“你既然是狱中的主管，一定是头面人物，而你的豹皮裤子却如此破烂。”

那鬼说：“阴间没有豹子皮，如果阳间的人焚化了豹子皮，我才能得到它，可是人间并不知道我，所以没人焚化给我。”

那人又说：“我的舅舅是打猎的，家中常有这种皮子，若能受到您的怜悯，稍微减去些柴火，还阳后，我就焚化十张皮子，为您做条好裤子。”

那鬼高兴地说：“给你减去‘亿万’二字，以欺骗那些小鬼，你就可以很快回去，并且可以少受三分之二的沸煮之苦。”

牛头说着就把那人又入锅里煮起来。那牛头鬼不时地来问之情况，小鬼一看此情，心想牛头鬼一定是想袒护此人，也不敢用大火煮，于是报告说柴火够了。

那人出了镬之后，束好腰带将要回家，牛头鬼说："不要忘了皮裤的事。"

那人回头对牛头鬼说："有一首诗赠给你：'牛头狱主要明白，权在阎王不在你；减少官柴还罢了，又要枉法求豹皮。'"

牛头大怒，把那人重新又进沸水里，多加些柴火狠煮。

艾子从梦中醒来，对其弟子说："必须相信口是招祸之门呀！"

苏辙

苏辙(1039—1112)字子由,苏轼之弟。宋代著名文学家,古文八大家之一。累官翰林学士门下侍郎等职。有《栾城集》50卷。下面一首寓言诗即选自该书卷十一。

牛尾貍[①]

首如貍,尾如牛,
攀条捷崄[②],如猿猴。
橘柚为浆栗为糇[③]。
筋肉不足惟膏油[④]。
深居简出善自谋[⑤],
寻踪发窟并执囚[⑥]。
蓄租分散身为羞[⑦],
松薪瓦甑烝浮浮[⑧],
压入糟盎[⑨]肥欲流,
熊肪羊酪真比俦[⑩]。
引箸[⑪]将举讯何尤[⑫],
无功窃食人所仇。

注释

①牛尾貍:哺乳动物,以尾似牛尾而得名,又叫玉面貍。属。捕得后,用果类喂食,亦名果子貍,供食用。貍,同“狸”。

②捷崄(xiǎn):在险要的地方走。捷,走小道,抄近道。崄,高险,这里用

作名词,指高险的地方。

③糇(hóu):同"餱",干粮。

④筋肉不足惟膏油:意思是浑身都是脂肪,极言其肥。

⑤自谋:为自己打算,这里实指谋求安全。

⑥并执囚:全都逮住。并,一并,一齐。执,拘捕,抓住。

⑦蓄租分散身为羞:意思是被人杀掉,做了美味。租,积蓄,与"蓄"同义连用,这里实指其肥胖的身体。羞,同"馐",美味的食物。

⑧松薪瓦甑(zèng)烝(zhēng)浮浮:放在瓦甑里,用柴火蒸煮,热气直冒。甑,瓦制蒸煮器。烝,同"蒸"。浮浮,水很大的样子。

⑨糟盎(àng):酒缸。糟,未清带滓的酒。盎,一种大腹敛口的盆。

⑩比俦(chóu):并列,相提并论。

⑪箸:筷子。

⑫尤:过错,罪过。

译文

头像狸猫,尾如牛尾。攀爬走险像猿猴一样敏捷,以橘柚栗子为食物,浑身都是脂肪。深居简出善于保护自己,结果被人找到洞穴全部逮住。让人杀掉做成美味,放到酒缸里油都快流出来了,可以和熊脂羊酪相媲美。食客举筷欲吃时想想这种动物为什么被吃,是因为它爱偷窃、养得太肥的缘故。

王谠

王谠,生卒年不详。生活在宋徽宗崇宁、大观年间。字正甫,长安(今陕西省西安市)人。撰有《唐语林》52 门,8 卷,系从 50 种唐人笔记中取材,仿《世说新语》体例而成。

口鼻眼眉争能[1]

口与鼻争高下,口曰:"我谈今古是非,尔何能居我上?"

鼻曰:"饭食非我不能辨。"

眼谓鼻曰:"我近鉴[2]豪端[3],远察天际;惟我当先。"又谓眉曰:"尔有何功,居我上?"

眉曰:"我虽无用……若无眉,成何面目!"

注释

①选自宋·王谠:《唐语林》卷六,《补遗》。

②鉴:看清。

③豪端:羽毛末稍。豪,同"毫"。

译文

口与鼻争高下,口说:"我能谈论古今的是非曲直,你有什么能耐位居我之上?"

鼻子回答说:"美味佳肴非我不能分辨。"

眼睛对鼻子说:"我近能看清毫毛末稍,远能察看天边;只有我当先。"又对眉毛说:"你有什么功劳,竟居我之上?"

眉毛说:“我虽然无用,如果没有眉毛,那成何面目!”

老虎报恩

曾有老妪山行,见一兽如大虫[①],羸然跬步而不进[②],若伤其足者。妪因即[③]之,而虎举前足以示妪。妪看之,乃有芒刺在掌下,因为拔之。俄而奋迅𠸄[④]吼,别妪而去,似愧其恩者。及归,翌日[⑤],自外掷麋鹿狐兔至于庭者,日无阙焉。妪登垣视之,乃前伤虎也。因为亲族具言其事,而心异之。一旦[⑥],忽掷一死人,血肉狼藉。乃被村人凶者呵捕,云杀人。妪具说其由,始得释缚。乃登垣伺其虎至,而语之曰:“感则感矣;叩头大王,已[⑦]后更莫抛人来也!”

注释

①大虫:老虎。

②羸然跬(kuǐ)步而不进:好像被什么绊住了似的,一点也挪不动。羸然,缠绕,困住的样子。跬步,半步,相当于今之一步,亦喻数量之小。

③即:走向,靠近。

④𠸄(hǎn):虎叫声。

⑤翌日:第二天。

⑥一旦:一天。

⑦已:同“以”。

译文

一天,一个老太婆在山里赶路,碰到一只野兽,看上去像老虎,似乎什么绊住了,一步也挪不动,好像脚爪受了伤的样子。老太婆便走上前去,老虎把前爪抬起来给老太婆看。老太婆一看,原来是爪掌上扎了一根尖刺,然后为它拔了出来。不一会儿,老虎便又是跳又是吼,离开老太婆走了,一副对不起老太婆的样子。老太婆回到家里,第二天,只见从外边扔进许多鹿呀、狐狸呀、兔子呀,每天都是如此。老太婆爬上墙头一看,原来扔东西的就是前些天受了伤的那只老虎。老太婆便把这情况一五一十地讲给人们听,人们心里都觉得奇怪。一天,老虎忽然扔进一个死人,浑身上下,血肉模糊。村子里的坏人大声呵问老太婆,把她捆绑起来送官,说她杀了人。老太婆把缘由详细说了一遍,这才被释放了。老太婆便爬上墙头,等候老虎,老虎来了之后,她就告诉老虎说:"我很感谢你。我向你磕头,以后再也不要把人给我扔来!"

毕仲询

毕仲询(生卒年不详),约公元1082年前后在世,宋代文学家,曾任岚州(今山西岚县)团练推官,所撰《幕府燕闲录》十卷,杂记唐、宋间士大夫、文人趣事。

岂非同院[①]

国子博士王某知扶风县[②],有李生以资[③]拜官,每见王辄称"同院"。王不能平,因面质[④]曰:"某自朝士[⑤],与君名位不同,而见目同院,何邪?"

李生徐曰:"因知王公未知县事时,自是国子博士,谓之'国博'。某以纳粟授官[⑥],亦'谷博'[⑦],岂非国院乎?"

王为之大笑。

注释

①本篇选自《幕府燕闲录》,同院:同等官署,即同等官职。

②国子博士:国子监的博士。国子监,官署名,即国学。国子监内生员,自晋朝开始称国子博士。知:主持。扶风县:今属陕西省。

③资:资格、地位。

④面质:当面询问。

⑤朝士:朝廷的国子博士。

⑥纳粟授官:交纳粟粮所授的官职。即用粮食买来的官职。

⑦谷博:即"谷子(粟)多"。

译文

国子博士王某在扶风县当知县，有一位李生以他的官位资格会见他。李生每次见王都称他“国院”。王某心中不平，因而当面询问道：“我自是朝廷国子博士，和您的名位身份不同，却被您视为同院，为什么呀！”

李生慢慢地说：“我本来就知道王公未当知县时，是国子博士，称作‘国博’。而我用交纳粟粮的办法被授予了官职，也可以称作‘谷博’呀，难道不是同院吗？”

王某听后为之大笑。

马驮三千石[①]

故事边郡[②]，纳粟三千斛[③]授本州助教[④]。

岐山[⑤]王生纳粟授官，以原价市骏马，犹不如意，每以为恨。尝骑过市，医生李生滑稽能谑[⑥]，遮道谓曰：“君马新市，其价几何？”

曰：“一百五十千。”

李生盛称“壮健”，以为价贱。

王怪问之。

李生曰：“驮得三千石谷，岂非壮健耶？”

注释

①本文选自《幕府燕闲录》。

②故事边郡：为了加强国境边地的建设。

③斛（hú）：古代器名，也是容量单位，十斗为一斛，南宋末年改五斗为一斛。

④助教：官名，助国子博士教授生徒。

⑤岐山：今陕西岐山县。

⑥谑（xuè）：开玩笑。

译文

为了建设国境边郡，交纳三千斛粟粮的人可以授予本州助教的官职。

岐山的王生交纳了三千斛粟粮，被授予了官职。他用高价买了一匹骏马，还不如意，常因此而深感遗憾。他曾经骑马从街上走过，有个医生李生生性滑稽，善开玩笑，便拦住路对王生说："你新买的这匹马，它的价钱是多少？"

回答说："一百五十千。"

李生极力称赞骏马"肥壮强健"，并认为价钱太便宜了。

王生觉得奇怪，问他什么原因。

李生回答道："能驮得三千石谷，难道不非常肥壮强健吗？"

惠洪

惠洪(1071—1128),俗姓彭,一名德洪,字觉范,宜丰(今江西居县)人,宋徽宗时出家为僧。工诗,有诗集《石门文字禅》30卷。所著《冷斋夜话》为诗话类杂记体书。多记述当时文坛情况,内中略见寓言。

痴人说梦①

僧伽②,龙朔③中游江淮间,其迹甚异。有问之曰:"汝何姓?"答曰:"姓何。"又问:"何国人?"答曰:"何国人。"唐李邕④作碑,不晓其言主,乃书传曰:"大师姓何,何国人。"此正所谓对痴人说梦耳。

注释

①本篇选自《冷斋夜话》。

②僧伽:梵语称众僧为"僧伽",省称"僧",后亦称单个和尚。宋《斋僧传》谓唐高僧僧伽,葱岭北何国人,自言法姓何氏。

③龙朔:唐高宗的年号,661—663年。

④李邕:唐代著名书法家,玄宗时为北海太守。故又称李北海。

译文

唐高宗龙朔年间,僧伽在长江、淮河间游历,他们的行迹十分奇特。有人问他说:"你何姓?"他回答:"姓何。"又问:"你是何国人?"回答道:"何国人。"

唐朝李邕为他写碑文,因不懂他说话的意思,便在传记中写道:"大师姓何,何国人。"

好草书而不工[①]

张丞相[②]好草书而不工，当时流辈皆讥笑之，丞相自若也。

一日得句，索笔疾书，满纸龙蛇飞动。使侄录之，当波险[③]处，侄罔然[④]而止，执所书问曰："此何字也？"

丞相熟视久之，亦不自识，诟[⑤]其侄曰："胡不早问，致余忘之！"

注释

①本篇选自《冷斋夜话》。

②张丞相：宋朝人张时英。

③波险：笔画折波怪异。

④罔然：迷惑不解的样子。罔同"惘"。

⑤诟（gòu）：责骂。

译文

张丞相喜好写草体字，但写得不合要求，当时的人都讥笑他，可张丞相却泰然自若。

有一天他忽然得到了佳句，便要来纸笔很快写了下来，满纸的草字龙飞凤舞。随即叫他侄子去抄写。抄到笔画波折怪异的地方，侄子迷惑不解，停下笔，拿着草稿去问他："这是什么字？"

丞相仔细地辨认了很久，自己也不认识了，便责怪侄子道："你为什么不早问？以致我忘记了。"

鹤亦败道[①]

渊材迂阔[②]好怪，尝畜两鹤。客至，指以夸曰："此仙禽也。凡禽卵生，而此胎生。”

语未卒，园丁报曰：“此鹤夜产一卵，大如梨。”渊材面发赤，诃[3]曰：“敢谤鹤也！”

卒[4]去，鹤辄两展其胫[5]，伏地。渊材讶之，以杖惊使起，忽诞一卵。

渊材嗟咨[6]曰：“鹤亦败道！”

注释

①此篇选自《冷斋夜话》。败道：败坏仙道。

②渊材：即刘渊才。迂阔：迂远而不切实际。

③诃（hē）：大声喝斥。诃同“呵”。

④卒：终于。

⑤胫（jìng）：禽腿。

⑥嗟（jiē）咨：感叹声。

译文

刘渊才性情迂阔又喜好怪诞，曾在家中养着两只鹤。有天来了客人，他便指着鹤夸耀道：“这是仙鸟，凡飞禽都是卵生的，而这鸟却是胎生的。”

话还没说完，园丁跑来报告说：“这鹤夜间下了一个蛋，像梨那么大。”渊才羞得面红耳赤，大声喝斥园丁说：“你竟敢诽谤仙鹤呀！”

最后，他们同去观看，仙鹤就展开两腿，趴在地上。渊才很惊讶，就用拐杖惊吓它，叫它站起来，可这时，仙鹤忽然又生下一个蛋。渊材长叹一声道：“唉，仙鹤也败坏仙道呀！”

朱敦儒

朱敦儒(1080？—1175年?),字希真,号岩壑,河南洛阳人。志行高法,早年隐居不仕,宋高宗绍兴二年,赐进士出身。曾任两浙东路提点刑狱,鸿胪少卿。素工诗及词,风格婉丽清畅。著有《岩壑老人诗文》一卷,《樵歌》一卷。

东方智士说[①]

东方有人自号智士,才多而心狂。凡古昔圣贤与当世公卿长者,皆摘[②]其短缺而非笑之。然地寒力薄,终岁不免饥冻。

里有富人,连第宅,甲其国中。车马奴婢,钟鼓帷帐,物物惟备。一旦,富人召智士语之曰:“吾将远游,今以居第贷[③]子。凡室中金玉资生[④]之具无乏,皆听子之用,不计。期年还,则归我。”

富人登车而出,智士策杖[⑤]而入。奴仆妓[⑥]妾,罗拜堂下,各效其所典[⑦]薄籍以听命,号智士曰“假公”。智士因遍观居第,富实伟丽过王者,喜甚。忽更衣东走圊[⑧],仰视其室卑狭,俯阅其基湫隘[⑨],心郁然不乐,召纲纪仆让之曰[⑩]:“此第高广而圊不称[⑪]。仆曰:“惟假公教。”

智士因令撤旧营新,狭者广之,卑者增之,曰如此以当寒暑,如此以蔽风雨。既藻其棁[⑫],又丹其楹[⑬],至于聚筹[⑭]积灰,扇蝇攘蛆[⑮],皆有法度[⑯]。事或未当,朝营夕改,必善必奇。智士躬执斤[⑰]帚,与役夫杂作,手足疮茧,头蓬面垢,昼夜废眠食,忉忉焉[⑱]惟恐圊之未美也,不觉阅[⑲]岁,成未落也。

忽阍者[⑳]奔告曰:“阿郎至矣!”智士仓皇弃帚而趋迎富人于堂下。富人劳[㉑]之曰:“子居吾第乐乎?”智士恍然自失[㉒]曰:“自君之出,吾惟圊是务,初不知堂中之温密[㉓],别馆之虚凉,北榭[㉔]之风,南楼之月,西园花竹之盛,吾未尝倪[㉕]目;后房歌舞之妙,吾未尝举觞[㉖]。虫网琴瑟,尘栖钟鼎[㉗],不知岁月之及[㉘]

子复归而吾当去也。”

富人揖而出之。智士还于故庐,且悲且叹,悒之[29]而死。

市南宜僚[30]闻而笑之,以告北山愚公。愚公曰:“子奚笑哉?世之治圊多矣!子奚笑哉?”

注释

①此篇选自赵与时《宾退录》。此文作者朱敦儒,赵与时在《宾退录》中引录了本篇。

②摘:指摘。

③贷:借。

④资生:赖以维持生活。

⑤策杖:拄杖。

⑥妓:此指有歌舞等技艺的女子。

⑦典:主管。

⑧更衣:大小便的代称。圊(qīng):厕所。

⑨湫(jiǎo)隘:低下狭小。湫,低。

⑩纲纪仆:管理一家事务的仆人。让:责备。

⑪称(chèn):适合,相符。

⑫藻:文采,此指彩绘,棁(zhuó):梁上的短柱。

⑬楹:柱子。

⑭筹:此指手纸等。

⑮攘:排除,除掉。

⑯法度:规矩。

⑰斤:斧头。

⑱忉忉(dāo)焉:忧虑的样子。

⑲阅:经历。

⑳阍(hūn)者:守门人。

㉑劳(lào):慰劳。

㉒自失,好像丢掉了什么的样子。

㉓密:精到,细致。

㉔榭(xiè):建在高土台上的敞屋。

㉕倪(nì):通“睨”,斜视。

㉖觞(shāng):古代的酒器。

㉗鼎(dǐng):古代的炊器。

㉘及:到。

㉙悒悒(yì):郁闷的样子。

㉚宜僚:人名。

译文

东方有个自称智士的人,多才而狂傲。凡是古代的圣贤与当代的公卿长者,他都指责他们的缺点短处并讥笑他们。可是他自己地薄力单,一年到头也免不了挨饥受冻。

当地有一个富人,房屋一座连一座,在国内可算得上第一。家中车马奴婢,钟鼓帷帐,应有尽有。一天,富人叫来智士对他说:“我将要出外远游,现在把我住的房子借给你,屋里的金玉和维持生活的东西都不缺,全由你使用,不论多少,一年以后我回来再还给我。”

富人上车走了,智士柱拄来到富人家里。家中的奴仆和歌伎等,排列在堂下向他叩拜,并各自拿着所管的簿籍听候他的指使安排,把智士叫“假公”。智士于是在家中观看了一遍,觉得这里确实富实伟丽,超过了王侯之家,心中非常高兴。忽然他因小便走到东边的厕所,抬头看到这里房子低矮窄狭,低头看到屋基低下狭小,心中闷闷不乐,就把管家的仆人叫来责备说:“这里房屋高大宽敞而厕所狭小低矮,极不相称。仆人说:”听从假公的批评。”

智士于是叫仆人拆掉旧的建造新的,窄狭的地方扩大,低矮的地方加高,并告诉仆人怎样挡寒暑,怎样蔽风雨。既油漆彩绘梁檩,又用红漆漆了楹柱。

至于扫拢弃置杂物和灰尘，扇蝇除蛆，都有一定的规定。有的地方不合要求，便及时更改，一定要做得又完善又奇特。智士还亲自挥斧执帚，与仆人一起干杂活，手足磨得起疮茧，蓬头垢面、废寝忘食，忧心忡忡，只怕厕所收拾得不美观。不知不觉一年过去了，可是厕所还未修好。

忽然守门人跑来报告说："主人回来了。"智士急忙丢掉手中的扫帚跑到堂下去迎接。富人慰劳他说："你住在我的房子里快乐吗？"智士忽然六神无主似地说道："自从您走后，我只在修理厕所，一点也不知道厅堂里温暖精致，别馆宽敞凉爽；北榭的清风，南楼的明月，西园的翠竹和盛开的鲜花，我都不曾看过一眼；后房里美妙的歌舞我也无暇去举杯欣赏，琴瑟上布满了蛛网，钟鼎上落满了灰尘，不知道岁月的流逝和你的归来，而我却应当回去了。"

富人拱手把他送出门，智士回到自己家里，又悲伤又叹息，郁闷地死了。

市南的宜僚听到后觉得可笑，便把这件事告诉北山愚公。愚公说："你笑什么呢？世上修厕所的人多了，你笑什么呢？"

范正敏

范正敏，号遯翁，生卒年不详，北宋后期人。据陶宗仪《说郛》称："《遯斋闲览》十四卷，宋范正敏，福州长溪县令。"

秀才康了[①]

柳冕秀才性多忌讳[②]，应举[③]时，同辈与之语，有犯"落"[④]字者，则忿然见于词色。仆夫误犯，辄加杖楚[⑤]。常语"安乐"为"安康"。忽闻榜出，亟[⑥]遣仆视之。须臾，仆还，冕即迎问曰："我得否乎？"仆应曰："秀才'康'了也。"

注释

①此篇选自《遯斋闲览·谐噱》。

②忌讳：因顾忌而回避，不敢说。

③应举：参加选拔举人的考试。

④落：封建社会科举考不中称"落第"。

⑤杖楚：用木棍和荆条打。楚，原指荆条，这里用作动词。

⑥亟(jí)：急忙、赶快。

译文

有个名叫柳冕的秀才，生性乖僻，忌讳很多。

参加选拔人的考试时，有一个同辈考生与他闲谈，无意间说了个"落"字，犯了他"落第"的忌讳，他便愤然作色，溢于言表。他的仆人误犯了他的忌讳，总是棍棒相加。他常把"安乐"说成"安康"。

忽然听说发榜了，柳冕急忙派仆人去看。不一会，仆人回来，柳冕立即迎上前去问道:“我中了吗?”仆人回答说:“秀才你‘康’了!”

作诗图对偶[1]

李廷彦献百韵诗于一上官,其间有句云:“舍弟江南殁[2],家兄塞北亡。”上官矗然[3]哀之曰:“不意君家凶祸重并如是!”廷彦遽[4]起自解曰:“实无此事,只图对属[5]亲切耳。”

注释

①此篇选自《遯斋闲览·谐噱》。

②殁(mò):死亡。

③矗(xì)然:伤痛的样子。

④遽(jù):急速。

⑤对属(zhǔ):对偶。

译文

李廷彦作了一首百韵诗献给一位达官贵人,其中有两句写道:“舍弟江南殁,家兄塞北亡。”达官贵人看到这里,悲痛地说:“没想到你家这样屡遭不幸。”廷彦急忙站起来解释说:“其实没有这回事,只是为了诗句对仗工整罢了。”

刘氏自守[1]

许义方妻刘氏,每以端洁自许[2]。义方尝出经年,忽一日归,语其妻曰:“独处无聊,得无时[3]与邻里亲戚往还乎?”刘曰:“自君之出,唯户自守,脚未尝履阈[4]。”义方咨叹[5]不已,又问何以自娱,答曰:“唯时作小诗以适情[6]耳。”义方欣然命取诗观之。开卷第一篇题云:《月夜招邻僧闲话》。

注释

①此篇选自《遯斋闲览·谐噱》。

②端洁:品行端正贞洁。许,同“诩”。

③无时:不时。

④履阈(yù):踩踏门槛。

⑤咨叹:赞叹。

⑥适情:即抒发感情,解闷。适,自得,这里有抒发的意思。

译文

许义方的妻子刘氏,常常夸耀自己品行多么端正贞洁。义方经常外出好多年。忽然一天回到家里,问妻子:“你一人在家,实在无聊,总得经常与左邻右舍、亲戚朋友来往吧?”刘氏说:“自从你走后,我只是紧闭门户,独守空房,脚连门槛都不曾迈出过。”义方听后,赞叹不已。又问刘氏用什么消遣时日,刘氏回答说:“只是有时作些小诗来解解闷而已。”义方高兴地叫她取诗来观看,打开诗稿,第一篇的题目就是《月夜招邻僧闲话》。

曾敏行

曾敏行，生卒年不详，字达臣，号独醒道人，南宋初年人。撰有笔记《独醒杂志》。

斗牛图[①]

马正惠公尝珍其所藏戴胄《斗牛图》[②]。

暇日展曝[③]于厅前，有输租氓[④]见而窃笑。公疑之，问其故。对曰："农非知画，乃识真牛。方其斗时，夹尾于髀[⑤]间，虽壮夫膂力[⑥]不能出之。此图皆举其尾，似不类矣。"公为之叹服。

注释

①此篇选自《独醒杂志》。

②马正惠公：即马知节，宋代大官僚，死后谥正惠公。戴胄（zhòu）：唐代名画家，擅长画牛。

③曝（pù）：晒。

④输租氓：前来缴纳租税的农民。

⑤髀（bì）：大腿。

⑥膂（lǚ）：指全身的力气。膂，脊背。

译文

马正惠公曾经很珍视他所收藏的唐代著名画家戴胄的《斗牛图》。

在一个空闲的日子，他把画晒在厅堂前，有一个前来缴纳租税的农民看见后偷偷地笑了，马知节很疑惑，就问他为什么笑。农民回答说："我这个种田人不懂得画，但是却熟悉真牛。牛正在相斗时，尾巴夹在大腿中间，即使是身强力壮的人使尽全身力气，也拉不出来。而这张斗牛图上的牛，牛尾巴都翘起来了，这似乎不像呀。”马知节听了，对农民的说法很佩服。

洪迈

洪迈(1123—1202),字景卢,别号容斋,饶州鄱阳(今属江西)人。自幼好学强记,博极群书。高宗时使金不屈,孝宗时拜翰林学士。晚年归乡里,从事著述。死后谥文敏。他的著述甚丰,有《史记法语》《南朝史精语》《容斋五笔》《文敏文集》《夷坚志》等书。《夷坚志》有本志、支志等400多卷,但保存下来的只是其中的一部分。书中收集鬼神怪异之事,大多是遣兴之作。

荣州梧桐①

显谟阁②待制董正封,知荣州③。使宅④一楼极高,可以远眺,而为大梧桐所蔽,举目殊⑤有妨。命伐去。

吏辈罗拜⑥乞留曰:"此木为吾州镇⑦,盖逾二百年,有神物居之,颇著灵效。寻常事以香火⑧,不敢怠。若除之,定起大祸,兼亦未必可致力。"

董赋性刚烈,叱众退,自率工匠,运斤斧,自朝至暮,木已倒,仆芟⑨削。

忽暴风驾云起根中,屋瓦飘扬,雷电晦冥,骤雨倾泻。董与家人共聚一室,其上如奔马腾踏,兽蹄鸟爪,穿透椽箔⑩,如欲攫人之势。老幼咸怖,泣叫相闻。董怡然不为动。未三刻⑪许,风雷皆息,内外晏如⑫,略无所挠。郡人始叹诵其明决。

董寿过八十,乃终。

注释

①本篇选自《夷坚志》支志癸集卷二。

②显谟阁:宋代殿阁名。待制:殿阁所设官名。

③知荣州:即任荣州知州,主持荣州的军政事务。知,主持。荣州,今四川

荣县。

④使宅:官署。

⑤殊:很,非常。

⑥罗拜:排列着磕头。

⑦镇压:压物的东西。这里指镇风水的东西。

⑧香火:香和灯火,指迷信者供神跪拜求福的事。

⑨芟(shān):除去。

⑩箔(bó):指用苇子残秫秸编织而成用来苫盖屋顶的帘子。

⑪刻:古代用漏壶计时,一昼夜为一百刻,一刻约十四分钟。

⑫晏如:平安无事的样子。

译文

显谟阁待制董正封任荣州知州时,荣州官署里有一座很高的楼,可以极目远望,却被一棵高大的梧桐树遮挡,视野很受妨碍。董正封下命把树伐去。

官吏们一听都围着他下拜,请求留下这棵树,说:"这棵树是我们荣州镇风水的宝物。已经有二百多年了,上面住有神物,非常灵验。人们平常烧香磕头,不敢怠慢。如果伐掉它,一定会引起大祸,而且也未必能伐掉。"

董正封性情刚强暴烈,叱退众人,亲自率领工匠,挥动斧头,从早干到晚,树终于被伐倒了。

这时,忽然狂风迷雾从树根刮起,屋顶上的瓦席被一卷而去,四下飞扬。顷刻间,雷电交加,天昏地暗,暴雨倾盆。董正封与家人聚集在一间屋子里,房上好像奔马在拼力腾踏,又好像猛兽恶鸟的蹄爪要穿透屋顶椽箔把人抓走。全家老小都很恐惧,哭喊声响成一片。董正封却安然不动。没有三刻时间,风平雷息,内外平安无事,没有什么扰乱。荣州百姓才赞叹他决策英明。

董正封年过八十才去世。

蛊毒之灵[①]

漳州[②]一士人，负气壮猛，谓天下无可畏之事，人自怯耳。每恨无鬼神干[③]我以试其勇。

尝同数友出，次[④]村落，见精帛包物地上，皆莫敢正视。笑曰："吾正贫，何得不取！"对众启之，于数匹绢内，贮白金三大笏[⑤]，更[⑥]一蛊如虾蟆。祝之曰："汝蛊毒自去！吾所欲者，银绢耳。"

既持归，家人皆大哭，曰："祸至无日矣！"士曰："吾自当之，不以累汝。"

是夜升榻，有二青蛙，大如周岁儿，先据席上。士正念无以侑酒[⑦]，运椎敲杀之。家人又哭，士欣然割而煮食，乃就寝，醉境晏然。

明夜，又有蟆十余，小于前，复煮之。又明夜，出三十枚。夕夕增多，而益以减小，最后遂满屋充塞，不可胜食，至募工埋于野。胆气益振。一月后，乃绝。

士笑曰："蛊毒之灵，止于是乎！"妻请多买刺猬防蟆，出则必搜啄。士曰："我即刺猬也，尚何求哉！"其家竟亦妥帖，识者美之。

注释

①本篇选自《夷坚志》三志壬集卷四。

②漳州：即今福建漳州。

③干：冒犯。

④次：停留。

⑤白金：银子。笏（hù）：大臣朝见皇帝时手中拿的狭长板子。古人铸金银作笏状，故亦用作金银的量词。

⑥更：又，还有。

⑦侑（yòu）：用奏乐或献玉帛劝人饮食，侑酒，指下酒。

译文

漳州有个读书人，自恃意气，胆壮性猛，认为天下没有什么可怕的事，只不过是人自己害怕罢了，经常遗憾没有鬼神来冒犯以表现自己的勇敢。

有一天，他同几个朋友外出，在一个村庄逗留，看见地上有一个用精美丝帛包着东西的包袱。朋友们都不敢正看一眼，他却笑着说："我正贫困，为什么不拾呢？"便当众打开包袱，在几匹绢中，藏着三大锭白银，还有一只像虾蟆似的毒蛊。他祝祷说："你这毒蛊自己走吧，我所需要的，只是白银和绢而已！"

他把包袱拿回家，家里人都大哭起来，说："大祸很快就要临头了。"他说："有祸我自己来担当，决不连累你们。"

这天晚上他要上床，见有两只蛤蟆，像周岁婴儿那样大，先占据在席上。他正想着没有下酒的东西，便用铁锤把蛤蟆打死。家里人又害怕地哭了，而他却高兴地把蛤蟆切开煮熟吃了，然后去睡。醉醺醺地睡了一夜，安然无事。

第二天晚上，又有十多只小一些的蛤蟆，他照样煮着吃了。第三天晚上，出来了三十只。以后夜夜数目增加，而形体日渐减小，最后竟满屋都是，他吃不了，便雇人埋在野外，他的胆气越来越壮，一个月后，蛤蟆就绝迹了。

他笑着说："蛊毒的神灵，到此就停止了。"他的妻子让他多买些刺猬防止蛤蟆，蛤蟆一旦出来就可搜捕啄食。他却说："我就是刺猬，还买什么呢！"他家竟然过后平安无事。知道这件事的人都赞美他。

李石

李石,生卒年不详,约1162年前后在世,字知几,号方舟,宋代资州(今四川资中)人。曾任太学博士,后历知合州、黎州、眉州,终于成都转运判官。有《方舟集》《方舟易学》等。所著《续博物志》是仿西晋张华《博物志》而编撰的志怪小说。

道士得仙[1]

天宝[2]中,河南缑氏县[3]太子陵仙鹤观每年九月三日夜,有道士一人得仙,已有旧例,至日具姓名申府[4]。张竭忠为令,不之信[5],阴令二勇士执兵觇[6]之。至三更,有一黑虎入观,来衔一道士,射之不中,弃道士而去。令于是申府请弓矢,大猎石穴[7]中,格杀数虎,或金简玉录[8],冠帔发骨甚多。

注释

①此篇选自《续博物志》。

②天宝:唐玄宗年号(公元742—756年)。

③缑(gōu)氏县:古县名,在今河南偃师南。

④申府:申报官府。

⑤不之信:即"不信之"。之,代道士得仙的事。

⑥觇(chān):探看,察看。

⑦宂(rǒng):同"冗",这里指山洞。

⑧金简玉录:亦作金龙玉简。道家设坛祈祷所用,用后投入于名山洞府中。

译文

唐朝天宝年间，河南缑氏县太子陵有座仙鹤观，每年九月三日晚，都有一名道士在此得道成仙。这事已有贯例，到时候把姓名报告官府就行了。张竭忠任县令时，不相信道士成仙的事，便在这天暗中派两名勇士带着兵器潜入观内察看。到了夜半三更，只见有一只黑色猛虎闯进观来，叼起一个道士就走。两个勇士拉弓射箭，但没有射中，猛虎扔下道士逃跑了。县令于是申报州府，请来一队弓箭手，大举围猎山洞，杀死了几只猛虎，又在洞中发现了许多道士的金简玉录和衣冠发骨。

萧德藻

萧德藻，生卒年不详，约1174年前后在世，字东夫，号千岩老人，闽清(今属福建)人。宋高宗绍兴进士，为乌程令，并曾知峡州。德藻为姜夔之师，工诗，杨万里极称他的工致，著有《千岩摘稿》七卷，已散佚。

吴五百[①]

吴名憃[②]，南兰陵为寓言靳之曰[③]：淮右浮屠客吴[④]，日饮于市，醉而狂，攘臂突市人[⑤]，行者皆避。市卒以闻吴牧[⑥]，牧录而械之[⑦]，为符移[⑧]授五百，使护而返之淮右。五百诟[⑨]浮屠曰："狂髡[⑩]，坐尔乃有千里役[⑪]，吾且尔苦也[⑫]。"每未晨，蹴之即道[⑬]，执扑[⑭]驱其后，不得休；夜则縶[⑮]其足。至奔牛埭[⑯]，浮屠出腰间金[⑰]市斗酒，夜，醉[⑱]髡其首，解墨衣衣之[⑲]，且加之械而縶焉，颓壁[⑳]而逃。明日，日既昳[㉑]，五百乃醒，寂不见浮屠，顾壁已颓。曰："嘻，其遁[㉒]矣！"既而视其身之衣则墨，惊循其首则不发[㉓]，又械且縶，不能出户，大呼道旅[㉔]中曰："狂髡故[㉕]在此，独失我耳！"

客每见吴人辄道此，吴人亦自笑也。

千岩老人[㉖]曰："是殆非寓言也，世之失我者[㉗]，岂独吴五百哉！生而有此我也，均也[㉘]，是不为荣悴[㉙]有加损焉者也。所寄以见荣悴[㉚]，乃皆外物，非所谓傥来者[㉛]邪？曩[㉜]悴而今荣，傥来集其身者日以盛[㉝]，而顾揖步趋[㉞]，亦日随所寄而改[㉟]，曩与之处者今视之良非昔人[㊱]，而其自视亦殆非复故我[㊲]也。是其与吴五百果有间[㊳]否哉？吾故人或骎骎华要[㊴]，当书此遗[㊵]之。

注释

①本篇选自《南宋文录录》卷二十。吴：今江苏一带，因古为吴国地，故别

称“吴”。五百:一作“伍佰”,衙门中的差役。

②吴名惷:吴地的人以愚笨闻名。惷(chōng),愚笨。

③南兰陵:兰陵,地名。萧德藻祖居兰陵,东晋后,萧氏南迁寓居江南,在原籍地名上加以“南”字,故称“南兰陵”,这里是作者自称。靳:讥笑、奚落。

④淮右:淮河上游地方。浮屠:梵语译音,这里指和尚。客:作动词用,旅居。

⑤攘(rǎng):挽起。攘臂:挽袖袒臂。实市人:冲撞街市上的人。

⑥闻:告知,报告。牧:州郡的长官。

⑦录而械之:记录其罪行在案,并给他加上枷锁。

⑧符:凭证。移:古代市行官署往来的公文称“移”。

⑨诟(gòu):辱骂。

⑩髡(kūn):剃去头发,用作名词,指和尚。

⑪坐尔:坐,因为;尔,你。千里役:行千里的苦差。

⑫吾且尔苦:“吾且苦尔”的倒装,我将要让你受苦。

⑬蹴(cù):踢。即道:上路。

⑭扑:板子。

⑮絷(zhí):拘禁,捆绑。

⑯奔牛埭(dài):地名。

⑰金:钱。

⑱醉:这里作动词用,灌醉。

⑲墨衣:指罪犯穿的黑色衣服。衣:第二个衣字作动词用,穿衣。

⑳颓壁:弄倒墙壁。

㉑昳(dié):太阳过午偏西。

㉒遁:逃跑。

㉓循其首则不发:顺手摸到头上才发现已经没有头发。

㉔道旅:旅店。

㉕故:仍然。

㉖千岩老人:作者自称。

㉗失我者:失去自己的本来面目的人。指那些社会地位变了,因而与过去判若两人的人。

㉘生而有此我也,均也:人生来都有一个自我,都是平等的。

㉙悴:忧愁,悲伤。此当“衰落”讲。

㉚所寄以见:借以表现。

㉛傥(tǎng)来者:偶然得来的。

㉜曩(nǎng):以往,过去。

㉝日以盛:每天都在增加。盛,增加。

㉞顾揖步趋:顾盼、行礼、行动举止等。

㉟随所寄而改:随着所借以表现的外物而改。

㊱良:真。昔人:从前那样的人。

㊲非复故我:不再是原来的我。

㊳间(jiàn):间隔,距离、差别。

㊴骎骎(qīn):马跑得快。这里当“快”讲。华要:华贵显安。

㊵遗(wèi):送。

译文

吴地的人以愚笨闻名,南兰陵作寓言来讥笑他们:淮右这个地方有一个和尚客居在吴地,每天在街市上喝酒,喝醉了就发酒疯,挽起袖子露出胳膊冲撞街市上的行人,行人见了都纷纷避开他。街市的差役把这件事报告给吴地的地方官,长官便把和尚的罪行记录下来,给他加上枷锁,又写了一份公文交给五百,派五百把他押回原籍淮右。五百责骂他说:“疯和尚,因为你我才有这趟远行千里的苦差使,我也将让你受点苦。”一路上,每天天未亮,五百就把和尚踢起来上路,拿着板子在后面赶着,不让他休息;晚上就把他的双足捆起来。走到奔牛埭这个地方,和尚掏出腰间的钱买了一斗酒,晚上,五百喝得大醉,和尚就剃去五百的头发,把自己身上黑色的罪衣脱下来给五百穿上,又给五百戴上枷锁并捆绑起来,然后推倒墙壁逃走了。第二天太阳已经过午,五百才醒过来,静悄悄地不见和尚,看到墙已倒蹋,就说:“嘻,他逃跑了!”既而看到自己身上的衣服变成黑色的,吃惊地用手摸了摸头,才发现已经没有了头发,戴着枷锁又被捆绑,不能出门,五百便向旅店中大声喊道:“疯和尚仍然在这里,只是失去了我罢了!”

外地人每每见到吴地的人总是说这件事,吴人也觉得可笑。

千岩老人说:“这大概不是寓言?世上失去自己本来面目的人难道只有吴五百吗?人生都有一个自我,都是平等的。这是不因兴盛和衰落而增加或“减少”什么的。借以表现兴盛和衰落的,都是身外之物,不就是所谓的偶然得来的吗?过去衰落而现在兴盛,偶然得来的东西集中在身上并每天都在增加着,因而顾盼、礼节以及行为举止也随着所借以表现的外物而改变,过去与他一起相处的人现在在他看来已真的不再像是从前那样的人了,而他看自己也大概不再是原来的我了吧!这难道与吴五百果真有什么差别吗?我因有的人快要华贵显要起来,觉得应当写这篇寓言送给他们。

陆游

陆游（1125—1210），字务观，号放翁，越州山阴（今浙江绍兴）人。他生在民族矛盾尖锐、国势危迫的时期，幼时即深受爱国思想的教育，长成热衷抗金，但一直受到投降派的排斥、压抑。宋高宗绍兴中，应试礼部，名在前列，因触怒秦桧，被黜免。孝宗隆兴初，赐进士出身，历官隆兴。夔州通判，并参王炎、范成大幕府，提举福建及江南西路平茶盐公事，权知严州。光宗时，除朝议大夫，礼部郎中等职。屡次被劾去职，终于归老故乡，满怀悲愤与世长辞。他是南宋杰出的爱国诗人，结集存诗近万首，抒发政治抱负，雄浑豪放。词和散文也有很高的成就。晚年在故乡镜湖边上，筑茅屋两间为其读书处，自题“老学庵”，写有《老学庵笔记》。

州官放火①

田登作郡②，自讳③其名，触者必怒，吏率多被榜笞④。于是举州皆谓“灯”为“火”。上元⑤放灯，许人入州治游观。吏人遂书榜揭⑥于市曰：“本州依例放火三日。”

注释

①本篇选自《老学庵笔记》。

②田登：宋时人。作郡：做郡守。

③讳：避讳。

④榜（péng）笞：鞭打。榜通“搒”。

⑤上元：阴历正月十五日称“上元”。夜称“元宵节”。古代多赛花灯。

⑥榜：公告牌。揭：高挂。

译文

田登做太守时,忌讳人家叫他的名字。凡是有人冒犯,他一定大发脾气。他手下的好多吏卒都因此遭到鞭打。于是全州的人都把“灯”(与“登”同音)说成“火”。元宵节要放花灯,允许老百姓进州城游览观看。官吏就写了一个公告牌高挂在街头,上面写道:“本州按照老习惯放火三天。”

王明清

王明清(1127—1202?),字仲言,汝阴人。著作有笔记《玉照新志》和《挥麈录》等。

两本《圣教序》[①]

石才叔苍舒[②],雍[③]人也。与山谷[④]游从。尤妙于笔札。家蓄图书甚富。

文潞公[⑤]帅长安,从其借所藏褚遂良[⑥]《圣教序》墨迹一观。潞公爱玩不已,因令子弟临一本。

休日,宴僚属。出二本,令坐客别之。客盛称出者为真,反以才叔收为伪。才叔不出一语以辩,但笑启潞公云:“今日才知苍舒孤寒。”潞公大哂[⑦],坐客赧然。

注释

①本篇选自《玉照新志》。

②石才苍舒:姓石,名才叔,字苍舒。

③雍:即雍州,古地名,在今陕西一带。

④山谷:北宋著名诗人和书法家黄庭坚的字。

⑤文潞公:北宋大臣文彦博,封潞国公。

⑥褚遂良:唐初大书法家。《圣教序》是他的碑刻。

⑦哂(shěn):讥笑。

译文

石才叔,字苍舒,雍州人,常与黄庭坚交往,他最善于写文章,家中收藏的图书很多。

文彦博在长安当长官时,向石才叔借阅了他收藏的褚遂良《圣教序》的墨迹。文彦博越看越舍不得放手,便叫家中的年轻人临摹了一本。

在一个休假的日子,文彦博宴请他的幕僚和部下。席间,他拿出两本《圣教序》,叫客人们辨别真假,那些客人都盛赞临摹本是真的,反而说石才叔收藏的原来是假的。才叔没有说一句为自己争辩的话,只是笑着对文彦博说:“今天我才知道自己地位低下。”文彦博听了大笑,席上的客人们都羞红了脸。

吕祖谦

吕祖谦(1137—1181),字伯恭,婺州人,吕好问之孙。北宋进士,官至国史院编修。著有《东莱博议集》40卷,其中有少量寓言。

楚人学舟[①]

楚人有习操舟者,其始折旋疾徐[②],惟舟师之是听;开帆击楫,云飞鸟逝,一息千里。

于是小试于洲渚之间,平澜浅濑[③],水波不兴,投之所向,无不如意,不知适有天幸,遂以为尽操舟之术矣。

遽谢遣舟之师,傲然自得,沼视溟渤,而杯视江湖。椎[④]鼓径进,亟[⑤]犯大险。吞天浴日之涛,排山倒海之风,轰豗[⑥]澎湃,奔鲸骇虬。乃徬徨四顾,胆落神泣,堕桨失柁[⑦],身膏鱼鳖之腹。

注释

①选自《东莱博议集》卷一《楚莫敖屈瑕》。

②折旋疾徐:拐弯、旋转、快慢。

③濑:湍急的水。

④椎:用如动词,用椎敲击。

⑤亟(qì):屡次。

⑥豗(huī):喧闹。

⑦柁(duò):同“舵”。

译文

楚国有一个学驾船的人，开始练习拐弯快慢，都听船工师傅的。他扬帆摇桨，像白云飘飘、飞鸟流逝，不一会儿就驶出千里。

于是老船工就带他在水岛之间试船。那天，风平浪静，水波不兴，所到之处，无不如愿。他不知道这是天公作美，却认为自己已全部掌握了划船技术。

他很快辞退了师傅，自以为了不起，他把大海视若池沼，把江湖视若杯水。他击鼓直进，多次闯入急流险滩。这时吞没太阳的波涛，排山倒海的狂风，轰鸣喧闹而澎湃，使得鲸鱼逃窜，虬龙钻入海底。楚人惊慌四顾，丧魂落魄，丢桨失舵，葬身鱼腹。

陈傅良

陈傅良(1137—1203),字君举,号止斋,温州瑞安(今属浙江)人,宋孝宗乾道中登进士甲科,官至宝谟阁待制,卒谥文节。其文章自成一家,擅名当世,学者称其止斋先生。著有《止斋文集》51卷。又有《诗解》等。

怒蛙说[1]

日有乌[2],月有蛙[3]。蛙与乌相遇,乌戏蛙曰:“若[4],脔肉耳。跃之,高不咫尺,焉能为哉[5]!”蛙曰:“吾已矣[6],若无靳我!”乌曰:“若亦能怒邪?”蛙曰:“吾翘吾腹,翳太阳之光[7];呀吾颐[8],啗其壤[9],瞡[10]吾目,列星不能辉,奚而不能怒?若不吾信,月于望[11],吾怒以示若。”其望,月果无光。

他日,蛙遇乌曰:“曩吾怒,得毋惕[12]乎?”乌曰:“若焉能惕我哉!吾振吾羽,翳太阳之光;肆吾咮[13],啄其壤,徐以三足蹴之,天下不敢宁而居。吾视若之怒,眇[14]矣,奚以若惕为[15],若不吾信,月于朔[16],吾怒以示若。”其朔,日果无光。啬人伐鼓[17],驰[18]且走焉。

又他日,乌遇蛙曰:“吾怒也,何如?”蛙曰:“始吾谓极威矣[19],而不知子之威震于我也。”日之驭曰羲和[20],傍闻之曰:“何谓威?吾疾其驱,六龙不敢稽吾軥[21],吾赫其燥[22],云不敢云,雨不敢雨,风不敢风;八土之埏[23],吾能赫其肤[24];万壑之阴,吾能秃其毛[25];百川之流,吾能杜其液[26];且彼与若敢言怒哉!若不吾信,吾怒以示若。”于是果旱暵[27]者半载,凡天地之间病之[28]。

他日,羲和遇乌曰:“吾怒也,何如?”乌吓然[29]曰:“始吾谓极威矣,而不知子之威震于我也。”飞廉、丰隆、屏翳[30]者闻之,相与造[31]羲和,诮[32]焉曰:“若矜而怒邪[33],吾当威示若。吾三人者,嘘其气[34],足以幂乾坤之倪[35];噀吾沫[36],足以赭嵩华之峰[37];啸吾声[38],足以簸[39]四海掀九州而覆之也。果尔,若乌[40]能威?”言未既[41]，丰隆嘘焉，屏翳噀焉，飞廉啸焉[42]。莫昼莫夜，弥山漫谷者，亦半载。

鸣呼！司[43]造化之权而和以怒竞，民物奚罪哉？

注释

①本篇选自《南宋文录录》卷二十。

②乌：即乌鸦。古代神话传说，太阳中有三只脚的乌鸦。

③蛙：这里指蟾蜍，古代神传说，月亮中有蟾蜍。

④若：你。

⑤焉能为哉：能有什么作为呢？

⑥吾已矣：意思是，我不计较你。

⑦翳（yì）：遮蔽。太阴：月亮。

⑧呀：张开。颐（yí）：下巴。

⑨啗（dàn）：吃。壤：这里指月体。

⑩瞠（chēng）：同"瞠"，瞪着眼睛看。

⑪望：阴历每月十五日。

⑫惕：惊惧。

⑬肆吾咮：放肆使用我的嘴。咮，乌嘴。

⑭眇（miǎo）：通"秒"，微小。

⑮奚以若惕为：为什么害怕你？

⑯朔：阴历每月的初一。

⑰啬（sè）人：即"啬夫"，小乡官。伐：敲。

⑱驰：骑马跑。

⑲始吾谓极威矣：原来我认为我的威力到顶点了。

⑳驭：同"御"。羲和：古代传说中为太阳驾车的神。

㉑六龙：古代传说有六条龙拉日车。稽：迟留。辀（zhōu）：车子。

㉒赫其燥：赫然发怒，施展我的燥热。

㉓八土之埏：指四面八方无边无际的大地。埏（yán），边际。

㉔赫其肤：使大地表皮变得赤热。

㉕毛：指草木。

㉖杜：堵塞。液：这里指流水。

㉗暵（hàn）：干枯，干旱。

㉘天地之间病之：天地之间的一切生物以旱为病。

㉙吓（hè）然：恐惧的样子。

㉚飞廉：风神。丰隆：雷神。屏翳：雨神，一说为云神。

㉛造：到……去。

㉜诮（qiào）：责问。

㉝矜（jīn）：骄傲。而：你。

㉞嘘其气：指飞廉使风刮起来。

㉟幂（mì）：掩盖。倪：端，边际。

㊱噀（xùn）吾沫：指屏翳行雨。噀，喷。

㊲赭嵩华之峰：意思是毁尽嵩山、华山上的树木，使两山露出红土的颜色。赭，红土色。

㊳啸吾声：指丰隆打雷。

㊴簸：摇动。

㊵乌：同“恶”，怎么。

㊶既：完毕。

㊷这三句应为“飞廉嘘焉，屏翳噀焉，丰隆啸焉”。

㊸司：主持，掌管。

译文

太阳中有三只脚的乌鸦，月亮里有蟾蜍。蟾蜍与乌鸦相遇，乌鸦和蟾蜍开玩笑说：“你不过是切成块的肉而已。跳跃，高不过咫尺，能有什么作为呢？”蟾蜍说：“我不计较你的话，你可不要嘲笑我。”乌鸦说：“你也能发怒吗？”蟾蜍说：“我挺起肚子，能遮蔽月亮的光，张开下巴，能吃月亮，睁大眼睛看，群星不再放出光辉，为什么不能发怒？你不相信我，到十五那天，我发怒让你看。”到了十五这一天，月亮果然无光。

有一天，蟾蜍遇到乌鸦，问道：“前些日子，我发怒时，你没有感到害怕吗？”乌鸦说：“你怎么能使我害怕呢？我振起翅膀，能遮蔽太阳的光，放肆地用嘴啄太阳，慢慢地用三只脚踢它，天下的人都不敢安居。我看你发的怒，太小了，我为什么怕你呢？你不相信我的话，到初一那天，我发怒让你看看。”到了初一这天，太阳果然无光。小乡官敲着鼓，骑马跑了。

又有一天，乌鸦遇到蟾蜍问道：“我发怒，你认为怎么样？”蟾蜍说：“原来我认为我的威力大到顶点了，可是不知道你的威力比我大。”为太阳驾车的羲和听到这话后说：“噫，什么叫威力？我飞快地赶车，六龙不敢迟缓；我赫然发怒，施展我的燥热，云不敢起云，雨不敢行雨，风不敢刮风；四面八方无边无际的大地，我能使其表面变得燥热；万壑的阴面，我能使其光秃秃地寸草不生；大河大江，我能堵塞其流水，他与你怎敢谈论发怒的事呢？你不相信我的话，我发怒让你看。”于是果然干旱了半年，凡是天地之间一切生物都因旱受到伤害。

有一天，羲和遇到乌鸦问道：“我发怒，怎么样？”乌鸦害怕地说：“原先我认为我的威力极大，而不知您的威力比我更大。”风神飞廉、雷神丰隆、雨神屏翳听到这事，相约到羲和那里，责问他说：“你骄傲自大，你发怒吗？我们应当向你示威。我们三个人，呼口气，就足以遮盖到天地的边际；喷口沫，就足以使嵩山华山露出红土的颜色，呼啸一声，就足以动摇四海，推翻九州，果真这样，你怎么算有威力？”话还未说完，飞廉嘘气，屏翳喷沫，丰隆长啸，昼夜不息，满山漫谷，也有半年。

呜呼，掌握造化之权的人因私心而比赛发怒，老百姓和万物有什么罪呢？

岳珂

岳珂(1183—1234),字肃之,号倦翁,汤阴(今属河南)人,岳飞之孙。官至户部侍郎、宝谟阁学士,封邺侯。为辩其祖岳飞之冤狱,曾撰《金陀粹编》(五种)以谈其冤。工诗善文。著作还有《程史》《愧郯录》《玉楮集》《刊正九经三传沿革例》等多种。

釜沸渡筱[1]

昔有人得一鳖,欲烹而食之,不忍当杀生之名。乃炽火使釜水百沸[2],横筱[3]为桥,与鳖约曰:“能渡此,则活汝。”鳖知主人以计取之,勉力爬沙[4],仅能一渡。主人曰:“汝能渡桥,甚善;更为我渡一遭,我欲观之!”

注释

①本篇选自《程史》。

②百沸:久沸,指水烧得滚开。

③筱(xiǎo):细竹子。

④爬沙:爬行。

译文

从前有人得到一只鳖,想把它煮熟吃了,可是却不愿担当杀害生灵的名声。于是,他生火烧了一锅滚烫的开水,在锅上横放了一根细竹子当作桥,与鳖相约说:“如果你能从这上面爬过去,就让你活命!”鳖明知主人是用诡计夺取自己的生命,仍然费力去爬,才勉强爬过一次。主人又说:“你能爬过这竹桥,很好呀!再给我爬一次,我还想看看。”

富翁五贼[①]

昔有一士邻于富,家贫而屡空[②],每羡其邻之乐。旦日[③],衣冠谒而请焉。

富翁告之曰:“致富不易也！子归斋[④]三日,而后予告子以其故。”

如言,复谒。乃命待于屏[⑤]间。设高几,纳师资之贽[⑥],揖而进之,曰:“大凡致富之道,先去五贼。五贼不除,富不可致。”请问其目[⑦]。曰:“即世之所谓仁、义、礼、智、信是也。”

士卢胡[⑧]而退。

注释

①本篇选自《程史》贼:祸害。

②屡空(kòng):经常缺乏食用。

③旦日:天明时,那平旦。

④斋:素食,吃斋。古代在祭祀前或举行典礼前清心洁身,以示庄敬。

⑤屏:屏风。

⑥纳:接受。师资:拜老师的财物。贽(zhì):古代初次拜见尊长时所送的礼物。

⑦目:名目。

⑧卢胡:同“胡卢”。喉间发出的笑声,这里指闭口沉默。

译文

从前有一个读书人与一个富翁为邻,读书人家境长期贫困,常常羡慕邻家的富有快活。一天,天刚明,他穿戴整齐去拜见邻居,并请教致富的办法。

富翁告诉他说:“致富是不容易的事。你回去斋戒三天,然后我再告诉你致富方法。”他按照富翁的话去做了。又来拜见,富翁叫他在屏风外面等着。富翁在里面摆设了高桌子,接下他拜见老师的礼物,拱手请他进来,对他说:“大概说来,要想致富应当先除掉五个祸害。五害不除,富就不可能得到。”他问五害的名目。富翁说："就是世人所说的仁、义、礼、智、信呀！"

读书人听后，闭口而去。

看命司①

中都有谈天者②，居于观③桥之东，日设肆④，于门标之曰："看命司。"

其术稍售⑤，其徒⑥憎之曰："司者，有司⑦之称，一妄庸术，乃以有司自命，岂理也哉？"相与谋讼之。

一人起曰："是不难，我能使之去。"

旦日，徒居其对衢⑧。亦易其标曰："看命西司。"

过者多悟而笑，其人愧赧，亟撤不敢留。

注释

①本篇选自《程史》。看命司：看相、算命的官署。司，旧时官署的名称。

②中都：即京师。谈天者：指测算天命的人。

③观(guàn)：宗庙或宫廷大门外两旁的高建筑物。此指宫门。

④设肆：摆摊。肆，店铺、作坊。

⑤术：此指算命的法术。售：卖出去，此指顾客多起来。

⑥徒：同类的人，同行的人。

⑦有司：古时称官吏为有司。

⑧衢：四通八达的道路，此指街道。

译文

京师有一个谈天算命的人，住在宫门桥的东边，白天摆设一个摊子，在门上挂一个招牌，叫作"看命的官署"。

他的算命术逐渐招揽了一些顾客，有些同行就憎恶地说："所谓司，是官署的称呼，这样一种虚妄凡庸的小技艺，却以官署的名称自居，真是岂有此理呀！”他们互相商量着要与他论理。

其中有一个人站起来说：“这不难，我能使他走开。”

第二天，这个人便迁到那个算命的对面的街道上，也换了一个标记挂上，叫作：“看命西官署。”

过路的许多人领悟了其中的奥妙，都觉得可笑。那个算命的羞愧得面红耳赤，就急忙收拾了他的摊子。

猫噬鹦鹉[1]

人家市猫于邻，卜日[2]而致之，将以咋[3]鼠也。鼠暴[4]未及问，而首抉[5]雕笼，以噬鹦鹉。其情可恕乎？

注释

①本篇选自《程史》。

②卜日：择了个吉祥日子。卜：占卜。

③咋(zé)：啃咬。

④暴：凶恶。

⑤抉：戳穿。

译文

有户人家从邻家买了一只猫，择了一个吉日把它抱回来，将让它捕捉老鼠。结果恶鼠一个还没有抓到，却先抓破了饰花的鸟笼，咬死了鹦鹉。这种表现可以饶恕吗？

售胝足之药[1]

昔人有以胝足之药售于市者，辄揭扁[2]于门曰：“供御”[3]。或笑其不根[4]。

闻于上，召而罪之，既而宥[5]其愚。

及出，复增四字，曰："曾经宣唤"。

注释

①本篇选自《桯史》。胝(zhī)：脚上长的老茧。

②扁：同"匾"，匾额。

③供御：即供皇帝使用。

④不根：不实在。根，事物的本原和根底。

⑤宥(yòu)：宽恕。

译文

从前有个在市场上卖治脚上老茧药的人，总是在门上挂着个匾，上书"供御"二字。有人讥笑他不实在。

后来此事被皇帝知道了，皇帝就派人召唤他，要对他治罪，但不久又宽恕了他的愚蠢。

等到他出了狱，又在匾上添了四字"曾经宣唤"。

沈俶

沈俶，生平不详，约 1247 年前后在世。著有《谐史》一卷，所录多汴京旧闻，其中有一些讥讽世态人情的作品。

打是不打①

殿中丞②丘浚，尝在杭州谒释珊③。见之殊傲。顷之，有州将子弟来谒，珊降阶④接之，甚恭。丘不能平，伺⑤子弟退，乃问珊曰："和尚接浚甚傲，而接州将子弟乃尔⑥恭邪？"珊曰："接是不接，不接是接。"浚勃然起，杖珊数下曰："和尚莫怪，打是不打，不打是打。"

注释

①本篇选自《谐史》。

②殿中丞：官名。

③释珊：叫珊的和尚。和尚也称"释"。

④降阶：走下台阶。

⑤伺：等待。

⑥乃尔：如此，这样。

译文

殿中丞丘浚在杭州时曾去拜访一个叫珊的和尚。见面时珊的态度很傲慢。过了一会儿，杭州武官的儿子来拜访，珊就恭恭敬敬地走下台阶去迎接。丘浚见了，心中愤愤不平。等到武官的儿子走后，便问珊道："和尚接待我态度很傲慢，而迎接武官的儿子却竟然如此恭敬，为什么？"珊说："接是不接，不接是接。"丘浚听了勃然大怒,站起来用手杖打了珊几下,并对他说:"和尚不要见怪,打是不打,不打是打。"

邓牧

邓牧(1247—1306),宋元之际文学家,字牧心,钱塘(今浙江杭州)人。宋亡,漫游吴越,晚年隐居于余杭大涤山,人称文行先生。终生不仕、不娶。他的诗文集《伯牙琴》多为揭露控诉封建君主、贪官酷吏之作,以隐寓其亡国之痛。由于作者自感“知音难遇”,故托“伯牙鼓琴”的故事为其书名。其中《三戒》为作者学习柳宗元《三戒》所写的两篇寓言小品,曲折地反映了宋末元初的一些社会现实。

越人遇狗[1]

越人道上遇狗。狗下首摇尾,人言曰:“我善猎,与若中分[2]。”越人喜,引而俱归,食以粱肉,待之礼以人。

狗得盛礼,日益倨[3],猎得兽,必尽啖乃已。或嗤[4]越人曰:“尔饮食之,得兽,狗辄尽啖,将奚以狗为[5]?”越人悟,因与分肉,多自与。

狗怒,啮[6]其首,断领[7]足,走而去之。

注释

①本篇选自《伯牙琴·二戒》。

②中分:平分。

③倨(jù):傲慢。

④嗤(chī):讥笑。

⑤奚以狗为:要狗干什么。奚,何。

⑥啮(niè):咬。

⑦领:脖颈。

译文

有个越人在路上遇到一只狗。狗低头摇尾像人一样对他说："我善于捕猎,猎物与你平分。"越人很高兴,就把狗领回家,每天给它吃精米肥肉,用对人的待遇对待它。

狗受到这样的盛情招待,日益傲慢起来,每次捕获到猎物,非自己吃完不可。有人讥笑越人说："你喂养这条狗,可捕到猎物,它自己全吃了,还要它做什么呢?"越人听后醒悟了,因而就与狗分猎物,并且自己要多拿些。

狗很愤怒,就咬住越人的头,咬断他的脖子和双足,离开他家逃走了。

亡赖附鬼[①]

有鬼降于楚曰："天帝命我治若土,余良威福而人[②]。"众愕然,共命[③]唯谨,祀之庙,旦旦荐血食[④],跪而进之,将币。市井无赖附鬼益众,以身若婢妾然;不厌[⑤],及其妻若[⑥]女。鬼气所入,言语动作与鬼无不类,乃益倚气势,骄齐民[⑦]。凡不附鬼者,必谮[⑧]使之祸。齐民由是重困。

天神闻而下之,忿且笑曰："若[⑨],妖也,而庙食于此,作威福不已!"为兴疾霆[⑩],碎其庙,震无赖以死。楚祸遂息。

彼以鬼气势可常倚哉?

注释

①本篇选自《伯牙琴·二戒》。亡,通"无"。

②良:能够。威福:作动词,作威作福。而:同"尔",你。

③命:受命。

④荐:进献。血食:古人祭祀时宰牛、羊、猪等以献,故称"血食"。

⑤厌:同"餍",满足。不厌,不满足。

⑥若:与、同。

⑦齐民:平民百姓。

⑧谮(zèn):谗言。

⑨若:此、这。

⑩疾霆:迅猛的霹雳。

译文

有个恶鬼降临到楚地,说道:“天帝委派我来治理你们这一块地方,我能够给你们施威赐祸事。”人们很害怕,都只好听命,任它摆布,将恶鬼供奉在庙里,天天杀猪宰羊、拿着钱财跪着进献给它。

街市上的地痞无赖纷纷依附恶鬼,就像奴婢贱妾甘心听命于主子一样;这还不满足,还让他们的妻子女儿也这样做。这些人受了鬼的影响,语言和行为变得与恶鬼一模一样。他们倚仗恶鬼的气势,骄横跋扈,侵害百姓,凡是不肯依附鬼势的人,他们一定要进谗陷害,使其遭受灾祸。百姓因此陷入深重的灾难之中。

天神听说了这件事后降临人间,气愤地冷笑着说:“你这妖怪,被供奉在庙里,受着祭品,还作威作福不已!”于是发出迅猛的霹雳,击毁了庙宇,震死了地痞无赖,楚地的鬼祸从此平息了。

这些家伙以为恶鬼的气势是可以永远倚仗的吗?

白珽

白珽(1248—1328),字廷玉,钱塘(今浙江杭州市)人,博综经史,善诗文书法。入元官至儒学副提举,坎坷不达,晚年归老栖霞,自号栖霞山人。有泉水自竺山汇于其门前,因名其居为"湛渊",亦以自号。著有《湛渊静语》《湛渊集》。

囫囵吞枣[①]

客有曰:"梨益齿而损脾,枣益脾而损齿。"一呆弟子思久之,曰:"我食梨则嚼而不咽,不能伤我之脾;我食枣则吞而不嚼,不能伤我齿。"狎者[②]曰:"你真是囫囵吞却一个枣也。"遂绝倒[③]。

注释

①此文选自《湛渊静语》卷二。

②狎(xiá)者:与之亲近熟悉的人。

③绝倒:指大笑不能自持。

译文

有一位客人说:"梨对牙齿有好处,却损伤脾胃;枣对脾胃有益处,却损害牙齿。"有一个呆痴的青年人听后想了很久,然后说道:"我吃梨时只咀嚼而不下咽,那就不能损伤我的脾胃;我吃枣时不咬就把它整个吞下去,那就不会损害我的牙齿。"有个熟人跟他开玩笑说:"你真是囫囵吞下一个枣呀!"大家听了都笑得前仰后合。

虞韶

《日记故事》是元代虞韶编的一本童蒙读物，原本已佚。明代嘉靖年间刻本共收300个故事，分50类。

铁杵[1]磨针

李白少读书未成，弃去。道逢一老妪，磨针杵。自问："将欲何用？"曰："欲作针。"白感其言，遂还卒业。

注释

①杵（chǔ）：舂米的棒槌。

译文

李白小时候上学，书还没有读好，就抛开书本，逃离学校。在路上，他遇到一位老婆婆，在使劲地磨一根铁棒，李白便问："您准备用来作什么？"老婆婆回答道："我想把它磨成一根针。"李白被老婆婆的话感动了，就返回学校，完成了全部学业。

孙宗鉴

孙宗鉴，生卒年不详，字少魏，号安隐道人，宋代文学家。所撰《东皋杂录》，凡十卷，记录社会、政治、生活、文艺的杂事，内中略及寓言。

蛇黄牛黄[1]

有蛇螫[2]杀人，为冥官[3]所追，议法当死。蛇前诉曰："诚有罪，然亦有功，可以自赎。"冥官曰："何功也？"蛇曰："某有黄可治病，所活已数人矣。"吏考验不诬[4]，遂得免。

良久，牵一牛至。狱吏曰："此牛触杀人，亦当死。"牛曰："我亦有黄可治病，亦活数人矣。"良久，亦得免。

久之，狱吏引一人至曰："此人常杀人，幸免死，今当还命。"人仓皇妄言亦有黄。冥官大怒，诘[5]之曰："蛇黄牛黄皆入药，天下所共知，汝为人，何黄之有？"左右交讯[6]，其人窘甚，曰："某别无黄，但有些惭惶[7]。"

注释

①本篇选自《东皋杂录》。蛇黄：中药名，从蛇腹中取得。牛黄：中药名，多于病牛胆取得。

②螫（shì）：毒害。

③冥官：阴间的官。

④诬：欺骗，言语不真实。

⑤诘：追问，查究。

⑥交讯：交相审问。

⑦惭惶：羞愧惶恐。

译文

有条毒蛇咬死了人,被阴间的官吏追捕到,按法律应当判处死刑。蛇上前申诉说:“我确实有罪,但也有功,可以自己赎罪。”阴间的官吏说:“有什么功呀?”蛇说:“我身上有黄可以治病,救活了好几个人。”阴间的官吏经过考察,认为蛇没有说谎,于是就赦免了它的死罪。

过了很久,又牵来了一头牛。阴间的官吏说:“这头牛用角触死了人,也应当判处死刑。”牛说:“我身上也有黄可以治病,也救治了好几个人。”过了一段时间这头牛也得到赦免。

又过了很久,地狱的官吏拉来一个人,说道:“这个人活着的时候经常杀人,侥幸没有死,现在应当偿命了。”那人仓皇地胡说自己身上也有黄。阴间的官吏大怒,责问他说:“蛇黄牛黄都可入药,这是天下人所共知的事,你是人,有什么黄?”左右的官员交相审问,这人狼狈极了,说道:“我没有别的黄,只是有些惭愧惶恐。”

林昉

林昉,生卒年不详,宋人。字旦翁,号石田,晚号莫莫翁。所著《田间书》今存20多则,见于清初陶珽所增辑的《说郛》。

赴火虫[1]

林子[2]夜对客,有物粉羽[3],飞绕烛上,以扇驱之,既去复来,如是者七八,终于焦首烂额,犹扑扑[4]必期以死。人莫不笑其愚也。

予谓声色利欲,何啻[5]膏火!今有蹈[6]之而不疑,灭其身而不悔者,亦宁[7]免为此虫笑哉?噫!

注释

①本篇选自《田间书》(《说郛》卷四十五)。

②林子:作者自称。

③粉羽:指翅膀上有粉状物。

④扑扑:形容赴火虫翅膀扇动扑火的样子。

⑤啻(chì):仅,只。

⑥蹈:投入。

⑦宁(nìng):岂、难道。

译文

我夜晚与客人对坐,看到翅膀上有粉状物的飞蛾在蜡烛上飞来飞去,用扇子驱赶它,它飞走又飞来。像这样反复了七八次,它终于焦头烂额,但是它仍然扇动着翅膀扑向灯火,直到被烧死。人们没有不讥笑飞蛾愚蠢的。

我说那声色利欲，不比灯火！现在有人对声色利欲追求而不迟疑，至死而不悔悟，也难道能避免被这小飞蛾讥笑吗？唉！

饵同钓异[①]

予尝步自横溪，有二叟分石[②]而钓，其甲得鱼至多，且易取，乙竟日[③]无所获也。乃投[④]竿问甲曰："食饵同，钓之水亦同，何得失之异邪?"甲曰："吾方不钓时，但知有我而不知有鱼，目不瞬[⑤]，神[⑥]不变，鱼忘其为我，故易取也。子意乎鱼[⑦]，目乎鱼，神变则鱼逝矣，奚其获[⑧]?"乙如其教，连取数鱼。

子叹曰："旨[⑨]哉意，成乎道[⑩]也!"

注释

①本篇选自《田间书》(《说郛》卷四十五)。

②分石:分开坐在两块石头上。

③竟日:整天从早到晚。竟，从头至尾。

④投:扔掉，此当放下讲。

⑤瞬:眨眼。

⑥神:神色。

⑦意乎鱼:心里想的是鱼。乎，于。

⑧奚其获:哪里能有收获?

⑨旨:味美，引申为赞美之词。

⑩道:规律，道理。

译文

我曾经到横溪边散步，看到有两个老人分别坐在溪边的石头上钓鱼。其中甲钓到的鱼很多，而且钓起来也容易。乙钓了一天也没有什么收获。于是，乙放下渔竿问甲道:"鱼饵相同，又在同一条溪中，为什么收获不同呢?"甲回答说:“我在垂钓的时候,只知道有我而不知道有鱼,眼睛不眨,神色不变,忘掉我在钓鱼,所以容易钓到鱼。而你在垂钓时,心里想的是鱼,眼睛看的是鱼,神色一变,鱼就跑掉了,哪里能有收获呢?”乙按照甲所教的办法去钓,连着钓到了几条鱼。

我赞叹道:“多好啊!意愿的实现在于掌握规律呀!”

墨鱼自蔽[①]

海有虫卷然[②]而生者,谓之墨鱼。其腹有墨,游于水,则以墨蔽其身,故捕者往往迹[③]墨而渔之。

噫!彼所自蔽者,乃所以自祸也欤!

注释

①本篇选自《田间书》(《说郛》)。

②卷然:卷曲的样子。

③迹:此作动词,跟寻踪迹。

译文

海里有一种卷曲生长的动物,叫作墨鱼。它腹部有一个墨囊,在水中游动时,能放出墨汁,用来掩蔽自己,因而渔夫往往跟踪墨迹去捕捞墨鱼。

唉!墨鱼用来掩蔽自己的东西,却成为自己招祸的原因。

义　鹊[①]

大慈山之阳[②],有拱木[③],上有二鹊各巢而生子者。其一母为鸷所搏,二子失母,其鸣啁啁;其一方哺子,若[④]见而怜之,赴而救之,即衔置一处哺之,若其子然。

噫！鹊，禽属也，非有人性也，乃能义如此，何以人不如鸟乎？

注释

①此篇选自《田间书》。

②阳：山的南西为阳。

③拱木：胸径为两手合围的树木。

④若：及。

译文

大慈山的南面有一棵两手合围粗的大树，上面有两只喜鹊在各自巢穴生下了小喜鹊。其中一只母喜鹊被老鹰叼走了，两只小喜鹊失去了妈妈，啁啁地叫着。另一只母喜鹊正在喂自己的小喜鹊，它看见了这两只叫着的小喜鹊，好像非常怜悯它们，便飞过去救护，把它们叼来放在自己的窝里和自己的小喜鹊一起喂养，像对待自己的孩子一样对待它们。

唉，喜鹊属于鸟类，是没有人性的，却能如此义气，为什么人不如鸟呢？

施元之

施元之，生卒年不详。名德初，吴兴（今属浙江）人，南宋文学家，曾官司练。所注苏轼诗十大篇，“用功深、历岁久”，为苏诗第一部编年注本，由其子施武子编纂成《施注苏诗》，注文中偶因苏诗之用譬而涉及寓言。

瓮算①

有一贫士，家惟一瓮，夜则守之以寝。一夕，心自惟念②：苟得富贵，当以钱若干，营田宅、蓄声妓③，而高车大盖④，无不备置。往来于怀，不觉欢适⑤起舞，遂踏破瓮。

注释

①本文选自《施注苏诗》。瓮算：关于一只大瓮的谋算。

②惟念：思念。

③声妓：亦作“声伎”，古代贵族官僚家中的歌姬舞女。

④大盖：古时马车上的伞形车盖。

⑤欢适：欢乐畅快。

译文

有一个贫穷的士人，家里只有一口瓮，夜里就守着它睡觉。

一天晚上，他心里思念着：如果求得富贵，我应当用若干钱，造营田宅，蓄养歌姬舞女娱乐，添置高大的马车，加置巨形的车盖，所需东西，没有不具备的。他反复在心里盘算着，不知不觉欢乐畅快地跳起舞来，一脚踏破了瓮。

姚镕

姚镕,南宋人,生卒不详。《南宋文录录》卷二十录其文《三说》。

马　嘉[1]

海有鱼曰马嘉,银肤燕尾,大者视晬儿[2]。脔[3]用火熏之,可致远。常潜渊不可捕。春夏乳子[4],则随潮出波上,渔者用此时帘[5]而取之。帘为疏目[6],广袤数十寻[7],两舟引张之,缒[8]以铁,下垂水底。鱼过者,必钻触求进,愈触愈束愈怒,则颊鬣舒[9],钩著其目,致不可脱。向使触网而能退却,则悠然逝矣。

知进而不知退,用罹烹醢之酷[10],悲夫!

注释

①本篇选自《南宋文录录》卷二十。马嘉:鱼名,即马鲛。

②晬(zuì)儿:满百日或满周岁的婴儿。

③脔(luán):切成小块的肉。

④乳子:此指生养幼鱼。

⑤帘:帘样的捕鱼工具。此用作动词,即张开帘。

⑥疏目:疏朗的网眼。

⑦广袤(mào):纵长,也指周长,面积。寻:古代长度单位,八尺为一寻。

⑧缒(zhuì):系在绳子上放下去。

⑨颊:此指鱼鳃。鬣(liè):此指鱼鳍。

⑩用:因此。罹(lí):遭遇。醢(hǎi):肉酱。

译文

大海中有一种马鲛鱼,银灰色的皮,燕尾形的尾,大的看上去象周岁的婴儿那样大。它的肉切成小块用火一熏,香味可达到很远的地方。这种鱼,经常潜在深水里,人们不容易捕到。它在春夏生长繁育时,就随海潮浮出水面,渔人在这时张开帘来捕取。帘有疏朗的网眼,周长有几十尺,用两只船把帘张开,在绳上系上铁块放下去,一直垂到水底。鱼游过来,一定会钻进帘内向前游,可是越碰束缚得就越紧,鱼也就越愤怒,它的鳃和鬣就舒张展开,钩着在网眼上,直到不能脱身。如果碰到网时能及时后退,那它就能自在地逃脱了。

只知道进而不知道退,因此而遭到被制成肉酱的下场,真可悲呀!

淮北蜂与江南蟹[①]

淮北蜂毒,尾能杀人;江南蟹雄,螯[②]堪敌虎。然取蜂儿者不论斗[③],而捕蟹者未闻血指[④]出。

蜂窟[⑤]于土或木石,人踪迹[⑥]得其处,则夜炳[⑦]烈炬临之,蜂空群赴焰,尽殪[⑧]。然后连房刳[⑨]取。

蟹处莆茅间,一灯水浒[⑩],莫不郭索[⑪]而来,悉可俯拾。

惟知趋炎[⑫],而不能安其所,其殒也固宜。

注释

①本篇选自《南宋文录录》卷十二。

②螯(áo):螃蟹的第一对脚,形如钳子,能开合,用来取食,自卫。

③蜂儿:蜂的幼虫,即蜂蛹。不论斗(dòu):不需要与毒蜂冲突争斗。

④血指:手指受伤流血,“血”字用作动词。

⑤窟:筑窝。用作动词。

⑥踪迹:跟踪。

⑦炳:点燃。

⑧殪(yì):死。

⑨刳(kū):剽。

⑩浒:水边。

⑪郭索:形容螃蟹急忙慌乱爬行的样子。

⑫趋炎:奔向火光。这里比喻奉承依附权势。

译文

淮北马蜂尾上的毒刺,能蜇死人;江南厉害的螃蟹,蟹钳能够和老虎交战。但是取蜂蛹的人不需要与毒蜂冲突争斗。而捕蟹的人也未听说手指受伤流血。

马蜂在土或木石上筑窝,人跟踪找到它的窝,便在夜间点燃火把到蜂窝所在的地方,群蜂倾巢出动,扑入火焰,全部烧死,人们就连蜂房一起割取下来。

螃蟹居住在蒲草苇草之间,夜晚在水边点上一盏灯,蟹便急急忙忙地慌乱爬来,只要弯下腰,就可以拣到。

只知道往有火光的地方跑,而不能安住在自己本来所住的地方,死亡自然难免。

罗烨

罗烨，生卒不详，宋末庐陵（今江西吉安）人。所著《醉翁谈录》10 集，凡 20 卷。其卷二丁集为《嘲戏绮语》，系一种笑话寓言集。南宋初另有一本《醉翁谈录》为金盈之所撰。

高下之争[①]

眉、眼、口、鼻四者，皆有神[②]也。一日，口为[③]鼻曰："尔有何能，而位居吾上？"鼻曰："吾别香臭，然后子方可食，故吾位居汝上。"眼曰："吾能观美恶，望东西，其功不小，宜居汝上也。"鼻又曰："若然[④]，则眉有何能，亦居我上？"眉曰："我也不解与诸君厮[⑤]争得，我若居眼鼻下，不知你一个面皮安放在哪里？"

注释

①本篇选自《醉翁谈录·嘲戏绮语》。

②有神：有灵性。指有人的意志和思想。

③为：通"谓"。

④若然：如果这样。

⑤厮：分。

译文

眉毛、眼睛、嘴巴、鼻子这四者都有灵性。有一天，嘴巴质问鼻子："你有什么能力，而位居我上？"鼻子回答说："我能辨别香臭，然后你才能吃东西，所以我位居你上。"鼻子又质问眼睛："你有什么本领，而位居我之上呢？"眼睛回答说："我可以辨认美丑，看东西，功劳是不小的，理应居你之上呀。"鼻子又说：

“如果这样的话，那么眉毛有什么本事呢，也位居我的上面?”眉毛说:“我也不知道我怎么和诸位争得这个位置。不过，我如果位于眼睛和鼻子的下面，那就不知脸面该放在哪里了。”

彭乘

《墨客挥犀》，宋代彭乘撰，共十卷。该书将宋代的遗闻轶事以及诗话文评征引详洽，颇资参考。

獐鹿之辨

王雱[1]字元泽，数岁时，客有一獐一鹿同笼，以问雱："何者是獐，何者是鹿？"雱实未识，长久对曰："獐边者是鹿，鹿边者是獐。"客大奇之。

注释

①王雱：王安石的儿子。

译文

王雱，字元泽。在他才几岁的时候，一位客人有一只獐、一只鹿，放在同一笼子里，客人用此为题问道："哪个是獐？哪个是鹿？"其实，王雱当时不认识獐和鹿，过了好一阵子回答道："獐身边的是鹿，鹿身边的是獐。"客人深感惊奇。

佚名

《道山清话》,宋无名氏作。主要是杂记,略及寓言。

古书换古器[①]

有一士人,尽掊[②]其家所有,约百余千,买书,将[③]以入京。至中涂,遇一士人,取其书目阅之,爱其书而贫不能得,家有数古铜器将以货[④]之。而鬻书者雅有好古器之癖[⑤],一见喜甚。乃曰:“无庸货也,我将与汝估其直而两易之[⑥]。

于是,尽以随行之书换数十铜器。

亟返其家,其妻方讶夫之回,疾视其行李,但见二三布囊磊魂然[⑦],铿铿⑧有声。问得其实,乃詈⑨其夫曰:“你换得他这个,几时近[⑩]得饭吃?”

其人曰:“他换得我们那个,则几时近得饭吃?”

注释

①本篇选自《道山清话》。

②掊(pǒu):破,折,这里意谓变卖。

③将:拿。

④货:出卖。

⑤鬻:卖。雅:平素,向来。

⑥直:同“值”。易:交换。

⑦磊魂(kuǐ)然:石块高低不平的样子。

⑧铿铿:象声词,叮叮当当的撞击声。

⑨詈(lì):责骂。

⑩近:接近,求得。

译文

有一个读书人，变卖了他家所有的财产，得到不足千钱，买成书，拿着它进京城去卖。走到半路上，遇到另一个读书人，拿过他的书目看了看，十分喜爱他的书，可是因为没钱而不能买，不过家中有几件古铜器，想卖了再买书。卖书的人向来就有喜爱古器的嗜好，一见到这些古铜器很高兴，就说："不必要卖掉它，我打算与你估量一下价钱互相交换。"

于是，他便把带来的书换了数十件古铜器。

他急忙回到家里，妻子正惊讶丈夫的突然归来，赶忙去看他的行李，只见两三个布口袋像石块一样高低不平，里面叮叮当当地有碰撞的声音。她询问了实情，就责骂丈夫道："你换得他这些东西回来，几时能变得饭吃。"

那人说："他换得我那些东西，又几时能变得饭吃？"

画工传神①

昔人有令画工传神②，以其不似，命别为之③。既而又以不似，凡三四易④。画工怒曰："若画得似，复是甚模样？"

注释

①本篇选自《道山清话》。画工：画师。

②传神：肖像的传统名称，也叫"写真""写照""传真"。

③别为之：另画一张。

④易：改变。这里指重画。

译文

从前有一个人叫画师给他画一张肖像，因为画得不像，就叫画师另外画一张。后来又因为不像，又叫画师重画了三四次。画师生气地说："如果画得真像了，那要成什么样子？"

邢居实

《拊掌录》,笔记。据传是宋朝邢居实所撰,陶宗仪辑录。

故相远派①

有一故相远派,在姑苏嬉游,书其壁曰:“大丞相再从侄某尝游。”有士人李璋,素好讪谑,题其旁曰:“混元皇帝②三十七代孙李璋继至。”

注释

①本篇选自《拊掌录》。远派:远的支派。

②混元皇帝:指道家创始人老子,姓李名耳。

译文

有一个前宰相的远方同姓,到苏州游玩,在一墙壁上写道:“大丞相再从侄某某曾到此一游。”有一个读书人李璋,一向喜好讥讽开玩笑,见了便在旁边写道:“混元皇帝三十七代孙李璋继至。”

潘永因

《宋稗类抄》,笔记集。清朝人番永因(字长吉)编。全书分36卷,采宋人笔记诗话、说部等材料,分类纂辑,凡59门,末附搜遗一种。

戒虎文[1]

杨叔贤,自强人也。古今未曾许[2]人。

顷为荆州牧[3]。时虎伤人,杨就虎穴磨巨崖,大刻《戒虎文》,如《鳄鱼》[4]之类。其略曰:“咄乎,尔彪[5]! 出境潜游。”

后改官知郁林[6],以书托知事赵定基打《戒虎文》数本。书言“岭[7]俗庸犷,欲以此化之”。……赵遣人打碑。次日,本耆[8]申:“某月日,磨崖碑下,大虫咬杀打碑匠二人。”荆门止以耆[9]状附选寄答。

注释

①本篇选自《宋稗类抄》。

②许:赞许,赞赏。

③牧:指一州的军政长官。

④《鳄鱼》:即韩愈的《祭鳄鱼文》。传说韩愈贬到潮州当刺史,听说鳄鱼为害,便写了这篇祭文,将鳄鱼赶走了。

⑤彪:老虎身上的斑纹,亦指老虎。

⑥郁林:州名,在今广西境内。

⑦岭:此处特指南岭以南。

⑧犷(guǎng):凶悍蛮横。

⑨耆(qí):老人。此处指乡绅。

译文

杨叔贤是一个自负的人，古人今人他没有赞许过一个。

他曾在荆州做过短时间的军政长官。当时，当地有老虎伤人，他就让人在虎穴旁磨出一大片巨崖，在上面刻了一篇《戒虎文》，就像韩愈的《祭鳄鱼文》一样。文章的大意是："喂，老虎！你们走出荆州的境界，隐藏到山林中游玩吧！"

后来他调到郁林去当官，曾写信给荆州知事赵定基，托他打拓几本崖上刻的《戒虎文》。信中说："岭南风俗鄙陋凶蛮。我想用《戒虎文》来感化他们。"……赵派人去打拓碑文。第二天，当地的乡绅报告说："某月某日，磨崖碑下面，老虎咬死了打拓碑文的工匠二人。"荆州官府只把乡绅的报告寄给杨叔贤作为答复。

佚名

《事林广记》，全名《纂图增新群书类要事林广记》，撰人不详，最早为元初至元年间刊本，可能是宋末年间人编纂的。

疥疮五德[1]

陈大卿患疥疮，上官者笑之，公曰："君无笑，此疾有五德可称，在众疾之上。"其人询之曰："何谓五德。"公曰："不上人面，仁也；喜传于人，义也；令人叉手揩擦，礼也；生罅指节骨间，智也；痒必以时，信也。"上官闻此语，大笑之。

注释

①本篇选自《事林广记》辛集下卷。疥疮：一种由疥虫引起的传染性皮肤病。多发生在手腕、手指、臀部、腹部等部位。

译文

陈大卿得了疥疮，遭到一个显贵的讥笑。陈大卿说："您不要笑，这种病有五种美德可称赞，在其他疾病之上。"显贵便问他："有哪五德呢？"陈大卿说："这话不好说。"显贵说："您说说看吧！"陈大卿说道："这种病不害到人的脸上，这是仁；喜欢传染给别人，这是义；教人伸手挠抓，这是礼；选择指关缝隙间生存，这是智；发痒有一定的时间，这是信。"显贵听了，哈哈大笑。

秦士好古[1]

秦朝有一士人，酷好古物，价虽贵，必求之。

一日,有人携败席踵门告曰[②]:“昔鲁哀公命席以问孔子[③],此孔子所坐之席。”秦士大惬意,以为古[④],遂以附郭[⑤]之田易之。逾时[⑥],又一人持古杖以售之,曰:“此乃太王避狄[⑦],杖策去邠时所操之箠[⑧]也,盖先孔子数百年,子何以偿我?”秦士倾家资与之。既而又有人持朽椀[⑨]一只,曰:“席与杖皆未为古,此椀乃桀造[⑩],盖又远于周。”秦士以为远,遂虚[⑪]所居之宅而予之。

三器既得,而田资罄[⑫]尽,无以衣食,然好古之心,终未忍舍三器。于是披哀公之席,把太王之杖,执桀所作之椀,行丐于市曰:“衣食父母[⑬],有太公九府钱[⑭],乞一文。”

注释

①本篇选自《事林广记》辛集下卷。

②败:破烂。踵:走到。

③鲁哀公:春秋末期鲁国国君,名蒋,公元前494—467年在位。命席:设席令坐。

④古:古物。

⑤附:依傍,靠近。郭:外城,郊区。

⑥逾时:过了一些时候。

⑦太王避狄:太王,周文王的祖先,为了躲避狄人的侵扰,率领周人由邠(读bīn,今陕西郴县一带)迁到岐(今陕西岐山)。时约公元前1198年。

⑧箠(chuí):同“棰”,短木棒。

⑨椀:同“碗”,朽椀即破木碗。

⑩桀:夏桀,夏朝最后一个国君。

⑪虚:空虚,这是指空出来。

⑫罄(qìng):尽、完。

⑬衣食父母:这里指乞丐乞讨时对所求者的称呼。

⑭太公九府钱:周时的货币。太公即姜太公,名望,字子牙,封于齐。九府,周代设立的掌管财币的官府。

译文

秦朝有个读书人，非常喜好收藏古物，只要是古物，价格再贵，他也要买下。

一天，有人带着一张破席上门兜售，告诉他说："当年鲁哀公设席赐坐询问孔子政事，这就是孔子当时坐的那张席。"他非常满意，以为是件古物，就用城郊附近的田地换下了这张破席。过了一些时候，又有一个人拿着一根古代的拐杖来卖，对他说："这是周文王的祖先太王为躲避狄人侵犯，率众离邠时所拄过的手杖。比孔子坐过的那张席要早几百年。先生打算用什么酬谢我呢?"他把家中钱财全部给了这个人。不久，又有一个人拿着一只破木碗来对他说："席和杖都不能算古物，这只木碗是夏桀时造的，比周又久远得多了。"他以为更加古远，就让出自己所住的宅院，买下了这只破木碗。

三件古物全部得到了，而他的家产却丧失殆尽。他没饭吃，没衣穿，然而好古之心依旧，始终不舍得这三件古物。于是他披着鲁哀公时的破席，拄着太公的手杖，端着夏桀时造的木碗，沿街乞讨，大声喊着："列位供养衣食的父老乡亲，谁有姜太公的九府古钱，赏我一文吧!"

吃人无厌[1]

有人养一虎，毛文可爱。每日将谷与它吃，不吃；又将米喂它，又不吃；将饭菜与它，都不吃。

忽一小儿经过，被它一口吃尽；又有一丈夫[2]过，又被它和衣服尽数吃了。

主人乃大声云："畜生！许多物不吃，原来你吃人无厌饱时。"

注释

①本篇选自《事林广记》。厌同"餍"，满足。

②丈夫：成年男子。

译文

有人养了一只虎，毛色花纹很可爱，每天给它吃谷，它不吃；又给它喂米，它也不吃；给它吃饭菜，它还不吃。

忽然有一个小孩从它前面经过，被它一口吃掉了；后来有一个成年人走过它的面前，又被它连衣服一起吃光了。

主人于是大声喊道："畜牲！许多东西你都不吃，原来你吃人没有吃饱的时候。"

后　记

早在1993年,三秦出版社李郁同志策划了一部《中华经典中的寓言》,著名作家王改明同学邀约我们几人分头编纂,后由孟正民、李永杰统稿。孰料原定投资者意外退出,书稿付梓遂成泡影。所幸得李郁同志及三秦出版社的妥善保管,时经二十余年,几经搬家,书稿尚完好如初。今蒙陕西新华出版传媒集团将此书列入重大项目,李郁、高宝荣及三秦出版社诸同志鼎力相助,本书终于面世,不胜感激。

本书涉及面极广,我们参考的书目不胜枚举,很难一一列出,非常抱歉,谨在此一并致谢。

本书错误肯定不少,敬请读者批评指正。

我们的好友王改明同学英年早逝,令人伤悲。今谨以此书告慰王改明同学在天之灵。

编者

2016年12月